S. T. A. G. S.

M. A. Bennett

狩猎游戏

[英] M. A. 本内特 著

叶家晋 译

湖南文艺出版社

献给康拉德和鲁比，不论是作为中世纪骑士，

还是作为野蛮人，他们都恰到好处

"逐鹿至巢。"

《狩猎大师》——诺维奇的爱德华[1]，1373 年

---

[1] 英国历史上第二位约克郡公爵，《狩猎大师》是他于 1400 年前后写就的古英语著作。

目 录

CONTENTS

Part 1

初入 STAGS

第一章

我想，我可能是个杀人犯吧。

但我并没有故意杀人，我想那应该算过失杀人，所以从技术上来说，我是一个"过失杀人犯"，虽然我觉得这算不上一个词。拿到牡鹿学园①的奖学金时，我那年老的女校长跟我说："你会成为那所学校里最聪明的学生，葛丽尔·麦克唐纳。"我可能是，也可能不是。但至少我知道，这个世界上不存在"过失杀人犯"。

为了不让你对我完全失去同情心，我得先在这儿把话说明白，我没有亲手杀人。我们是一伙人。我不过是促成了死亡，但那事不是我一个人做的。若要说我是个杀人犯，那我也应该是像猎狐者那

---

① 圣艾丹学校（St. Aidan the Great School）的缩写"Stags"在英文中意为"牡鹿"。

样的"杀人犯"——他们成群结队地打猎，他们中的每一个人对狐狸的死都负有责任。没人知道是哪条狗把狐狸撕成了碎片，但所有的狗，以及所有穿着漂亮红色大衣的骑手，都是其中一分子。

我刚刚暴露了自己的出身。你发现了吗？我刚刚提到的大衣——那些上流人士出去打猎时穿的大衣——应该是粉色，而不是红色；准确的说法是狩猎粉。那些狗也不是普通的狗，是猎犬。

每次我一开口，别人就能看穿我的出身。葛丽尔·麦克唐纳，那个"格格不入的女孩"。你瞧，都怪我这北方口音。我在曼彻斯特出生、长大，在比尤利帕克综合中学就读，直至今年夏天。在那两个地方，我都能很好地融入环境。可自从我拿着奖学金来到牡鹿学园，我就开始变得格格不入了。

我得和你说说牡鹿学园，我现在才意识到，那所学校和"谋杀"这事息息相关。牡鹿学园的全称是"圣艾丹学校"。说它是全英国最古老的学校，一点都不夸张。在比尤利帕克综合中学，所有建筑都是一九八〇年后建成的，可牡鹿学园里面最古老的那座教堂，建成时间可以追溯到公元六八三年，教堂里还画满了壁画。壁画。比尤利帕克中学里只有涂鸦。

圣艾丹学校始建于七世纪，建造者就是圣艾丹本人。在教会尊他为圣人之前，他只是个在北英格兰四处游荡的普普通通的老修道士，向所有愿意听他说话的人宣讲基督教。有一天，估计是走累了吧，他建了所学校，这样他就能在学校里给学生们宣讲基督教。或许你以为，他是因为到处给人宣讲基督教才被称为圣人的，那你可就大错特错了。要想成为圣人，你得先创造神迹。艾丹创造的神迹是，他将一头被猎人追捕的牡鹿隐身了，让这头鹿逃过一劫。这么一来，牡鹿便成了艾丹的象征，同时也成了学校的校徽。接到学校邀请我去面试的来信时，我第一眼注意到的就是信纸最上方的那一对鹿角，看起来就像洒在信纸上的两滴黑色锯齿状泪珠。

我第一次看到圣艾丹学校是去那里面试的时候。那是仲冬时节一个晴天，田野上覆满了闪闪发光的冰霜和狭长浅淡的阴影。老爸开着他那辆车龄十年的迷你库柏，载着我驶进学校大门，穿过葱翠的草地，开上一条长长的车道。老爸把车停在车道尽头，我俩走下车，贪婪地四处张望。我们从曼彻斯特开到诺森伯兰郡，一路上也算是见了不少优美如画的风景，但这里的风景尤为出色。我们面前是一座华丽而巨大的中世纪庄园，前有类似护城河的小溪，入口处还有一座小桥。它看起来根本不像可怕的邪教的总部，但它确实是。如果那时我仔细观察，唯一的线索或许就是挂在大门上的那对鹿角。

"《同窗之爱》①。"我颤抖着说道。

---

① 英国电影，1984 年上映，讲述了就读于伊顿公学的有同性恋倾向的青年盖伊·本尼特和他的情人及友人的故事。

老爸没有点头，也没有小声说"再说一遍"。他说："《如果》①。"

我爸是一位野生动物摄影师，除了自己拍的那类自然纪录片，他还喜欢看各种电影。我们一起看过许多电影，从副标题晦涩难懂的片子到新上映的愚蠢至极的大片，应有尽有。他甚至还给我取了一个和黑白电影时代的影星葛丽尔·嘉逊一样的名字。老爸出去旅游或者夜拍的时候，我就一个人看电影，只为赶上他领先了我三十年的观影史。我们俩常常玩这个游戏：如果面前的某样东西让我们想起一部电影，我们就要把那部电影的名字大声说出来，接着另一个人要说出拥有相同主题的其他电影的名字。现在我们说的电影，故事都发生在私立学校。"还没完呢，"他说道，"《操行零分》②。"

"哎哟，我的天，③"我说道，"竟然用法国电影。这是跟我动真格的啊。"我努力思考着。"《哈利·波特》第一部到第八部，"我说，声音有些颤抖，"这要算八分。"

老爸显然听出我有些紧张。他知道的电影超级多，要把我斩于马下根本不是事，但他肯定觉得今天还是让我赢一把比较好。"行吧，"

---

① 英国电影，1968 年上映，讲述了青年米克·特拉维斯在英格兰一所老旧的寄宿学校带领低年级学生反抗来自高年级学生和校方压迫的故事。

② 法国喜剧短片，1933 年上映，讲述了一群寄宿学校的学生在校庆之日当着嘉宾们的面肆意狂欢，反抗牢笼般的学校的故事。

③ 原文为法语。

老爸冲我歪嘴一笑，说道，"算你赢。"他抬头望向宏伟的大门，以及门上那对鹿角。"让咱们把这件事搞定吧。"

我们确实搞定了。我参加了面试，接着参加笔试，然后我就被录取了。八个月后，秋季学期来临，我以一名第六学级①学生的身份穿过鹿角下的大门，走进了学校。

没过多久我就发现，在牡鹿学园里，鹿角可以说是一件要郑重以待的东西。学校里每一堵墙上都挂着鹿角。校徽上也有一头牡鹿，下面绣着一行字"Festina Lente"。（不，其实我当时也看不懂；这是一句拉丁文，意思是"欲速则不达"。）我之前提到过的教堂壁画描绘了"有如神迹的"追捕牡鹿的场景。画中，圣艾丹让牡鹿隐身了。教堂里还有一扇非常古老的彩色玻璃窗，玻璃上画着圣艾丹对一头神色紧张的牡鹿竖起一根手指，仿佛在让它噤声。我经常盯着那些壁画和窗户看，因为我们每天早上都要去教堂，简直无聊透顶。

除了无聊，教堂里还非常冷。只有在教堂里，我才乐意穿着校服。校服是一件厚重的都铎式黑色长大衣，能盖住膝盖，衣服前面还钉着镀金纽扣。我们要在脖子上打一个白色教士领结，腰上还要系一条细长的鹿皮皮带，必须用特殊的手法打结。大衣下，我们要

---

① 英国中等学校的最高年级，学生年龄在16—18岁之间，准备参加英国高级证书课程考试。

穿一双鲜红如动脉血的亮红色长袜。这样的打扮可以说是十分愚蠢，但至少它能让你在诺森伯兰郡的边缘地区保持温暖。

估计你也想象得到，牡鹿学园是一所非常宗教化的学校。我和老爸完全不信教，但我们在申请表上略去了这一点。事实上，我们可能还给校方留下了经常去教堂的特别印象。因为我那时真的想去那里上学。老爸打算出国待上将近两年，帮 BBC 拍一部野生动物纪录片，如果不去牡鹿学园，我就得跟卡伦阿姨住在一起，相信我，我一点都不想和她住在一起。比尤利的那位女校长认为我有能力拿到牡鹿学园的奖学金，结果真让她说对了。我碰巧拥有过目不忘的记忆力，这大概有百益而无一害吧。我就是靠着它通过入学考试的。但如果我当时知道那个秋季期中假①会发生什么，我就不会那么拼命了。我会乖乖地去和卡伦阿姨住在一起。

除了要没完没了地去教堂，STAGS 和普通学校相比还有很多不同。首先，他们把秋季学期称作"米迦勒"，把春季学期称作"希拉里"，把夏季学期称作"圣三一"。②而且，我们不叫老师"小姐"或者"先

---

① 英国学校的一种假期，时长约一个星期，相当于国内学生学期中考试期间让学生稍做休息。

② 这是英国一部分中学和大学常用的学期名称。米迦勒学期一般是 9 月到 12 月，是一个学年的第一学期，其名称源于基督教纪念天使长米迦勒的米迦勒节；希拉里学期一般是 1 月到 3 月，其名称源于基督教节日普瓦图的圣希拉里节；圣三一学期一般是 4 月到 6 月，是一个学年的最后一个学期，其名称源于基督教教义中的"三位一体"概念。

生"，而是叫"修士"。所以，我们的班主任怀特瑞德先生被叫作怀特瑞德修士；更奇怪的是，我们要叫我们学院的女院长（皮特里小姐）皮特里修士。我在面试时见到的那位和蔼可亲得跟个圣诞老人似的校长则被称作"院长"。如果这些还不够奇怪的话，修士们会像修道士那样在外套上罩一件古怪的长袍，腰上还要系一条绳子。许多修士以前都是这里的学生，经常滔滔不绝地跟我们讲他们在牡鹿学园的日子（学校的名称和现在完全一样——牡鹿学园实在太古老了，如果有什么东西变了，我反而会惊讶）。修士们自己也已经很老了，我猜他们都有六十多岁。毫无疑问，他们的教学经验很丰富，但我怀疑，学校雇用他们就是为了确保学生们绝对不会喜欢上他们当中的任何一个。你在网上读到的那些师生恋的故事，在这里绝对不可能发生。

　　除此之外，牡鹿学园的体育运动也很奇怪。我们不玩像无挡板篮球①、曲棍球或者足球那种普通的运动项目，而是会在运动场外的都铎式木质球场里打墙手球②和室内网球。运动场被称为"比德之作"，它宽大无比，但只用来进行橄榄球（我指的是"英式橄榄球"）和长曲棍球比赛，而不会进行其他任何像田径运动那样的标准体育项目的比赛。STAGS 有自己的剧院，但剧院里没有华丽的灯饰或布景。那是一个忠实还原詹姆士一世时期风格的剧场，里面点着蜡烛。蜡烛。

---

① 流行于英国等国家的一种女子篮球。

② 用手对墙击球的一种游戏，起源于 16 世纪的爱尔兰。

我们不学德语和法语，而是学拉丁语和希腊语。这里的食物相当不错，和普通学校有天壤之别。说它是珍馐都不为过——你要到上好的酒店才能吃得到我们这里的美食，比尤利帕克的那些残羹剩菜根本没法比。给我们上菜的是当地村庄的妇女，她们看起来人很好，却被学生们起了"晚餐袋"的外号。但你应该猜得到，牡鹿学园和普通学校最大的不同之处在于，来这里上学要花一大笔钱。牡鹿学园学生的父母都是心甘情愿掏腰包的，而我没花多大力气就弄清楚了那些父母是为了什么掏腰包。他们把钱给学校，可不是为了让自己的心肝小宝贝去享受詹姆士一世时期风格的剧院，或者奥林匹克运动会规模的游泳池，或者这里美不胜收、令人目瞪口呆的风景。他们给钱，是为了让自己的孩子与众不同。

在最开始的一千年里，牡鹿学园有四间学院：洪诺留、比德、奥斯瓦尔德和波莱纳斯。几十年前，学校开始接收女生，于是成立了一个新的女子学院，名为莱特富特。录取通知上说，莱特富特学院的宿舍是一栋比较"现代"的建筑，所以刚来时，我还期待能看到松木、玻璃和中央供暖系统。结果，莱特富特的建筑是一五五〇年建成的，整座大楼都装着菱形窗格的玻璃窗以及看得人眼晕的螺旋烟囱。很明显，在牡鹿学园，一五五〇年已经算得上"现代"了。

我的宿舍位于三楼，在一条镶有护墙板的都铎式走廊尽头。推开厚重的橡木门，里面倒是挺现代的。房间里有刨花板家具、办公室风格的蓝色地毯，还有一个比我早到的女孩。我总喜欢把自己想象成置身于电影里的人物，这是个很难改掉的习惯。如果把我和我室友的初次见面写成电影剧本，就会变成这样：

葛丽尔（微笑着）：我叫葛丽尔。你是？

葛丽尔的室友抬起头，高傲地把她从头至脚打量了一番。

室友（翻了个白眼）：耶稣啊。

第一次见面之后，我总会在心里叫她"耶稣"，这能让我笑。在这里，并没有太多能让我笑的东西。后来我才知道，她的真名叫贝卡。她是一个爱马爱得如痴如醉的女孩，墙上挂满了她的小马的照片，和我在墙上挂老爸的照片差不多。或许，她对她的马儿的思念和我对老爸的思念一样多。我也不知道为什么。在这部分故事里，那基本上可以算是对话了。尽管后面还会有很多对话，但令人伤心的是，在上半学期，没人愿意和我说话，除了老师在课堂上会问我问题；"晚餐袋"们则会问我："要薯片还是土豆泥，姑娘？"（她们的口音会让我想家。）我的学习小组里还有一个叫沙芬的学生，会时不时向我咕哝一些类似"硝酸盐的热稳定性与碳酸盐的趋势相同"的话。

尽管"耶稣"和我同住一间屋，但直到学期过去一大半，她都没怎么和我说过话。而她之所以开始和我说话，只是因为我拿到了那封邀请函。现在想想，如果在上半学期，我能多结交一些朋友——任何朋友——我都绝不会接受那封邀请函。我接受它，或许是因为我觉得很孤独吧。又或许，如果要我说实话，我接受它，是因为发函者是学校最英俊的那个男孩。

第二章

我指的，当然是亨利·德沃伦考特。

现在，或许你已经在他们为他设立的那个令人毛骨悚然的脸书页面上读过他的事迹了，或者在新闻上见过他的照片。但当时他在自己的圈子外并不出名，或者说，并不臭名昭著。常言道，不应该指摘死者的是非，所以我只能说，如果光看他的外貌，你永远不会知道，他是一个多么可怕的人。

如今，我必须竭尽全力才能回想起我头一次见他时他的样子；我要不偏不倚地审视他留给我的第一印象，力图忘记我现在所知道的事情。一句话，他是我见过的最潇洒俊朗的男孩。他十七岁，个子很高，金发蓝眼，小麦肤色。在人群中，亨利·德沃伦考特是所有人的焦点，尽管大家都装作没有在看他。甚至连修士都要敬亨利三分。他从未受到过任何处罚——这并不是因为他没有做错事，而是因为他总能逃之夭夭。他就像那种很厉害的煎锅，没有东西能粘在他身上。他自认无人可以匹敌。可他并非如此。

亨利·德沃伦考特有一个洋气的名字，但其实他生于英国。显然，他遥远的先祖曾跟法兰克军队①一同出征东方，并在战争结束后定居英格兰，最后很幸运地娶了一位拥有半个英格兰北部的贵妇人做妻子。自那时起，德沃伦考特家族便过上了荣华富贵的生活。他们家住的朗克罗斯府是一座华丽的庄园，坐落在湖区②。我从未想过自己竟然会对那地方如此熟悉，因为朗克罗斯就是犯罪现场。

在所有科目的学习小组里，我都是顶尖的学生，所以我经常会见到亨利·德沃伦考特；除了他，还有那五个同他联系最为紧密的朋友。他们六人被称作"中世纪骑士团"。这里所有人都知道中世纪骑士团，因为掌管牡鹿学园的并非修士，而是中世纪骑士团。

中世纪骑士团是这所学校非正式任命的级长③。你能看到他们身着完美无瑕的校服走在四方院里，黑色长大衣在秋日的凉风中轻

---

① 法兰克人是日耳曼人的一支。

② 英格兰西北部坎布里亚郡的一地区，是广受欢迎的度假胜地。

③ 这里指英国学校中负责维持纪律并担任其他要职的高年级学生，他们身负比普通学生更多的责任，但亦拥有许多权利，地位甚至和教师相近。

轻摇摆。学校允许中世纪骑士在他们的都铎式大衣下穿任何颜色的长裤，为了彰显这一特权，他们会刻意挑一些花纹非常夸张的长裤来穿，比如豹纹、花格或者棋盘格。但他们与众不同并不仅仅因为长裤，真正的原因是他们身上那种独有的自信。他们就像身价昂贵的猫，生性懒散。那种自信，那种对学校环境的怡然自得，会在无形中告诉你，他们的家和牡鹿学园并没有什么不同。他们的家很可能有庭院，而不是花园；房子两旁有附楼，而不是邻居的房子。还有鹿角，他们住的房子，墙上也会挂着许多鹿角。

中世纪骑士团里的人个子都很高，且相貌英俊，聪慧过人，仿佛是特别为这项职责而生的。波莱纳斯学院正中央有一块精心修剪过的美丽草坪，周围筑有优雅的拱形回廊 —— 这块波莱纳斯的四方院就是他们的开庭问审之地。

亨利·德沃伦考特永远是团队的中心，他那一头金发非常引人注目，活像凡尔赛宫无数叫路易的国王中的一个。亨利就是太阳，其他人都围着他转。无论刮风下雨，他们都会待在那里，闲聊、读书，以及等天黑之后，偷偷地抽烟。四方院中间有一口古老的石井，如果你走近往下看，会看到井下大约一英尺①处有一圈用于保障安全的细铁丝织网，织网上塞满了烟头。我曾往铁丝网的网眼里扔过一块硬币，想看看这口井到底有多深。我竖起耳朵听了很久，愣是没

---

① 1 英尺合 0.3048 米。

听到硬币落入水中溅起的水花声。我猜是因为井底已经堆满了烟头，减缓了硬币的冲击。波莱纳斯的石井和中世纪骑士团很相像。外表光鲜亮丽，内里却污秽不堪。

如果说亨利是中世纪骑士团的领袖，那么库克森就是副手。实际上，库克森的全名是亨利·库克森，但他们总用他的姓称呼他，毕竟，团体里只能有一个亨利。库克森的长相也很俊朗，他们六个都是，但不管怎么看，他还是像一件失败的亨利复制品。和亨利比起来，他个头稍矮，身形稍胖，金发的颜色略微显脏。他性格迟钝，皮肤偏白，声音稍粗。但他们总是形影相随，亲如兄弟。

骑士团里的第三个男孩名叫皮尔斯。皮尔斯举止优雅，但性格阴暗，眉毛经常拧成"一"字形，似乎一直在生闷气。皮尔斯会在自己的校服上添一些小细节，例如揣一块怀表，用加工过的皮带代替普通的细长棕绳，脚上穿一双由他的伦敦鞋匠手工制作的鞋子。他自从八岁时被送到STAGS的三年级（预科学校）后，就一直和亨利是朋友。

那三个女孩的外表看上去非常相似，都是金发蓝眼。那个学期，我们在用希腊语学《荷马史诗》，而她们让我想起了塞壬：外貌美艳绝伦的人鱼，会引诱水手走向死亡。她们的名字分别是埃丝米、夏洛特和劳拉。她们面容姣好，身段苗条，能把古怪的教会校服穿成米兰走秀场上的时装。夏洛特是亨利的远房表亲，埃丝米是一位小贵族，而看似和其他人一样是英国出身的劳拉，其实来自俄罗斯的一个家族，家里富得跟寡头执政者似的。她们把发际线上的头发挑起，使其垂下遮住一只眼睛，说话时总喜欢用手把头发拨到一边。我的黑色波波头根本弄不成那样，但牡鹿学园的其他女孩（这其中，很不幸地，还包括我的室友"耶稣"）都极力模仿她们的发型。一开始，我总会把中世纪骑士团里的三个女孩弄混，以为她们是同一个人。如果老爸见到此情此景，和我玩电影名字游戏的话，我们会说《希德姐妹帮》①或者《贱女孩》②，但那些电影并没有充分展现隐藏在一张张纯洁笑脸下的邪恶。她们可不是愚蠢的金发女郎，那些女孩颖悟绝人，你若低估她们，就做好准备承担后果吧，因为那是我的真实教训。

中世纪骑士团里的所有人都是家财万贯——亨利的家族已经在这里定居了几个世纪，学校的剧院甚至被叫作德沃伦考特剧场。有传言说，学校里的游泳池是劳拉的家族出资建的。这使得他们的一举一动都仿佛在宣称，他们是这所学校的主人。因为那差不多就是事实。

中世纪骑士团一直以来只有六个人，三男三女，全部来自"六二级"——第六学级下学期。除了六个核心成员外，还有一堆溜须拍

---

① 美国电影，1989年上映，女主角是校园少女帮派成员，男友意外杀死帮派头目希德，二人合力伪造了希德自杀的假象。

② 美国电影，2004年上映，讲述了在非洲长到15岁的女孩凯蒂随父母搬到伊利诺伊州，设法融入校园生活的故事。

马者，把中世纪骑士团成员奉为偶像，模仿他们的一切，希望到了"六二级"时，自己也能成为其中一员。每一年，旧的中世纪骑士团会离开，新的六人组成新的团体，所以，学校里总有许多拙劣的模仿者。"耶稣"绝对是其中之一——她想成为一名中世纪骑士想得发疯。

单独来看，每一个中世纪骑士都不差。我和他们一起上过很多课，他们看起来和常人并无二致。但当他们像猎狗一般聚在一起时，你会希望自己能像艾丹的牡鹿一样消失遁形。大部分时间，他们都不会理我；那三个女孩偶尔会故意模仿我的口音，或者当我在四方院里从她们附近经过时，在我背后捂着嘴偷笑。每到那时，我就会觉得，自己的肋骨上仿佛压着一块名为痛苦的冰冷石头，而且，在我离开她们的视线范围之前，那种感觉都不会消退。但我遭受的罪已经算轻的了。有些人似乎一直是他们的攻击目标。比如，像沙芬那样的人。

中世纪骑士团管沙芬叫"旁遮普①的花花公子"。他个子很高，非常安静，脸庞英俊而严肃，有一双难以捉摸的黑眸子。他们故意给他取了个颠倒事实的外号。首先，他并非来自旁遮普。再者，在女孩身旁时，他总是会变得极为害羞，和花花公子根本不沾边。从中世纪骑士团的角度来看，如果一个外号好听，而且惹人发笑，那

---

① 位于印度西北部的一个省。

这个外号就一定得跟着那个人。沙芬是唯一一个愿意和我说话的人，我们选了 A-Level① 课程中的相同科目，成绩也都数一数二，所以我们也会聊一聊我们上的课。可以说，他是我在第一个学期里认识的最接近朋友的人，但他在洪诺留，而我在莱特富特，所以他也没能给予我多少安慰。一开始，我对沙芬并不怎么了解——当然，我现在很了解。（我发现，愧疚感是一种非常强大的纽带，现在，因为沙芬也是杀人犯，我们俩就拥有了一种很特殊的关系。）人们说，沙芬在印度算得上一个王子，所以或许你会以为，中世纪骑士团会很乐意让他成为一分子。但他们总是无情地戏弄他，后来我发现，他们对沙芬的憎恶源自很久很久以前沙芬的父亲和亨利的父亲在此就读时结下的宿怨。沙芬也是八岁入读牡鹿学园。因为父母在印度的缘故，他从预科课程一直读到了第六学级。尽管沙芬知道所有规矩，甚至连说话方式都像中世纪骑士，可不知怎的，他却成了这个圈子的局外人。

我问过自己很多次，沙芬明明知道中世纪骑士团是怎么看他的，为什么还要接受那份邀请函。他绝不可能不知道他们对自己的看法；他们都是公然欺负他。即便在课堂上，沙芬也不安全。我听过他和他们进行的一场有关历史的交锋，让我有些担心他。

---

① 英国普通中等教育证书考试高级课程，也是英国学生的大学入学考试课程。

当时我们在比德图书馆，坐在排成几排的单人桌后，微弱的秋阳穿过彩色玻璃窗，落在我们的黑色大衣上，给衣服打上了色彩斑斓的补丁。我们正在上历史课，那天讲的是基督徒和穆斯林为了争夺耶路撒冷而爆发的一场激烈战争。这场战争始于一〇九五年，而令人难以置信的是，那个时候，牡鹿学园已经有四个世纪的历史了。

"有谁能跟我说说哈丁战役？"我们的历史教授，身形圆润、笑意盈盈的斯凯尔顿修士问道，"德沃伦考特先生，你的一位族人曾在那片战场上征战过，对吗？"

亨利笑了。中世纪骑士会努力让修士对自己赞赏有加。"是的，没错，修士。祖上的名字是康拉德·德沃伦考特。"

斯凯尔顿修士在掌心抛玩着一支粉笔。"或许，你可以从你家族的视角给我们讲一讲。"

"当然。"亨利说道，把身体坐直了些。我忍不住想，他穿着那件黑色都铎式大衣，阳光照在他的金发上，看着真有点像一个战士。（"《亨利五世①，》"老爸在我脑海中说道，"又或者《天国王朝②》。"）"吕西尼昂的居伊③的军队在哈丁遇到了苏丹·萨拉

---

① 英国电影，1989 年上映，讲述了年轻的英格兰国王亨利五世登基后，面对法国入侵奋勇抗击，逆转危局的故事。

② 美国电影，2005 年上映，讲述了 12 世纪耶路撒冷王国陷入危机时，十字军将领的私生子、铁匠伊贝林奋力保卫耶路撒冷城，对抗伊斯兰世界的领袖萨拉丁的故事。

③ 法国骑士，在哈丁战役中被萨拉丁俘获。

丁的军队。那时，基督军饥饿不堪，士兵因口渴而死。军队亟需水。他们被引去了提比略湖，结果发现，他们的去路已经被苏丹的军队阻断。那是一个陷阱。"

望着他正言厉色的表情，我看得出，他心中受了伤。过去了这么多年，亨利·德沃伦考特却依旧发疯般地在意先祖的往事。

可斯凯尔顿修士并没有看出这一点。"接着呢？"他把粉笔举在半空中，笑眯眯地问道。

"他们对我们大肆屠杀，修士。我们全军溃败。这一次战败直接导致了第三次东征。苏丹夺走了真十字架 ① 和耶路撒冷城。"

我留意到，他用了"我们"这个词。亨利真的把自己代入进去了。

"他们俘虏了幸存者，但萨拉丁不想被那些囚犯拖累。他的手下求他下令把基督徒全部处死。他们已经做好准备。磨刀霍霍。"他狠狠地用钢笔戳着写字板，"他们只放走了我的祖先，条件是他要把发生在那里的一切全部告诉狮心王理查德 ②。他照做了。这既是战争罪，也是暴行。"他的声音在古老的图书馆里回响。

坐在亨利前面的沙芬发出些微几不可闻的声音。他摇着头，极其轻微地笑了笑。我看得很清楚，因为我就坐在他们后面。

亨利瞪了他一眼，那双蓝眸子忽地变深了。但斯凯尔顿修士满面笑容；他喜欢听到学生辩论。"有什么要补充的吗，伽德加先生？"

---

① 基督教圣物之一，传说耶稣曾被钉死在这个十字架上。

② 英格兰金雀花王朝的第二位国王。

沙芬抬起头。他清了清喉咙，开口道："是的，哈丁一战的确是一场暴行。但战争双方都曾制造过暴行。你口中的'狮心王'曾冷血地在阿卡①屠杀了三千名囚犯。那宗暴行甚至发生在非战争时期。那些囚犯手无寸铁，受缚等死。"

"说得好，"斯凯尔顿修士把粉笔指向沙芬，说道，"后面我们会提到更多发生在阿卡的事情。但现在——"他敲着黑板，金色印章戒指发出尖锐的金属撞击声，"我们必须回到哈丁。我想让你们就战区地形是如何导致基督军溃败这个问题写一篇小论文，并提出自己的理解。请诸位留意标点符号的使用，否则，我将不得不再一次提醒你们，'汉尼拔和大象，开战了'这句话，跟'汉尼拔和大象开战了'这句话，意思截然不同。"他把两个例子写在黑板上（牡鹿学园没有白板），重重地用粉笔留下一个句号。"前者的意思是，大象是他的战争机器。而后者的意思是，一位伟大的迦太基将军，和一堆大耳朵乳齿象打了起来。"通常来说，这番话会让我们哄堂大笑——大家都很喜欢斯凯尔顿修士——但今天，气氛太过凝重。

斯凯尔顿修士转身擦掉了黑板上的两句话，开始画哈丁之角②的地形图。库克森瞅准机会，坐在椅子上倾身靠向沙芬。"我猜，你也有族人在那片战场上征战过吧，嗯，旁遮普小子？"他用嘴角说道，"为骆驼骑士军效力？"

---

① 以色列北部城市。

② 哈丁平原上的一座双峰死火山，哈丁战役的爆发地。

那时候，我完全不知道沙芬的宗教信仰，甚至不知道他有没有宗教信仰，但库克森只凭他的肤色，就坚定地把他列入萨拉丁和"异教徒"之流。他想传达的信息很明确：白人基督徒男孩和棕色穆斯林教徒誓不两立。

沙芬没有看库克森。他在写字板的方格纸上涂出了一个黑色的十字架，握笔的手指隐隐发白。我却没来由地想，在穿过彩色玻璃窗的阳光的照射下，他的睫毛是多么纤长。他一字一顿地说道："或许，你应该像关心历史那样关心一下地理。旁遮普和耶路撒冷隔了十万八千里。拉贾斯坦邦①也一样，那里才是我的家乡。"

我惊诧不已。我从未听过沙芬一次性说那么多话，声音还如此自信沉着。他听起来一点都不怕他们。

斯凯尔顿修士转身面向课堂，库克森退回到自己的位子上。他刚刚被沙芬镇住了，我看得出，他并不喜欢那种感觉。"小狗屎。"他低声骂了一句。

"哪里小了，"皮尔斯咕哝道，"应该说是一条长长的棕色大便。"

"像刚吃完咖喱肉拉出来的屎，"库克森在一旁附和道，"一条不仅长，而且还散发着咖喱味的棕色大便。"

皮尔斯窃笑道："我们会解决掉他的。"

库克森靠在椅背上，动作夸张地伸了伸四肢。"很快喽。"他

---

① 印度西北部的一个邦。

表示同意。

　　他们的声音是那么恶毒，让我替沙芬感到难过。我试图朝他微笑，可他没有对上我的目光，而是眼神空洞地盯着斯凯尔顿修士用粉笔画在黑板上的代表死去已久的基督战士的火柴人。我知道，沙芬每一个字都听得清清楚楚。我瞥了一眼亨利。他正垂着长满金发的头，一丝不苟地把黑板上的图表抄到写字板上。和往常一样，亨利并没有加入谩骂的行列，他什么都没做，只是盯着沙芬，可他的猎犬们早已跳出来护主。那时我还以为，他是这几个人中品德最高尚的，后来我才发现，其实他才是最卑劣的那个。

第三章

中世纪骑士团并不是明敲明打的种族主义者，事情没有那么简单。

我猜你可能会说，他们还真的挺公正的，因为他们乐于捉弄所有和环境格格不入的人。除了沙芬，他们的另一个主要目标就是"卡冯·香奈儿"。

和我一样，香奈儿也是在秋季学期入读的新生。那时，我想和她做个朋友，但她担心和我这类人交朋友会招来麻烦。她太脆弱，无力和另一个局外人结成联盟。当然，现在我们是朋友了：奈儿，沙芬，还有我，三个杀人犯。（我想知道，几个杀人犯的罪行总称叫什么。绝对不可能叫"谋杀"，毕竟乌鸦已经捷足先登了。①可能叫"合谋"吧。）

奈儿的法式抛光指甲，看起来犹如十片完美的白色半月牙。她戴着焦糖色假发，皮肤是完美的咖啡色。但在所有这些妆容之下，她其实是一个非常好的人。入学第一天，她的父亲开着一辆金色的劳斯莱斯把她送到了学校，后来我发现，比起我烦我老爸开那辆老旧的迷你车送我到学校，她更烦她老爸。你瞧，因为我们俩都没有钱。但我从奈儿身上学到的一件事就是，在这里，如果有什么事比没钱更糟，那就是拥有错误的钱。"我妈给我取了'香奈儿'这个名字，因为她觉得这个名字很有风度，"她曾小心翼翼地用训练有素、让人根本听不出她的柴郡②出身的口音对我说，"她真的一无所知。"

我明白她的意思。风度，这个词并不在牡鹿学园的教学大纲里，因为没有这个必要。这是某种似乎所有人都知道，几百年来深入骨髓的品质。去哪里度假，穿什么牌子的雨靴，在晚餐桌上如何倾斜汤盘（不是碗），这些对他们而言都不是陌生的事情。但对香奈儿来说，这就是问题所在——这一切都是陌生的。只要衬衫出自伦敦圣詹姆斯区一家小店的名匠之手，那么即便衣领磨破或者少了几颗纽扣都无伤大雅。香奈儿可以买一件一模一样的崭新衬衫，却还是

---

① 英语中，"一群乌鸦"的表述方式之一为"a murder of crows"，这个短语中专有量词"murder"原意即为"谋杀"，故葛丽尔说"乌鸦已经捷足先登了"。

② 英格兰西北部的一个郡。

穿不出该有的味道。中世纪骑士团叫她"一根筋"。但这并不能阻止她努力。

香奈儿的父亲靠着他的电话帝国发家致富。虽然他和卡冯－维尔豪斯①没有任何联系，但既然"旁遮普的花花公子"根本不是来自旁遮普，中世纪骑士团也不会在乎这一点。他们喜欢外号押头韵②，而"卡冯"和"香奈儿"连起来也很顺口，所以尽管刚入学两天，香奈儿就开始叫自己奈儿，他们还是把这个外号硬扣给她。事实上，香奈儿的父亲曾开发出一款名为萨罗斯7S的手机——一款半平板、半手机的产品，并且风靡全球。香奈儿可能比中世纪骑士还要有钱，在柴郡还拥有一栋带泳池和电影院的豪宅，但这笔财富的来源更使得她成了一个局外人。因为牡鹿学园和外面的世界相比，还有一个很大的区别：在这里，没人用手机。

我并不是说学校禁止使用手机，我们可以用手机。低年级学生在允许的时间段内，即周末和平日晚上，都会用手机。但在"六一级"和"六二级"，不用手机却成了某种怪异的荣誉。中世纪骑士团这个六人组强烈抵制社交媒体。他们瞧不起YouTube，Snapchat和Instagram，视它们为"野蛮人的玩意儿"。野蛮人才自拍。野蛮

---

① 英国一家手机零售商，在欧洲有超过2400家专卖店。

② "卡冯（Carphone）"和"香奈儿（Chanel）"在英文中均是C开头的单词。"旁遮普的花花公子（Punjabi Playboy）"也是由两个P开头的单词组成的。

人才发推特。野蛮人才用脸书。野蛮人才玩电子游戏。中世纪骑士团认为，科技革新带来的是人类的逆向进化。他们热衷于显摆读书。（中世纪骑士读的是书。野蛮人读的是 Kindle。）只有在图书馆和计算机房里才能使用互联网，并且只能用于研究，而非社交媒体。（我听说，有一个"六一级"的男孩在晚上偷偷溜去图书馆上色情网站，最后被学校开除了。可怜的孩子，我猜那一定是绝望之举了。）在非常偶然的情况下，中世纪骑士团会在"六二级"的电视房里看电视，但我经过时，发现他们看的总是《大学生挑战赛》①，同时互相竞争，看谁答对的题最多。

你可能以为，这里的孩子会很叛逆，但他们并不叛逆。每个人都很满意这种没有手机的环境，因为这是中世纪骑士团欣然接受的环境。这就是他们的个性，他们小小的偶像崇拜的力量。每个人都想变得和中世纪骑士一样。面对这种社交压力，即便是我都会把手机塞进抽屉里，任由它没电。我已经有些独异于人了，尽管我无意于特立独行。和老朋友失去联系，我越发孤独。我会在周末给老爸打电话，但用的是莱特富特学生共用的座机，而且"耶稣"和她的朋友总排在我后面，一边等，一边嘴里发出不耐烦的"啧啧"声，所以我有一大半想跟他说的话都说不了。此外，老爸对他的纪录片、对他在智利拍摄的堆满蝙蝠粪便的洞穴激动不已，我无法告诉他我

---

① 英国一档智力竞赛节目，从 1962 年开播至今。

在这里过得有多么不开心。如果我说了，他肯定会回家的。你看，他很爱我。

除了老爸，我最怀念的就是电影。我和自己说，就算我讨厌牡鹿学园，我也大可以早上认真上课，晚上关上门用手机看电影。但我连这个都做不到。更确切地说，我本可以这么做，可奇怪的是，我却想遵守规则——我不希望任何人觉得我是野蛮人。

当然了，我深知，手机这档子事和对"中世纪骑士团"的狂热崇拜一样，不过是大规模的装腔作势罢了。但对亨利和他的几个亲信而言，这只是另一种表现方式，向所有人证明，他们能掌管这所学校，能让一切屈服于他们的意志。他们能强行让任何事情在学校里推行，例如所有人在星期三都要单脚跳，那么所有人都会照做。但手机这件事的聪明之处在于，它和学校的整体风气相符，即与众不同的涵养。或许这就是为什么修士们总爱拍他马屁。这里的学生不会好几个小时对着手机屏幕，他们喜欢读书、进行体育运动、排练戏剧、演奏音乐、唱诗等各种各样的事情。此外，每个人都会用真正的笔和纸写很多很多东西。野蛮人才发短信；中世纪骑士都是书信往来。在牡鹿学园，手写纸如秋天的落叶般四处纷飞，它们用装有真正的墨水的钢笔写就，其中有折叠起来的印有家族羽冠的信纸，也有如浴室瓷砖般厚实的奶白色邀请函。一切由此开始，从那封邀请函开始。

那封信送达时已临近期中假。当然，在 STAGS，他们不用期中假这个名字，而是将其称作"停审期"①。"耶稣"和我在房间里，正准备上床睡觉。我的室友第一次主动和我搭话的一刻即将发生。她看到邀请函从门缝里滑了进来。我根本没有注意到，她却兴奋地扑了过去，仿佛期待已久。那时，我正在梳头发，从镜子里看到她读了信封的正面，然后整个人颓了下来。"这是给你的。"她有些难以置信地说道。她心不甘情不愿地把信递给了我。

信封呈完美的方形，那是一种很厚的象牙白信封，四面向中心折起，而且——我可不是在开玩笑——信封是用一滴颜色和我们学校长裤一样的红蜡封住的。蜡块上还印了一对小小的鹿角图案。《侠盗罗宾汉》，我心想。

"耶稣"在我身边徘徊。我学着电影里的方式，把蜡封划开。信封里有一张厚厚的方形卡片。卡片上只有三个词，位于卡片正中央，用黑色墨水写的浮雕字。凸起的字母上泛着淡淡的光泽，富有质感。

打猎 射击 钓鱼

我抬起头。"这是什么意思？"

"翻过来。""耶稣"催促道。

---

① 罗马法中的一个名词，意为"暂时中止行使审判权"。

我把卡片翻到背面，看到上面印着几行整齐的字：

您被邀请赴坎伯兰郡朗克罗斯府
共度停审期

星期五下午五点将有四轮辕轭在牡鹿学园外等候

请回复

我把卡片又翻回正面。"回复给谁？"我说，"这上面又没有名字。"

"那是因为每个人都知道发函人是谁，""耶稣"说道，一直以来的轻蔑语气收敛了很多，"这封信是亨利写的。"

正如我之前所说的，牡鹿学园里只有一个亨利。黑色的浮雕字在我眼前晃动。我应该猜到的。打猎、射击、钓鱼。这听起来像是个玩笑，因为每个词末尾都少了一个"g"。但中世纪骑士从来不会犯错。如果犯错——像旁遮普和卡冯-维尔豪斯——也绝对是故意而为。亨利把这几种狩猎运动以这样的方式写在信上是有原因的，因为这正是他的表达习惯。"你确定吗？"

"当然了。朗克罗斯是他的家。你这家伙交好运喽，"她说道，"你得到了成为中世纪骑士的机会。"

我重重地坐在床上，斜眼看着她。

"你在说什么？"

"耶稣"激动得忘乎所以，竟然坐到了我身边。"亨利经常在米迦勒学期的停审期——也就是狩猎季——邀请'六一级'的学生去他家共度周末。如果你在狩猎场上表现出色，他们也喜欢你的为人，等你明年升上'六二级'，就能成为一名中世纪骑士了。"

和室友真正意义上的谈话令我甚感新奇，但我还是沉默不语，内心消化着所有信息。

"你会去的，对不对？""耶稣"怂恿我道，"朗克罗斯肯定超赞的。绝对是一座奢华的庄园。"

有那么一瞬间，我有了和她说话的动力，可我只是耸了耸肩。我还不打算和她分享任何心里话。如果"耶稣"想知道我的事，那她还得再对我和颜悦色一点。话是这么说，但我的确需要信息，于是我的态度缓和了下来。"四轮辕轭？"我提高了嗓门。我了解中世纪骑士团的行事风格，好奇那会不会真是马车，由八匹马拉着，在马路上蹬着蹄儿、喘着粗气。

"亨利会派旅行车来接你，""耶稣"说道，"他的猎场看守人会把你送到朗克罗斯。"

我的目光从邀请函上抬起，只见"耶稣"一脸嫉妒。如果期中假能回家见老爸，我根本不会有去朗克罗斯的念头。但我见不到老爸，他还在南美洲。我本来是要去在利兹的卡伦阿姨家的，但她家里有一对双胞胎小孩，那俩小鬼真的折磨人。这就是我为何不想去她家住，最后来牡鹿学园上学的原因。

所以，尽管我未曾参加过打猎、射击和垂钓活动，但我已经开始认真考虑去赴会这件事了。

或许我在学习上很聪明，但在这件事上，我实在愚不可及，没能早点看穿事情的真相。我还提前收到了警告，而且是非常明确的警告。警告我的人是杰玛·德莱尼。杰玛·德莱尼是一个三年前入读牡鹿学园的女孩，和我一样，她以前也是比尤利帕克中学的学生。她曾一直是我们所有人的榜样——比尤利帕克的接待台上挂着她的照片，一旁的展览柜上零零落落地放着几个奖杯（和这里的中世纪天井天差地别，这里的银杯多得都遮住了后面的橡木墙板）。一年前，杰玛回到我们学校，在晨会上做演讲，鼓励我们争取牡鹿学园的奖学金，那个时候我几乎没认出她来。杰玛以前有一头漂染过的头发，发根是黑色的，发梢呈稻草色，还有浓重的曼彻斯特口音。晨会那天，她留了一头蜜糖金色的长发，穿着一尘不染的牡鹿学园校服，说话字正腔圆。现在我知道了，那时候的她看起来就像个中世纪骑士。

但她现在的样子大不相同了。那时，我们刚做完晨间弥撒，所有人都往外拥，她在教堂外抓住我的手。我转身望向她，她脸白如骨，长发毫无生气，眼神忧虑。"别去。"她说道。那个"去"字的结尾元音没发完；说要紧事的时候，她的北方口音又回来了。

我顿时明白她指的是什么。她指的是那封邀请函。她指的是让我别去打猎、射击、钓鱼。我好奇她是怎么知道的。"为什么别去？"

"反正别去就是了。"她说道，我还是第一次听到有人用这么强烈的语气说话。她从我身边挤过去，人潮将她带走了。我呆立在原地，心里掂量着她刚刚说的话。学生在我的身边穿行。但我并没有怎么听进去。随着她没入人群，那种不安感也一并消退。

事实是，在一连好几星期被忽略、轻视、排挤后，能被中世纪骑士团选中，收到他们的邀请，这使我受宠若惊。前一天晚上，我在洪诺留的大礼堂遇到了亨利。他碰了碰我的手臂，并且破天荒地和我说了话，是真的说话。"这个周末你会来，是不是？"他迫切地说道，"肯定会很好玩的。"他特意把"好玩"发成了 larf①。

"怎么好玩了？"我发成了 laff。

他又笑了下，我的心怦然一动。"你很快就知道了。"他握了握我的手臂，我低头看向他放在我长袖上的手——修长的手指，方正的指甲，小指上戴着一枚印章戒指。那是一枚刻着两对小小的鹿角图案的印章戒指。

所以，那天早上，当我站在教堂外，在川流不息的人群中，思量着亨利和杰玛说过的话时，我并没有做任何决定。但在我的脑海中，我已经开始打包行李。这就像你抛硬币做决定一样，在它落下之前，你就已经知道，自己要去做什么。

---

① "larf"和后文的"laff"都是"好玩（laugh）"的带口音的发音方式，前者是伦敦东区口音，普遍被视为较粗俗的口音，而后者则为标准的英国口音。

第四章

　　当我下定决心要去"打猎、射击、钓鱼"时，"狩猎"似乎一下子成了学园里所有人的话题。

　　拉丁语课上，我们翻译了奥维德①写的戴安娜的故事，而戴安娜是什么女神呢……想一想……没错，狩猎女神。据说有一天，戴安娜在洗澡时被一个叫阿克特翁的家伙窥见了身体。她怒不可遏，为了防止他到处吹嘘这件事，她警告他，如果他胆敢再开口说话，她就会把他变成一头牡鹿。就在这时，刚好有一支猎狐队从附近经过，而阿克特翁显然和神话故事里的大部分人一样愚蠢，他放声呼救。果不其然，他立刻被变成了一头牡鹿。

---

① 古罗马诗人，代表作为《变形记》《爱的艺术》和《爱情三论》。

"接下来发生了什么呢,阿什福德小姐?"莫布雷修士问香奈儿。莫布雷修士总能注意到有谁没在听课,而那天早晨,和我一样,香奈儿显然也难以集中注意力。在过去的二十分钟里,她一直盯着窗外湿漉漉的运动场。她应了一声,低头看向奥维德的作品。她把自己月牙般的纯白指甲抵在文字下方。"猎人变成了猎物,"她结结巴巴地翻译起来,"猎狗瞬间变作狂暴的狼,将变成牡鹿的他撕成了碎片。"

"没错。"莫布雷修士说道。她的发髻是灰白色的,但有一对乌黑的弓形眉,一激动就会拧在一起。现在,它们就拧在了一起。"五十只猎狗将变成牡鹿的阿克特翁撕成了碎片。"她居然还舔了舔嘴唇。"对于猎犬的名字,古典文学作家们之间存在争议,"她用沉闷的语调说道,"当然了,这些都是细节。奥维德把它们叫作阿尔卡斯、拉东、底格里斯……"但到此为止,我已经不会再继续听下去了。如果莫布雷修士打算把这五十只猎狗的名字全部念一遍的话,我选择继续做关于朗克罗斯府的白日梦。

历史课上,斯泰尔斯修士似乎也听说了那个血腥的"体育运动"。她给我们讲了有关吉安·玛丽亚·维斯孔蒂的故事。他是文艺复兴时期一个一无是处的王子,活着的唯一目的似乎就是毁掉祖先建立起来的公爵帝国。就连这样的课都能讲到狩猎上。

"当然,吉安·玛丽亚最为著名的就是他独特的爱好,"这位修士说道,"他是一名出色的猎人,但他的猎物并非来自动物王国。"

她低下头，看向手中的课本。"他喜放猎狗，将人畋猎并肢解，以作消遣。"她引述了书中的一段话，"伽德加先生，请帮我们解释一下动词'畋猎'的意思。"

沙芬清了清喉咙。"'畋猎'，意即追捕，或狩猎。"

"非常正确，"斯泰尔斯修士说道，"它的意思是狩猎。"她的眼中闪烁着古怪的光芒。"吉安·玛丽亚的用人成了他的猎物，他会放出自己的猎犬追捕他们，供自己娱乐。如果他们跑得太慢，喉咙被撕开，他只需要再招几个新用人回来就好。所以你也许会想，人们赐他'冷血吉安'的外号不足为奇。"但修士的声音里并没有批判的意味，更多的是……崇拜。这令我毛骨悚然。

接下来就是标志着半学期结束的停审期弥撒。我们如往常一样吟唱《诗篇》①第四十二篇。神啊，我的心切慕你，如鹿切慕溪水。接着，院长站起来，除了一如既往地大扯特扯我们这学期表现得多棒，谁谁谁又拿到了什么成绩，哪支队伍又赢了哪场比赛外，院长还选择了——没错，你猜对了——"狩猎"作为自己布道的主题。我们又听了一遍学校创始人艾丹以及他的牡鹿的故事。

我心不在焉地转头望向彩色玻璃窗上的圣人，但不知为何，我的目光一直无法触及他。因为我的目光被六颗完美无瑕的后脑勺吸引了。中世纪骑士团就坐在我前几排。他们的坐姿毫无二致——蹺

① 《圣经·旧约》的一卷，共150篇。后文的诗句为《诗篇》第42章第1节。

着二郎腿，露出长袜，彰显他们高人一等的地位。皮尔斯、库克森、埃丝米、夏洛特、劳拉，以及在劳拉身旁的亨利·德沃伦考特。我发现自己正盯着他的后脑勺看：他的耳郭，修剪得很短的金发在他的脖颈处闪耀着，隐入都铎式大衣的黑色衣领里，浅色较长的鬓发在他头顶打着旋。我颤抖了一下，虽然我并不冷。难以相信，我将要在他的家中度过周末。

我发觉周围突然安静了下来。院长在讲坛上望着我，和善的脸上露出愉悦的神情。

"在想什么呢，麦克唐纳小姐？"

我的脸顿时因发烫而变得绯红。全校学生都转头看向我，包括中世纪骑士团。他们全都看起来目中无人，除了亨利，他带着一抹嘲弄般的微笑看着我，令我的心怦怦直跳。"我刚刚说到……"院长轻轻地开了我一个玩笑，然后又夸张地吟诵起来。他把鼻梁上的眼镜往上推了推，开始读放在鹰形诵经台上的《圣艾丹的一生》。我全神贯注地听着，尽管我能一字不差地把那些经文背诵出来："在猎狗紧逼之时，神圣的圣人朝牡鹿抬起手，将其隐身。如此，猎狗便从它身旁经过，它们的利齿未能伤及它。而后，艾丹将牡鹿恢复原貌，它的皮毛和鹿角再现于世间，牡鹿平静地离去。"

当所有人从教堂中鱼贯而出时，我内心有强烈的感觉：连院长都知道我这个周末要去做什么了，所以才特别希望我能听听他念的经文。

弥撒过后，我跑回房间，肚子里莫名开始翻江倒海。我从落地窗向外望去，各式闪亮且昂贵的汽车在学园的车道上来来往往。不得不在学校过周末的可怜的孩子们嫉妒地看着别的学生的家长把他们的心肝小宝贝接走。那些可怜的孩子要不就是家长在国外（很多），要不就是家长在军队（一些），要不就是他们自己是外国皇室的子嗣（很少）。我算幸运儿之一，因为我即将度过一个奢侈的周末，除了收拾赴朗克罗斯的行李，我现在什么都不用做。当然，我本来还收拾好了去卡伦阿姨家的行李，但后来又把行李拆开了，因为我觉得去利兹所需的行装并不符合朗克罗斯的地位。但说老实话，我还真不知道怎样的行装才能和朗克罗斯的地位相匹配。幸运的是，我遇上了帮手。

第五章

走到莱特富特我所在楼层的楼梯顶端时，我看到了正坐在靠窗座位上的埃丝米·道森。

菱形的窗格在她身上投下纵横交错的阴影，使她仿佛置身于一张网中。她姿态迷人地注视着窗外的广场，搔首弄姿，仿佛是在为一本时尚杂志拍模特照。我很肯定，她绝对是故意做给我看的。

看到我朝房间门口走去，她优雅地挺直了身子。"你好，"她说道，"我们还没有正式见过面呢。我是埃丝米。"

"我是葛丽尔。"我谨慎地说道。

她真的握了握我的手。我注意到，和亨利一样，她也戴着一枚金色印章戒指。"近来可好？"她问道。

在那之前，从来没有人问过我这个问题。我知道，在伊灵喜剧①之类的电影里，人们会用这句话互相问好，但我从来没在现实生活里听到过。我猜这就是中世纪骑士的风格吧。近来可好？好几个回答从我脑海中蹦了出来。说老实话，埃丝米，我不确定自己过得好不好。上一分钟，你和你的海妖伙伴们还在背着我窃笑，拿我的口音开玩笑，仿佛我是《加冕街》②里的人物，可下一分钟，你又变得这么讨人喜欢……但当然，我没把这些话说出来。我还是挺开心的，至少有人肯和我说话了。"还好，谢谢。"

"准备好共度周末了吗？"

"完全没准备好。"

她微微一笑，笑容从《乡村生活》③风格流畅地转换为牙膏广告风格："亨利叫我过来帮你收拾一下行李，同时解答一些你的疑问。"

"呃，我的疑问可多了。"

她指了指那扇厚重的橡木门，门上有我和"耶稣"的（真）名字，以及一块字迹潦草的留言板，上面的话全是写给"耶稣"的。"那我们进去吧？"

我推开门，"耶稣"已经懒洋洋地躺在床上了，她肯定找了个

---

① 泛指坐落在伦敦西区的著名电影工作室伊灵电影工作室在 1947—1957 年间出品的一系列喜剧电影。

② 世界电视史上播映最久的一部电视连续剧，自 1960 年在英国 ITV 电视台开播，至今已播映超过 5000 集。

③ 田园风格家居时尚杂志。

比我快的法子从教堂溜了回来。看到埃丝米，她立刻起来，立正站好。

"能让我们单独待一会儿吗？"埃丝米亲切地问道。

"耶稣"脸涨得通红，嫉妒地瞪了我一眼，急匆匆地走出了房间。

我解开肩上的教堂披肩，把它抛到椅子上。我的滑轮行李箱大张着嘴，空空地躺在床上，我的衣服被我扔得满地都是。埃丝米先是看了看这一地狼藉，接着又看向我。

我被抓了个现行。我一向认为自己是个"坚强的女权主义女孩"，但自从亨利邀请我去朗克罗斯之后，我估计要让自己的姐妹战友们失望了，因为我开始变得极为注重穿着。修士的每一节课上，我都在走神，做着小小的白日梦，幻想自己穿着优雅的粗花呢衣服，漫步在朗克罗斯的庭院里，或者身着一袭白茶色长裙，在湖上泛舟。而在每一个场景里，亨利·德沃伦考特都在我身边，陪我聊天，陪我欢笑。但问题在于，我既没有粗花呢衣服，也没有白茶色长裙。我白日梦里的庭院完全照搬了莫谦特和艾佛利在二十世纪八十年代拍的电影[1]，但就算亨利家的庭院没有和我想象中一模一样，也应该差不离了。我的紧身牛仔裤、无檐小帽和老爸喜欢买给我的令人啼笑皆非的电影主题 T 恤。这些绝对和朗克罗斯不搭。

"我要说的第一件事就是，别担心衣服的问题，"埃丝米安慰道，"你没有什么，他们就会在朗克罗斯给你提供什么。带些必要的衣

---

[1] 由制片人伊斯玛·莫谦特和导演詹姆斯·艾佛利组成的电影公司，经常改编描写第二次世界大战前英国上流社会的文学作品。

服就好——内衣裤，多带点袜子、睡衣。至于其他的，从简就好。"

她翻了翻我的衣橱，还有我的"地板衣橱"。"让我看看都有什么。白衬衫、牛仔裤，几件保暖套衫，"她把它们都扔进了行李箱，"T恤……嗯……"她挑了一件拿起来。那件衣服上印着诺斯费拉图伯爵[①]，上面写着："早上逊毙了。""这件不行……"她说道，仿佛我不在身边，接着拿起另一件纯白的衣服，"这件可以。"她继续翻弄我的东西，挑出所有野蛮人的东西，然后把所有她认为带点中世纪骑士味道的衣服扔进行李箱。行李箱里的衣服少得可怕。最后，她转身面向我。"你有礼服吗？"

这是另一个我打算问却没敢问的问题，但实际上我早已有一个答案。我的确有一件漂亮的礼服。我的妈妈是一位电影服装设计师，她在离开前给我做了一件礼服。奇怪就奇怪在这儿。因为她不是最近才离开的，她在我十六个月大的时候就离开了我和我爸。

我见过我和妈妈最后的合照（我没有把它们挂在这里的墙上），那时的我只是一个蹒跚学步的小东西，长着一头黑色的鬈发和一双灰色的大眼睛。我以前经常盯着那些照片看，想看看自己到底是哪里那么糟糕，逼得她非走不可。可我看起来非常可爱，绝不是什么怪物。但很显然，在经历了最糟糕的部分——换恶心的尿布、晚上起来给我喂奶以及我长出乳牙——之后，她认为，自己终究不是块

---

① 电影史上第一部以吸血鬼为题材的恐怖电影《诺斯费拉图——恐怖交响曲》中的吸血鬼伯爵。

当妈妈的料。我的老爸——从这儿你就可以看出他是一个多么好的人——从未，从未对我说过她半句不是。他说，当有做父亲的离开自己的孩子时，没有人大惊小怪，那凭什么做母亲的就不能有这样的权利？我明白他的意思。但不知为何，我总觉得就是不一样。

妈妈给予我的唯一一样东西（行了，行了，除了生命）就是那件礼服。我妈和我爸在埃尔斯特里电影工作室相遇，那时，他们正在为同一部电影工作。我得先提醒你，那可不是一部什么经典电影。它和《公主日记》①很像，但要烂得多，如果说还能更烂的话。我努力不去想起那部电影的名字。它讲了一个女孩的故事，那个女孩直到最后都不知道自己是个公主，而我妈就负责给扮演公主的那个演员—— 一个被迪士尼宠坏的可怕小孩——做所有衣服。电影拍完之后，还剩下很多上好的布料和珠子，而那时妈妈正怀着我，也知道我是一个女孩，于是，她就给长大后的我准备了一件礼服。听起来很棒，是不是？嗯，美中不足的是，她只陪了我不到十六个月，更别提十六年了。现在你该知道，为什么这十六年来我爸拒绝了所有海外工作的机会，直到今年我入读牡鹿学园，他才终于能出国工作了吧。妈妈离开时，她交代我爸要好好保管那件礼服，让我在舞会上穿上它。我爸做到了。而我也的确在舞会上穿上了那件礼服。猜猜怎么着？礼服相当得体合身。

----

① 美国电影，2001 年上映，讲述了一位普通美国少女突然成为一个欧洲小国的公主和王位继承人所引发的故事。

真是吓人。

通常来说，我不是一个自视过高的人（好吧，应该说不是一个自视甚高的人），但我不得不说，舞会那晚，穿着那身礼服的我看起来也算美丽动人。老爸拍了一张我穿着礼服的照片，把它发给了妈妈，那时她好像在俄罗斯还是什么别的地方拍电影。那已经是夏天的事了，到现在都没有回信。我也不指望她会回信。

我把那张照片挂在了莱特富特的房间墙壁上，此刻，我正望着它。这是墙上唯一一张不是我和老爸的合照的照片，是我离开学校之前在比尤利的十一年级毕业舞会上拍的。照片上我们十来个人互相挽着手臂，双目炯炯，开怀大笑，一同跃入空中。望着照片，我总会一阵心痛。我怀念，非常怀念那段时光，不仅仅是怀念照片中的那些朋友，而是怀念当时所有的朋友。

我转向埃丝米，她是现在对我而言最接近朋友的一个人了。我从我的都铎式大衣后拎起那件礼服。我深知，即便对中世纪骑士团和朗克罗斯来说，这也是一件非常得体的礼服。你瞧，我穿这件礼服去参加舞会，不是出于忠诚，也不是出于对妈妈的思念，更不是什么扯淡的多愁善感。我其实根本不关心我妈妈。我穿上它，是因为这是一件华丽的礼服。你能看得出，这是为我量体而裁，银灰色的布料和我银色的眸色相衬，衣服上装饰着黑色的小珠子，珠子绣在礼服正面，状若旋涡，又仿若秋夜黄昏时分在天上成群盘旋着的欧椋鸟。好吧，至少你能在牡鹿学园见到那样的场景。

埃丝米像是闻到了恶臭般看着那件礼服。"天哪，不行，"她说道，"这件不行。"我的脸色肯定沉了下来，因为她匆忙地补充道，"别担心。他们会在朗克罗斯给你准备衣服的。"

我轻轻地把礼服放在床上。"连礼服都有吗？"

"那是当然。"

我觉得这个时候要开个玩笑。"亨利的礼服吗？"

她笑了。不是那种无数次在我身后爆发的恶毒笑声，而是友善、爽朗的笑声。"好了，"她说道，舒服地坐到床上，把一条腿压在身下，另一条腿悬在地板上晃来晃去，"衣服的问题解决了。你有什么想问的吗？"

被她淘汰掉的衣服在床上堆成了一座小山，我坐到小山的另一边，摊开双手。"有什么活动？周末会有什么活动？"

"很好玩的，"她说道，和亨利的发音一样，"他的猎场看守人会在五点准时出现在学校门口接我们前往。车程不长，朗克罗斯位于湖区，往南开大约一个小时就到了。你到时候看吧，那是一个非常适合打猎的乡村。到了之后，你会有时间梳洗打扮，之后我们会在大礼堂举行一场正式的晚宴。星期六猎鹿，星期日打雉鸟，星期一放假那天我们会去湖上钓鳟鱼。"

天——哪。我第一次意识到，这不仅仅是一个享受锦衣玉食、乡间宅邸的周末那么简单，我是真的要去打猎，而我完全不知道自己对此是什么感受。我知道这么说会显得自己像个虚伪小人，因为我爱吃肉，也爱穿皮革衣物，但我不知道自己能否只为了好玩而对一头美丽生灵下手。我指的是牡鹿。鱼长得挺丑的，所以就算抓住它们，我也不至于哭出来。"我要不要……你知道……猎杀动物？"

她挑起完美的眉毛。"嗯，你当然应该试试看。没有杀戮，打猎就没意义了，"她把一只手放在我的手臂上，"但事实上，新手少有能在第一个周末就打到猎物的，所以你也不用太过担心。"

"问题是，"我说道，"我连枪都没碰过，也没举过鱼竿。我不知道该怎么做。"说老实话，如果还有什么事情能比结束一头美丽生灵的生命更糟糕，那就是看起来像一个彻头彻尾的傻瓜。

"别担心，"她说，"庄园里有许多猎场看守人，而且还有人帮你装弹药，帮你把猎物赶出来，还有人帮你捡猎物。会有很多人告诉你该怎么做的。"

我根本不知道她说的"很多人"是谁，但还是在一旁礼貌地听着。"一些打猎老手会手把手地在旁边帮你。而且，如果你不喜欢打猎，那——"她又微微一笑，"你也可以和其他人社交，不是吗？每天晚上都会有晚宴，还有精美的狩猎午餐，也可以享受鸡尾酒和茗茶。乐趣多着呢。"

我的肚子里又翻腾了起来，但我还是欣然地点了点头。

埃丝米的眉间满是关切，她靠了过来。不知怎的，她的手仍旧放在我的手臂上。"这些话让你舒服些了吗？"

确实如此。"是的，"我说道，"谢谢。"

"汽车五点就到，来接你的是首席看守人呢。他可是个完美的乖宝宝。"她翩翩然从我床上站了起来，轻轻把头发从一边拨到另一边。头发垂落下来，堪称完美。"今晚见啦。晚餐八点开始。一路顺风。"她走到门口，一只手灵巧地朝我轻轻挥了挥，只动手指，不动手掌。

"你也是。"我说道。

当然了，现在回想当时，我的想法和你一模一样。我还让那个女巫翻弄我的衣服，告诉我该穿什么，像个十足的傻瓜。但你得知道，在我房间里和埃丝米聊的那一小会儿天是我这整个学期里进行过的最久的一次谈话。我渴望友谊。而埃丝米给予我的似乎正是友谊。

不过，那时的我内心依旧埋着一颗小小的叛逆种子。当她关上门时，我把那件礼服塞进了行李箱。

第六章

教堂的钟敲了五下，我知道，现在下楼已经有点晚了。

我花了一下午的时间用烫发棒把头发拉直，让它显得又直又富有光泽。结果当我拉着行李箱冲下楼时，天空中残忍地飘起了一阵蒙蒙细雨，让我一下午的努力付诸东流。

我看到一支墨绿色涂装的路虎车队已开始缓缓驶离车道。我一阵惊慌，以为自己错过了。（真讽刺。当然，现在我倒希望当时错过了车。）从"耶稣"在我收到邀请函时说的那番话来看，我可以推断出，我不会是唯一一个赴朗克罗斯的牡鹿学园新生——我肯定会和其他素未谋面的宾客同车，甚至是中世纪骑士。但还好，没事——楼梯前面还停着一辆路虎。一个矮壮结实的男人斜靠在汽车保险杠上。从他那张饱经风霜的脸上，我根本看不出他的年龄——他看起来就像《银河护卫队》①里那个基本上就是一棵树的家伙。他戴着一顶扁扁的粗花呢帽，遮住了他的头发，穿着一件格子衬衫，还有一件绿色绗缝马甲。他小心翼翼地抽着烟，把香烟捂在掌心，犹如一个躲着修士的第六学级学生。

"我是葛丽尔。"我说道，心里紧张得要死，可还是故作轻松。

他板着脸，摸摸帽子，向我行了个礼。"可好？"他说道，这是埃丝米在楼上对我用的问候语的带北方口音简化版。通常而言，北方口音会让我感到舒服，但这次没有。他的人和他的外貌一样不近人情。他不紧不慢地抽了最后一口烟，乜斜了我一眼，又斜眼看了看他的香烟，然后把烟摁在厚重的登山靴靴底，捻灭了。他把烟蒂整齐地折起来，塞进马甲口袋里。

他伸出沾满尼古丁的巨手。就在我差点像和埃丝米握手那样握住他的手时，我反应过来，原来他是想帮我拿行李箱，只是方式生硬了些。我把行李箱推给他，他把它甩进后备厢，砰的一声盖上车盖。我准备了一个"坐副驾驶"②的玩笑，想着既然他是个猎场看守人，这句话应该挺俏皮的。但他看起来并不像是那种爱说笑的人，而且，他已经替我把后门拉开了。紧接着，他坐到驾驶座上，发动了引擎。

---

① 美国漫威影业出品的超级英雄电影，2014 年上映，影片中有一个名为格鲁特（Groot）的树人角色。

② "坐副驾驶"在英语中是"riding shotgun"，亦有"带上霰弹枪"或"全副武装"的意思。

在我们驱车离开之时，我转头最后看了一眼学校。那幅场景，我记得特别清楚：每一扇窗户后，都有一张脸。整个学校都在看着那些被选中的人离去。包括修士们。

我们沿着车道行驶。看到我们的车正跟在其他旅行车后面，我放下心来，确定自己不是被人绑架了。这位首席看守人一言不发地开着车，眼睛只顾盯着前面的路。天色昏暗下来，我们驶入乡村，在蜿蜒曲折的路上，我们时不时会落在其他车后面。那个时候，我感觉，天地间似乎只剩下我和那位沉默不语的司机。小时候，老爸会让我坐在他的摄影车的前座——我想我们都很孤独吧——那时我总觉得，前方车辆的尾灯犹如一双双在黑暗中凝视着我的骇人的红色眼睛。而今夜，每次见到那一双双红色眼睛，我却可笑地感到如释重负。我盯着猎场看守人的后脑勺。他开车毫不费力，一只手把着方向盘，帽子稳稳地戴在头上，一声不吭。我猜路虎上应该有收音机，但他没有开。哪怕放些白痴的欢快调子，我都会好受些。自从不用手机以后，我都不知道现在出了什么新歌。但现在这种沉默的状态真的有些吓到我了。我拼命想找个话题，和他聊聊天，最后，我还是选择了那个英国常年不变的万能话题："你觉得这个周末的天气会好吗？"

"当然了。"他咕哝了一声。似乎没有必要再跟他说话了。我决定放弃谈话这个念头，用袖子擦了擦蒙了一层薄雾的玻璃，看向窗外。这是十月末的一个夜晚。我记得埃丝米说过，朗克罗斯在湖区的某个地方。"很适合打猎的乡村。"她这么跟我说过。事实上，当我向外看时，我看到，在月光下，波光粼粼的湖面仿佛在跟我玩捉迷藏，在连绵起伏的黑色群山间时隐时现。我不知道我们已经开了多久（仪表盘上没有时钟，我又不戴手表，当然了，更没有带手机）。肯定还不到一个小时，但我觉得仿佛度过了几百年。沉默似乎变得愈发喧嚣，太过压抑，我几乎想尖叫了。我的神经紧张到了近乎崩溃的地步。就在我快忍受不下去，想叫他把车停下时，黑暗中，一盏闪亮的灯塔映入眼帘。远处，闪烁着一簇灯光，仿若一艘在黑山连成的大海上漂泊的巨型远洋客轮。

　　倘若我一路上有个伴，开着收音机和我聊个不停，那之后见到朗克罗斯时，我或许会害怕。可那时，在和那位沉默无言的猎场看守人待了一个小时之后，望着渐行渐近的灯光，我心里没有别的感觉，只有如释重负。

　　那时的我没有想过，这或许就是计划的一部分。

/ Part 2 /

打 猎

狩 猎 游 戏

第七章

亨利站在镶有护墙板的大堂中等待来宾，身后是熊熊燃烧的炉火。

他孤身一人，身边只有几只拉布拉多犬，在炉前的地毯上打瞌睡。

想到不用立刻见他的父母，我心里的压力减轻了些，放松了一点。款待我的主人和房间里的一切都显得热情好客。他的笑容如炉火般温暖，他的金发熠熠生辉。亨利穿着一件长袖橄榄球上衣，还有一条红色牛仔裤。并不是说他看起来比在学校更帅气——整个牡鹿学园估计也只有他能把黑色都铎式大衣穿得好看——而是不同了。更加……成熟了。和在学园一样，站在房间里的他与周围的环境十分相称。

朗克罗斯的房间还没有我当初想象中的一半令人生畏。墙上挂着一排排雨靴、手杖和鱼竿，还挂着一件老旧的潜水服——可以说相当杂乱。护墙板上贴着发黄的体育海报，海报上是一个老派的人，做着老派的运动，当然，这其中也包括"打猎、射击、钓鱼"。一个必不可少的牡鹿头悬挂在亨利的头顶上方，黯然无神的双眼凝视着地面。

亨利看见了我。"葛丽尔！"他说道，朝我走来，我也迎了上去。我俩走到房间的中间，他吻了吻我两边的脸颊；不是上流社会的人经常行的那种愚蠢的空气吻，而是实实在在的亲吻，嘴唇触及皮肤的亲吻。在此之前，除了他碰过我的手臂，我们之间从未有过任何身体接触，所以他的这种问候方式让我顿时有些晕晕乎乎的。

"其他人呢？"我问道。

"在换衣服。快进来暖和暖和吧。抱歉，天气真是冷极了，"他轻快地搓着双手，"但倒挺适合打猎的。"他突然转向出现在我身后，态度毕恭毕敬的猎场看守人。

"啊，完美。看来你安全地把麦克唐纳小姐载到这里了。"

完美——不可思议，这竟然是他的名字——脱下那顶明显不是粘在他头上的粗呢帽，然后点了点他头发日渐稀疏的斑白的头。

亨利朝我笑了笑。"他是不是一路唠叨个不停呀？"

我不确定该如何回答这个问题，但幸运的是，这并不是一个我需要作答的问题。亨利紧接着转向猎场看守人。"完美，你是不是跟麦克唐纳小姐一路唠叨了个不停呀？"

猎场看守人抓了抓下巴。"当然了。"

亨利仰头大笑，露出一排白牙。看着自己的主人，完美似乎都忍不住要笑了。很显然，这是他们俩之间的一个玩笑。

"行了。检查一下军械库，为明天做好准备，可以吗，完美？"

完美点了点头，走了。亨利转向我。"听着，如果你不想迟到，现在最好赶紧上楼。希望你不介意穿些衣服来参加晚宴。"

我不知道自己还能有什么选择。难道我还能赤身裸体来参加晚宴不成？^① 所以我只是回答道："我完全不介意。"

"很好。七点半的时候，大家会聚到客厅里喝些酒。八点的时候，晚宴会在大礼堂准时开始。"

我环顾了一下四周。"难道这儿不是大礼堂吗？"

"天哪，这儿可不是，"他说道，"这里是靴房。"

这么说，朗克罗斯的靴子要比我和我爸在曼彻斯特住得还要好，正当我惊讶之际，他按了个铃，像《高斯福庄园》^②电影里一样，一个中年女人应声出现。

"贝蒂，请带麦克唐纳小姐去她的卧室。你给她安排了哪个房间？"

---

① 亨利那句"穿些衣服来参加晚宴"的原文为"dressing for dinner"，亦可理解为"着正装来参加晚宴"。

② 英国电影，2001年上映。威廉爵士和他的妻子在高斯福庄园举行狩猎会，各界名流应邀而来，威廉爵士却意外身亡。对案件的调查揭露了一系列不堪的真相。

"劳瑟，先生。"女仆的口音和完美的口音一模一样。

"劳瑟。炉子烧好了吗？"

"那是当然，先生。所有人都来齐了吗？"

"所有人都到齐了。你想来一杯茶吗，葛丽尔？"

"我能干掉一整杯。"我高兴地说道。

他的笑容顿时僵硬了一下，我怀疑是不是因为自己用词不够文雅。"把茶带去房间，贝蒂。"我注意到，他既没说"请"，也没说"谢谢"。

但女仆似乎并没有在意。"一切照您的吩咐，先生。"她往后站了些，伸出手给我引路。很显然，尽管我不知道怎么走，我还是要走在她前面。估计这是什么尊卑秩序吧，我想。

我去拿我的行李箱，结果亨利却伸出了他的手。"放这儿吧，"他说道，"我会让人帮你提上去的。"

显然，上流社会的人从来不用自己拿自己的东西。我开始有点飘飘然了，特别是在亨利抓住了我的手，用力握了握之后。"欢迎，"他说道，"我真的很高兴你来了。"

我的房间——我猜我得称它为"劳瑟"——气派豪华，而且宽大无比，仿佛是你能想象出来的最好的酒店中的最好的套间。我花了点时间，绕着房间走了一圈。

房间里有一张巨大的深色木质四帷柱床，床的四周挂着厚厚的玫瑰色帷帘，床上铺着玫瑰色的被褥。墙壁上贴的似乎是布料，而不是墙纸，上面印着用镂空模板画的淡淡的金叶子。地板上的地毯仿佛出自动画电影《阿拉丁》。窗户底部装的是透明玻璃，顶部则是彩色玻璃。房间里还有一个极其古老的壁炉，老到要在上面刻日期（这上面刻的是一五九〇年）。想象一下：壁炉里面居然还烧着炉火。和酒店一样，房间里没有电视。事实上，直到现在，我就没在朗克罗斯里见过电视。

其实，如果你仔细观察，会发现房间里没有一样东西是新的。地毯有略微的磨损，墙上的金叶子稀疏褪色，窗户的一扇玻璃上横贯着一道银色裂缝。但房间里的每一个角落无不彰显着继承、阶级与品质。像这样的房间，总会有一样不可或缺的标志物——壁炉上方挂着一个牡鹿头，炉火在鹿头黝黑的双眼中闪动，仿佛它从未死去。这里还有一件酒店套间里通常没有的东西。床上放着一条晚礼服裙子，几乎被伪装了起来，它的颜色和房间色调一样，也是玫瑰色。我把裙子提起来，它微微摆动，感觉很有分量。又是品质的体现。我没来由地想，亨利的房间会是什么样的呢。

女仆去帮我斟茶，和我想象中一样，她回来时拿了一个银色托盘，上面放着茶杯。一个和我年龄相仿的年轻家伙提着我的行李箱，跟在她身后走了进来，他把行李箱放到房间中间。接着，第三个人走进了房间：个子挺高，金发，美丽动人。那是第二位海妖，夏洛特·拉克伦－杨。

夏洛特穿着一身漂亮的连衣裙——不对，你不能说那是一件连衣裙，那绝对是一件晚礼服。她跳到我面前，吻了吻我两边的脸颊。"葛丽尔，没错吧。"这句话听起不像是疑问句，倒更像是陈述句，仿佛她在给我取名字。她松开了我，我往后退了一步。若说亨利的亲吻令我惊讶，那她的问候方式绝对算过火了，因为她之前连一句话都没和我说过。"你能来实在是太好了，欢迎来到朗克罗斯。"她说这句话时，仿佛自己就是这座房子的主人，这时我才想起我在学园里听到的传闻，她好像是亨利的表亲。我想，或许就是这个缘故，她便觉得自己有权担当女主人的角色。但还是挺奇怪的，用这样的方式问候我的应该是他的妈妈才对。但我猜我应该会在晚宴上见到他的妈妈吧。夏洛特继续往下说："劳瑟是最棒的房间，早上的风景美得不得了。"

这句话立马让我看出她和其他中世纪骑士团女孩的区别。她说话时，每个词仿佛都带上了着重号。她总是热情满满，事事都要特别强调出来。我看得出，她这样的性格很容易让周围的人精神紧张。女仆把茶倒进小小的圆瓷杯里，茶水穿过细小的银筛网，缓慢而下，这使我想起，在离这儿很远很远的地方，那个我和老爸常用来装茶的巨大号暖手马克杯里的暗红色浓茶。女仆倒茶时，夏洛特惬意地坐在床上，像埃丝米之前那样，轻轻把头发从一边拨到另一边。她的头发同样垂落得堪称完美。"哦，这是你今晚要穿的礼服吗？天哪，太完美了。这颜色和你的黑发，绝配。"

我留意到，女仆先把茶杯递给了夏洛特，后把另一杯递给了我。"贝蒂，你真是太讨人喜欢了。是茶哟！"她转向我，天真地把眼睛睁大，仿佛那是一杯为她特别调制的茶，"这就是我要的味道。旅途如何？谁把你接过来的？"

茶的味道既古怪又淡，像刷锅水，而且杯子特别薄。我觉得，如果我上下牙突然一咬合，就能把杯子咬下来一块。"是完美接我过来的。"

"哎哟，首席看守人。他可是个百分之百的乖宝宝。"

这句话埃丝米也说过。我只能想象"乖宝宝"是中世纪骑士团中"闷闷不乐的混蛋"的代名词。"是啊，他可是个王子，"我挖苦道，"让我一路上非常安心。你知道《出租车司机》①吗？嗯，他就像里面的罗伯特·德尼罗。只是他话更少。"

夏洛特冲我睁大了眼睛，朝双唇紧抿的女仆歪了歪头。我不知道她在示意什么，于是只好闭嘴。但就在这时，壁炉架上的钟——看起来像《美女与野兽》里的葛士华——响了起来，夏洛特一声惊叫。"天哪，看看都几点了。你也喝了茶了。"我才刚抿了一口。"现在得考虑一下换衣服的事才行。七点半，客厅里会上酒。"

我失望地放下瓷杯。

夏洛特拿起裙子，把它摇了摇，仿佛她是斗牛士，而我是公牛。

---

① 1976 年上映的美国电影，从一个出租车司机的视角描述越战结束后的纽约。罗伯特·德尼罗在影片中饰演孤独无望的出租车司机特拉维斯·比克尔。

"要变灰姑娘喽。"

　　她和贝蒂似乎都没有离开的意思，我只好当着她们的面脱下内衣。或许这就是富人的作风吧。或许只有野蛮人才会介意在他人面前宽衣解带。在她们的帮助下，我扭动着身体穿上了那条裙子，这时候，我不得不承认，我很感谢有她们在身边。我突然想起电影《伊丽莎白》里的那一幕：饰演女王的凯特·布兰切特伸开双手，让她的侍女帮她穿衣打扮。连衣裙、耳环，所有的一切。这就是为什么富人从来不自己穿衣服，因为衣服太难穿了，他们需要别人帮忙。

　　穿好衣服后，我的两位助手让我坐在镜子前，帮我做头发。天气好的时候，我的黑发会笔直地垂下，泛着铃铛般的光泽，厚厚的刘海搔弄着睫毛，圆润的发梢垂在两肩。今天天气不算太好，因为下雨，我的头发有些卷曲，但我似乎并不需要担心。夏洛特给我出了好几个主意："贝蒂能把头发做得很漂亮。"在接下来的二十分钟里，我不得不承认，贝蒂的确有一双巧手。她用发钳把我的头发烫成小卷，把我的刘海拨到一边，再把我两侧的头发编到后面，最后喷了些带有和我的裙子同色的小小的玫瑰花蕾的发胶，将头发定型。

　　我还以为贝蒂会帮我化妆，但很显然，这得我自己动手。女仆离开了房间，毫无疑问，她还要去照料其他宾客，夏洛特踱步走向窗户，望着窗外的夜空，手里摆弄着窗户的挂钩。"对了，你要知道，贝蒂已经嫁给了完美。永远不要在仆人面前说长道短，这一点你得牢牢记住呢。"

我觉得，这并不是一条我需要在这座房子外遵守的规矩。我有点为自己说过的话感到后悔，但如果那头可怜的母牛嫁给了那位首席看守人，我说的事情，她肯定都知道。我努力把话说得有些水平："哦，那我只能说，她真的是一位很幸运，很幸运的女人。"

我拿起常用的黑色眼线笔，手却一下子悬在了半空。不知怎的，它看起来不适合这身衣服。

夏洛特走了过来，将一只冰凉的手放在我身上，让我把眼线笔放下。"淡一些好，"她说道，拿起一支裸奶油色的眼线笔，"这支怎样？"

于是，我靠到椅背上，把化妆这件事交给了她。十分钟后，我已经认不出镜子里的自己了。

夏洛特选的这条裙子很适合我——玫瑰色衬得我的双颊闪闪发亮。眼睑上，散发着微光的奶油色眼线将我的灰色双眸突显了出来，珊瑚色光泽在我的唇上淡淡地闪耀着。

我就像是变了一个人。

从非主流女生变成舞会女王。

从野蛮人变成中世纪骑士。

夏洛特双手捂着胸口。"我的天哪，"她说道（她从来没说过"我的天哪"。她是中世纪骑士），"你看起来就像个仙女。"

这才是他妈的《公主日记》。

第八章

我很庆幸自己认真穿衣打扮了。

我们走下夸张的大理石阶梯，阶梯两侧是巨大的画像，犹如置身于《蝙蝠侠：黑暗骑士》里的韦恩庄园。接着，夏洛特和我走进客厅。（我们连门都不用碰。走过去的时候，两个男仆把门拉开了。）我看到，在场的所有人，衣着都极为正式——男孩皆穿着长燕尾黑礼服、白衬衫，还系着蝴蝶领结。有那么一会儿，我的眼前只是一些光鲜亮丽的身影模糊地闪动着，但之后，我开始慢慢认出那些打扮陌生的面孔。当然，我知道，我就要见到亨利的父母了，或许还有其他来这个乡间豪宅度周末的成人宾客，但我先认出来的还是中世纪骑士团的成员。满头金发的亨利和一个一袭深蓝色长裙的女孩站在一起，那个女孩无疑是劳拉。皮尔斯和库克森正和一个背对着我的高个子、深色皮肤的人攀谈。壁炉旁，一身常青藤绿色衣服的埃丝米正在和香奈儿聊天。

香奈儿。

一位身穿黑色马甲、打着蝴蝶领结的侍者向我递来一个托盘，托盘上的高脚杯里装着气泡咝咝作响的饮料，还处于极度震惊之中的我，麻木地拿起了一杯。卡冯·香奈儿。她在这里干什么？

怪不得她上拉丁语课的时候一直盯着窗户外面看，很显然，出于同样的原因，那时的她和我一样既焦虑又激动。我有些难以置信。因为我知道，这个学期，香奈儿过得比我艰难多了。我抿了一口高脚杯里的东西，只为找点事做，心里忖度着香奈儿的出现。我猜杯子里装的是香槟，泡沫苦涩的味道令我眼中泛泪。

接着，我迎来了今晚的第二次震惊。那个正跟皮尔斯和库克森攀谈的深色皮肤的人转过身来，居然是沙芬。我看着他，只见他谈吐自如，站姿优雅，神情怡然。话说到一半时，他抬起头，看到了我。他的眼睛闪了一下，因惊讶而睁大。我说不清他的眼神是什么意思。这有点难解释，但我不觉得他是因为看到我出现在这里而惊讶，我觉得，他是因为我的外貌而惊讶。我想我看起来应该还不错，算是我努力的成果；而海妖们——夏洛特和埃丝米，还有她们当中最漂亮的劳拉——身着珠光宝气的高级时髦晚礼服，玉貌花容。穿着白色长裙的夏洛特看起来也很漂亮，虽然我非常确定，中世纪骑士会觉得她人工日晒后的肤色太暗了，裙子又太过苍白。我感觉，自己能和他们所有人抗衡，或者说，就算葛丽尔·麦克唐纳做不到，我在镜子里见到的那位公主也能做到。我微微仰了仰头。

我不得不承认，打着白色领结、穿着白色燕尾服的沙芬，看起来同样光彩照人。他比其他男孩都要高，深色皮肤和洁白的衬衫及领结形成了可爱的对比。今晚，他把自己长长的黑发从前额梳到了后面，脸庞英俊，甚至有些高贵。凯斯宾王子[①]，我心想。他看起来的确和环境很相称，但他为什么会出现在这里？他是被中世纪骑士欺负得最凶的。接着，我更仔细地打量了下他：他的姿势，他的举止，他拿高脚杯的方式。他那纯粹的自在。我微微地噘了下嘴。他是他们中的一员。我整个学期都在同情他，想着他被人欺负，被人唤作“旁遮普的花花公子”。但现在，很明显，那些不过是玩笑而已，中世纪骑士的幽默。毕竟，每个人都说沙芬是印度的一个王子。只有我一直在犯傻。他显然一直都是他们的朋友。我不禁感到些许失落。我不知道为什么。沙芬从预科开始就一直在这所学校，他肯定是和中世纪骑士们一起长大的。但不知怎的，知道了他是他们中的一员，我还是有些失望。他朝我笑了笑，但我没有回他以笑容。

八点，晚宴开始，我们走进大礼堂。大礼堂是一个巨大的房间，天花板很高，顶上的壁画隐没在烛光照不到的黑暗中。必不可少的鹿头凝视着下方，鹿角在墙壁上投下荒诞的阴影。长桌上罩着一张

---

① 2008年上映的美国奇幻电影《纳尼亚传奇：凯斯宾王子》中的一个角色，相貌俊朗。

雪白的桌布，桌上摆满了银色的烛台、水晶玻璃杯，还有银色的蛋糕架，但蛋糕架上放着的不是蛋糕，而是堆叠成金字塔状的水果。

我找到了自己的位子，因为桌上有一张小小的奶白色卡片，上面有一行手写的文字"葛丽尔·麦克唐纳小姐"。一位男仆迅速走了过来，拿起我的餐巾，帮我把椅子拉开。我坐了下来，面前摆放着许多银质餐具，比我和老爸家里那一整个餐具抽屉里的餐具都要多。你看过《告别有情天》①吗？你记不记得电影里，那些男仆通过测量来确定餐具在餐桌上的摆放位置那一幕？我敢打赌，桌上这些摆放位置精确到毫米的餐具，绝对是站在这间礼堂四周的某位仆人的杰作。

我战战兢兢地望向两旁的卡片，不是亨利（真糟），不是沙芬（真好），而是夏洛特和皮尔斯（还行吧，我猜）。但奇怪的是，在所有人入座之前，我数了数椅子的数量，总共只有九张：六位中世纪骑士，三位客人。至少，我可以把这个用作和皮尔斯的开场话题，我以前从来没有和他说过话。我问了他那个自来到朗克罗斯后便一直令我坐立不安的问题："亨利的父母呢？"

皮尔斯没等仆人把酒倒完，便把酒杯端了起来。"在伦敦，"他说道，"他们在坎伯兰区有一座房子。你知道，就在摄政公园旁边。"他笑了笑，听起来像一声低呼，"真不错，朗克罗斯在坎伯兰郡，

---

① 英国爱情电影，1993年上映，影片故事发生在一座英式豪宅中。

而他们伦敦的房子在坎伯兰区。"

那个仆人又走了回来，站在我和皮尔斯中间，把一块浑圆的面包卷放到我小巧的盘子上，盘子里还有几个银钳。我趁这个时间消化了一下刚刚听到的话。"这么说，这整个周末都没有……"我不想用"大人"或者"成年人"这些词，那会显得我像个五岁小孩，"这整个周末都没有别的客人来？"

皮尔斯嘴巴里塞满了面包，摇了摇头。"更好玩嘛。"他说道。他本想朝我放个电，结果眼睛没眨好，于是碰了碰我的杯子。但我放下酒杯，灌了一大口水，努力咽下某种突如其来的强烈的不祥之感。仆人们当然都是大人，但他们完全听命于亨利。这让我觉得有些好笑，因为这里……无人看管。

没有父母。

一座富丽堂皇的府邸，九个青少年。

晚宴并不是一个轻松的开始。我们男女混坐，亨利（当然是他了）坐在首位。沙芬坐在桌子的另一端，和埃丝米优哉游哉地聊着天，黑色的眼睛闪着光，一绺本该梳到后面的黑发垂到了额前。我从未见过他这副样子，侃侃而谈，应酬自如，和我印象中那个冷漠、笨拙的独行者大相径庭。我再一次觉得自己被愚弄了。埃丝米被他深深地迷住了，这一点从她的种种举止中都能看得出来，她的手搁在下巴上，注视着他的双眼，直率地大笑。香奈儿坐在亨利右边，这回轮到亨利让她神魂颠倒；而亨利的公主，劳拉，则在一旁和库克森低声说话。香奈儿和亨利说话时，我看着她的脸，心里猛地一颤——她很享受，真的很享受这一切：这场晚宴、亨利的陪伴和礼堂的环境。你能看得出，她正欣然接受这一切。那古怪的不祥的感觉又回来了。

我有幸坐在夏洛特旁边，听她给一切都加上了着重号（"这么说，你来自曼彻斯特呀。多棒啊。我从来没去过那里。是什么样的呀？"），而皮尔斯则坐在我另一边，对我"父亲"做的工作特别感兴趣。在中世纪骑士团的世界里，"父亲"似乎是用来评判他人的某种标准。或许，这就是一个未来中世纪骑士的筛选环节。你瞧，那个时候，我对"耶稣"说的话还是深信不疑，即"打猎、射击、钓鱼"是进入中世纪骑士团前的面试。这怎么错得了？

皮尔斯非常友善，却又出奇地老气。亨利的父母不在，皮尔斯似乎替代了亨利的父亲的位置，就像之前夏洛特像亨利的妈妈那样问候我。揣着怀表，拧着一字眉的皮尔斯，看起来根本不像十八岁。他是一个五十岁的灵魂，被困在一副年轻的躯壳里："野生动物摄影师到底是做什么的？"

我本想揶揄他一番，骗他说野生动物摄影师就是一个拿着摄影机对着野生动物的人，但我放弃了这个念头。"他负责给电视上的野生动物纪录片掌镜——大卫·阿滕伯勒[1]拍的那些东西，像《地球

---

[1] 著名自然博物学家、探险家、旅行家，曾与 BBC 团队合作创作多部野生动物纪录片，素有"世界自然纪录片之父"的美称。

脉动》《秋日观察》那种节目。"

但其实，我爸的摄影生活是这样的：为了等一只壁虎出洞，他能等上三天，只为拍到一个三秒钟的游蛇捕食壁虎的精彩镜头。因此，当我和别人说起他的工作时，大部分人都会表现得相当惊讶。然而皮尔斯毫无反应。

"他知道很多关于野生动物的事吧，对不对？"

"是的。每次他回来，都会告诉我一些野生动物的趣闻。他现在在智利，拍蝙蝠洞。"我又想起了韦恩庄园，"你知道吗？蝙蝠粪便在十九世纪曾是一种贵重的商品。人们把它叫作粪肥——能用来当化肥，商人们把它们装满货船，运向世界各地。"

我把皮尔斯逗乐了。他又笑了起来，笑声古怪，就像在低喊。他摇了摇头。"蝙蝠屎，"他说道，"真的吗？"

"当然了，"我说，"还有一个：往蝎子身上滴一点酒，蝎子就会发疯，用毒刺把自己刺到死为止。"

"这个我必当铭记。"

"还有一个和牡鹿有关的……"我说道，"我爸和我说，当牡鹿被追捕，它们会找到有水的地方，然后站在里面，试图甩掉猎狗。这是牡鹿的一种本能。"

皮尔斯朝我抬起他的一字眉。"这个我知道。"他说道，语气里满是嘲讽之意。我暗暗踹了自己一脚。他肯定知道这个。牡鹿正在墙上低头凝视我们，我们明天就要去猎鹿了。皮尔斯从小就接触打猎，对这些东西肯定特别熟悉。

在和皮尔斯谈话的间隙，我听到香奈儿用她训练得完美无瑕的上流口音和亨利聊天。她越说越激动，挥舞着双手，纯白的指甲在她面前闪动，整个人愈发活泼。她双颊嫣红，喋喋不休地说着自己的父亲、自己在柴郡的家、游泳池、电影院和车队，神态从未如此可爱过。接着，她开始说起萨罗斯7S，以及她的父亲如何发明出那款半手机半平板的产品，那款产品又赚了多少钱。我感觉自己的胃缩成一团。亨利看起来彬彬有礼，全神贯注，可我心里却有个声音想让我警告香奈儿，叫她停下。

我听到，埃丝米在和沙芬聊她夏天参加的一场婚礼，而沙芬则在回应他是如何认识那场婚礼上的所有宾客的。沙芬没有泄露任何秘密。但我提醒自己，如果他一直是中世纪骑士的朋友，他们肯定也对他了解得一清二楚。如果中世纪骑士团真的是在招募新成员，沙芬绝对拥有合适的血统。

唯一让我在晚宴上感到宽慰的就是食物，味道非常不错。晚宴上有奶白色的汤，浓稠可口，有盛在绿色酱汁里的扁平白鱼，以及一大块配烤蔬菜的红肉。肉有一股奇特的香味。"这是什么肉？"我问皮尔斯。

"鹿肉。"他说。

塞了满嘴肉的我愧疚地瞥了一眼墙上的鹿头。它们低着头，用责备的目光注视着我。

我逐渐留意到，皮尔斯不仅行为举止像中年人，喝起酒来也像中年人。他越喝越醉。我一直在喝水，因为光是客厅里的那一杯香槟就已经让我头昏脑涨，可他却把上桌的酒全部喝了一轮。菜一道一道地上，酒的颜色也一瓶一瓶地变：上浓汤和鱼时配的是白葡萄酒，上肉时配红葡萄酒，黄酒则在小杯子里，在布丁后上桌。而当暗红如血的波尔多葡萄酒上桌后，事情变得恶心起来。

在那之前，我们进行的都是小型的谈话——跟一边的人聊一会儿，再跟另一边的人聊一会儿，但在餐盘被清走、仆人离去之后，我们所有人都参与到谈话中，话题也不再固定，就是在那时，他们开刀了。

"父亲的话题说够了，"波尔多葡萄酒上桌时，皮尔斯说道，"你的母亲呢？"

我深吸一口气。"我的母亲在我十六个月大的时候就离开了我。"

皮尔斯朝我靠了过来，目光呆滞，声音含糊。"为啥呢？"

我看到沙芬快速地狠狠瞪了他一眼。

我把奶酪刀在盘子上放好。"我不知道。"我希望皮尔斯能作罢，可他没有。

"你妈妈不疼你了吗？"他用恶心的娃娃音说道。

我耸了耸肩。"我猜是那样吧。"我轻声说道，心里祈祷他不会继续问我问题。我感觉自己已经说不了话了。我的喉咙似乎莫名地哽住了。

幸运的是，皮尔斯转过身去，朝桌子对面大喊："你呢，卡冯？你妈也是个婊子吗？"

"我从来没说过……"我抗议道。

"嘘，"皮尔斯说，"我在问，卡冯，一个问题。"他转向香奈儿，她的脸色和她的裙子一样白。"怎么，香奈儿？你妈是怎样一个人啊？给你安了这么一个名字，估计她也是个婊子吧。"

沙芬砰的一声把餐刀放到了旁边的盘子上，撞击声有如枪响。大家都吓了一跳，但所有人的眼睛都紧紧地盯着香奈儿。刹那间，她的回答似乎变得举足轻重。我看向亨利。他不能阻止这场闹剧吗？可他也盯着香奈儿。

香奈儿稍稍坐直了身子。她直视着皮尔斯的双眼，清楚地说道："我的妈妈是一个很'可耐'的人。"

我听到了。

她把可爱发成了可耐。

在接受了重重严苛的发音训练后，她还是没能摆脱自己的柴郡口音，紧张之际，她的口音又回来了。她变回了我的口音。变回了《加冕街》里面的口音。那时我终于明白，假装成自己原本不是的样子是一件多么凶险的事，我很庆幸自己没有这种烦恼。她一直假装成他们中的一员，最后却露了马脚，和我一直用自己的方式说话相比，那该是何其糟糕。

中世纪骑士无疑也立刻听到了。女孩们恶毒地窃笑起来。库克森故作关切状。"你的口音去哪儿了，香奈儿？"他说话的样子就像她弄丢了什么东西。当然了，皮尔斯是最恶劣的。他哈哈大笑，突然从中年男人退化成了小学生。"可耐！"他极尽所能地模仿北方口音，欢呼雀跃，"哟嗬！我的鸭舌帽呢？我的惠比特犬呢？我的妈妈是个很可耐的人。"他站了起来，突然跳上桌子，巨大的脚掌把瓷器和玻璃杯踢得四处乱飞。"可耐，可耐，可耐。"他模仿着北方铜管乐队里的嗡姆吧声①唱了起来。他挥舞着双手，仿佛在指挥一支交响乐团。接着，不可思议的事情发生了，他们都跟着他唱了起来，每个中世纪骑士都加入了合唱，每个人，除了亨利。可耐，可耐，可耐。这是一场梦魇。

我望着香奈儿，她瘫倒在椅子上，眼睛盯着面前的奶酪盘。我知道，再过一会儿，她就会哭出来。

就在这时，沙芬急切且大声地说话了。"我的母亲，"他语气严肃，声音盖过了嘈杂的人群，"是一头野兽。"

这下，我们的注意力全都到了他的身上。所有人立刻闭上了嘴，头猛地一转，看向坐在桌子一端的沙芬。皮尔斯从桌子上爬了下来，坐回椅子上。沙芬摊开双手，放在光滑的木桌上，房间里所有人的注意力全被他吸引了过去。

"我父亲的宫殿，"他不慌不忙地说道，神态好似演员，"坐

---

① 铜管乐队里大型铜管乐器发出的有节奏的固定背景音型。

落在拉贾斯坦邦的阿拉瓦利山岭，位于古鲁希卡尔峰的山中避暑地之上。我的母亲和我说过一个跟我有关的故事，故事里的我还只是个婴儿，刚学会在地上爬。那是夏天中最热的时候，我是个容易口渴的小家伙，所以她几乎要一刻不停地给我喂奶。"

我们专心致志地听他讲话，全然忘了香奈儿的口误。那个在女孩身边会害羞的笨拙的沙芬就像变了一个人，他讲起故事来很有一套。不知怎的，他能让你看到他说的话，仿佛在观赏一场电影。我发现自己正把迷你版沙芬想象成《夺宝奇兵之魔域传奇》①里面那个傲慢的小土邦主，穿着尿布喝母乳，头戴丝质围巾，眉宇中间嵌着一颗宝石。

"那时我们在阳台，我的母亲躺在沙发上。温暖的空气中，宫殿纤细如蛛网的白色窗帘在我们身边摇摆，长尾鹦鹉在金合欢树间啼叫。当时，母亲疲惫不堪，因为我闹得她整晚没合眼，喂我喂到一半时，她自己睡着了。几小时后，她醒了过来，窗帘还在摇摆，长尾鹦鹉还在啼叫，但我已经不见了。"

我们一动不动地听他讲故事。皮尔斯手中的波尔多葡萄酒瓶停在嘴边，仿佛被人施咒般定住了。沙芬在席上的位置已经变了，不再是最低，而是最高。他成了统治我们的邦主。"我的母亲跳了起来，

---

① 美国奇幻冒险电影，1984年上映，是《夺宝奇兵》系列电影的第二部，讲述了印第安纳·琼斯和一位夜总会歌女及一个十二岁的孩子为找出安卡拉圣石的秘密挺身涉险的故事。

喊来我的父亲和仆人。我的父亲喊来了宫殿护卫。他们搜索了上百个房间，水上花园，马厩，却还是没找到我的踪影。最后，所有人一同离开了王宫，走向森林，就在那儿，他们却停下了脚步，无法前进。因为一棵金合欢树的树冠下，躺着一只老虎。"

所有人都纹丝不动。

"我们那儿出了名的老虎多，但从没有人见过那么大的老虎。那是一头母老虎，和她的幼崽躺在树荫里。那些幼崽才是最危险的。因为母虎会不惜一切代价保护自己的幼崽。我的母亲突然跪了下来，放声哭号，因为她看到我伏在幼崽中间，就在母老虎的肚皮下。她认定我已经死了，幼崽聚在我旁边，正准备饱餐一顿。我父亲叫她安静下来——老虎不喜欢吵闹。"

那时候的情景应该和现在大礼堂里的状态差不多，每个人都屏息凝神。

"父亲的守卫手里有枪，但他们担心打中我，所以没敢开枪。最后，我的母亲独自朝老虎走去。她要带走自己的儿子。她紧盯着母虎的双眼。我的母亲说，那是她这辈子走过的最远的一段路——绿眼睛注视着黑眼睛，人类对野兽，母亲对母亲。当她走近时，她再一次跪下了，这一次是为了感谢她所看到的奇迹。我还活着。不仅如此，我还安然无虞。我躺在众多幼崽间，跟它们拼抢争夺，吮吸着母虎的乳头。"

他顿了顿，众人因紧张而发出轻笑声。沙芬却依旧正言厉色。

很显然，他还没把最后的点睛之句说出来。紧接着，他的眼睛死死地盯着亨利。"在那之后，他们称我为'Baagh ka beta'，'虎之子'。因为我吮过老虎的奶子。"

他仿佛是想挑战什么，把最后那个词铿锵地说了出来。我从未听他说过一句哪怕是最温和的脏话，因为我们都知道，只有野蛮人才说脏话。但他对自己的听众做出了完美的判断。这个尖锐而非咒骂的词，如一只中世纪武士的金属手套，狠狠地砸到了款待他的主人脸上。

亨利靠到椅背上。他看着沙芬，眼神中带着疑问，仿佛他们正在牌局上对峙。那一刻充满了紧张而危险的意味。接着，亨利笑了。"很精彩。"他说道。

这句话相当于一句批准，中世纪骑士们开始像鬣狗般喋喋不休。我觉得自己如释重负地松了口气，香奈儿也是如此。皮尔斯又开始低喊般笑了起来，一遍又一遍地喊着："老虎奶子！老虎奶子！"库克森显然喝得跟皮尔斯一样醉，他跳了起来，跟铺在大壁炉前的老虎皮毯玩摔跤，一边亲吻它满脸胡须的脸颊，一边说："妈咪！妈咪！"

沙芬静静地坐着，看着亨利。接着，他举起酒杯，向款待自己的主人致敬。他把头一仰，将杯中酒一饮而尽。

亨利拍了几下手，然后像生意人那样轻快地搓了搓，又像是在期待什么美食。"女士们，"他朝夏洛特点点头，"请离开一下好吗？"

所有中世纪骑士团的女孩都站了起来，仿佛知道要去做什么似的。我在《莫里斯》[①]里见过这一幕，晚宴后的男人和女人分开就座。这就意味着，我还是不能和沙芬说话，尽管我真的很想。我有一种古怪的感觉，觉得自己要代表，呃，全体女人吧，我想，感谢他奋不顾身地搭救香奈儿。我们离开礼堂时，男人们也站了起来。我是最后一个离开房间走进客厅的，于是我抓住这个机会，扯了扯他的衣袖。他转过身来，表情古怪——有压抑，有激动，还有不耐烦。我张开嘴，刚准备要代表全世界的女人感谢他，却突然觉得这句话实在太傻，没法说出口。于是我低声问道："那是真的吗？母老虎的事？"

他皱了皱眉。"当然不是，"他说，"我爸在斋浦尔开银行。你和他们是一路货色。"等他说完这句话时，我已经要走了。

那时我才明白过来。他根本不是他们的朋友。他胡编乱造了一个故事，为的是让枪口瞄准自己，将众人的焦点和目标从香奈儿身上转移到他身上。而且，不仅如此，他和亨利·德沃伦考特展开了某种奇怪的竞争，两人隔桌角逐。但是，我不得不一直提醒自己，就像在历史课上一样，亨利什么都没做。库克森和皮尔斯是他的猎犬。而亨利就是那个训练自己的猎犬去捕杀仆人的文艺复兴时期的王子。他从不会亲手将猎物撕碎，但他紧握着拴狗的皮带。

女孩们礼貌地交谈着，语调舒缓。她们安慰香奈儿说，刚刚她

---

① 美国同性爱情电影，1987年上映，讲述了两个来自贵族家庭的剑桥学生坎坷的爱情故事。

们不过是在逗趣而已，想跟她开个没有恶意的玩笑。我寻思，这些女孩的职责是不是在男孩们玩过火的时候上台救场，压住势头。我根本不信她们的鬼话。

我满脑子都是晚宴上亨利旁观着众人对香奈儿恶语相向时的样子，他的眼中闪着和修士同样的光芒。

狩猎已然开始。

第九章

早上起来睁开眼，我看到的第一样东西，就是挂在壁炉上的正低头凝视着我的鹿头。

当然，在牡鹿学园，我早已习惯一睁眼便看到墙上挂着的各种奖杯，即便如此，在卧室墙上挂一个被肢解下来的头颅，还是会觉得很古怪。细想一下，真的挺吓人的。借着外面的日光，我能看到它玻璃眼珠上的睫毛，和它被虫蛀过的皮毛，可它看起来还是那么吓人。我在四帷柱床上坐起来，那双眼睛目不转睛地跟着我。它让我感到些许不安，于是，我打算给这头牡鹿起一个名字——一个蠢到根本吓不了人的名字。"你好，杰弗里，"我说道，"你觉得今天又会发生什么呢？"呆滞的凝视。"不。我是在认真地问你。我真的想知道。"

我说的是实话。昨晚，在经历了晚宴、对香奈儿的集体嘲笑，最终以沙芬鬼扯出的一个夸张的《奇幻森林》①故事作结后，女孩们都早早就睡了。大家都清楚，今天要起个大早，为猎鹿做准备。我举起两根手指，瞄准杰弗里的头，弯曲拇指，扣动扳机。"砰，砰。"我说道。

我下了床，走到窗边。鹿头紧盯着我。我拉开窗帘，眨了眨眼，看向外面的风景。目所能及之处，我能看到庭院和绿地，绿地中有用围墙围住的玫瑰园，还有一块看起来种满植物的菜园。绿地后是一片布局井然的林地，林地上是星罗棋布的雕像、庙宇、湖泊和喷泉，修剪过的树篱状似孔雀。再远一点，是一片围栏牧场，牧场里当然是骏马了。远远地，我看见一小片森林，森林后耸立着湖区的紫色丘陵。丘陵风景绝美，却仿佛和我在曼彻斯特阿克莱特路上的联排屋一般，远在天边。"这里已经不是堪萨斯了②，杰弗里。"我说道。

我打了个哆嗦。炉火已灭，房间里寒意袭人，但使我颤抖的并不是寒冷。楼底下的车道上已经热闹起来。路虎和吉普车早已停在车道上，旁边还有一匹马。这和你在《一掬尘土》③那种电影里看到的即将出征打猎时的场景不一样，没有成队的马匹，只有一匹马，

---

① 真人动画电影，2016年上映，改编自1967年迪士尼动画电影《森林王子》。影片讲述了一个由狼族首领养大的人类孩子被迫离开狼群，开始冒险的故事。

② 1939年上映的经典影片《绿野仙踪》中的一句台词，后成为美国电影，特别是科幻电影中常常出现的调侃台词，意指目前情况突变，与之前大不相同。

③ 英国爱情电影，1988年上映，讲述了主人公托尼经历丧子失妻之痛后，隐居南美丛林的故事。

套好了马鞍，站在车道上，只待出发。我咽了口唾沫。该不会是让我去骑马吧？

车道上还有一群猎狗，样貌俊朗，黑底褐斑，围着马脚团团转，一边吠叫，一边摇尾巴。接着，我看到了一个令我的胃翻江倒海的场景。许多戴着鸭舌帽的男人——其中包括壮如小山的话痨哥完美——正往吉普车的后备厢里装枪。这些枪有着光滑的锡灰色枪管，以及富有光泽的焦糖色木枪托。枪被成排成排塞进架子里。这些枪看起来并不致命，却又危险重重。我突然觉得有些恶心。"好的，杰弗里，"我说，试图让自己显得轻松，"这他妈是要玩真的了。"

完美放好那些吓人的枪，突然转头，看向我的窗户，好像知道我在看他。我们对视了足足一分钟，然后我躲到了窗帘后面，仿佛我做坏事被他抓了个现行。

就在这时，敲门声响起，我还没应门，门就自己开了。进来的是贝蒂，她手里拿着一个巨大的托盘——当然了，是银质托盘。托盘上放着一堆东西——玻璃杯、圆杯、一个银质圆瓮，还有一个小小的插着花的水晶花瓶。

我刚想过去帮她，她却冷冷地说："不劳烦您了，小姐。"然后把托盘放到我床上。她向后一站，抱紧双臂，噘起嘴唇。她显然还没原谅我针对她那怪胎丈夫说的坏话。她一直看着地面说话："浴室里有干净的毛巾，小姐。如果您想早餐后泡澡，我会替您把火点好，帮您把衣物拿出来放好。"

她只是站着。"当然，"我说，"谢谢。"

我不确定自己想不想吃东西，可她离开房间，我爬回床上之后，我发现自己饿极了。托盘上有用洁白的餐巾包裹着的烤面包，还有橙汁，银色的小罐子里盛着咖啡，一篮子小点心，那个银色圆瓮里装着的则是一份全英式早餐：培根、鸡蛋、香肠和血肠①。我从来没吃过这么美味的早餐，而且我敢打赌，这份早餐如此美味的原因是，被做成餐盘上的美食的动物，前不久绝对还在朗克罗斯庄园里活蹦乱跳来着。我连平日里不吃的血肠都一并吞下了肚，毕竟它是血做的，吃起来总让我感觉有点害怕。但今天连血肠都变得格外美味，或许是因为今天要去打猎，吃血肠应景吧。嗜血早餐，我心想。

吃饱喝足后，我去泡了个澡（朗克罗斯里没人淋浴，我猜淋浴也算野蛮人的行径吧），当我裹着宽大的白色晨衣走出浴室时，我发现，床已经铺好了，火也神奇地烧了起来。杰弗里的眼睛再次闪闪发亮，下巴上的皮毛在火光的照耀下变成了橘色。你还记得吗，迪士尼的《灰姑娘》里，灰姑娘正在厨房里切菜，仙女教母来了，灰姑娘回头一看，发现所有菜都已经被切好，炉火被点着，锅碗瓢盆也变得闪闪发亮的那一段？就是那种感觉。床上整整齐齐地摆着衣服，看起来十分漂亮。埃丝米的确没说错，除了内衣裤，我真的什么都不用带。床上摆着一件绿色的素格子衫，一件山羊绒套衫，

---

① 用猪血、乳脂以及谷粒制成的一种英式香肠。

一条类似丝绸围巾的东西（我不确定应该把它用在哪儿——像女王那样把它戴到头上？），还有一件上蜡短风衣。下身衣物有一条布料厚实的卡其色牛仔裤，以及必不可少的绿色长筒靴。床上还有一顶帽子——像印第安纳·琼斯戴的那种棕色宽边帽。衣服看起来也不像是新的。所有衣服上都印着中世纪骑士青睐的上流服装品牌的标签，像滕博阿瑟、哈维＆哈德森。衣服质量均属上乘，但似乎有些……二手。我好奇有谁曾穿过它们。

我看着镜子。我看起来和他们别无二致。我脱下帽子，模仿印第安纳·琼斯的动作，把它扔到床上。扔得似乎有点过了。

我无所事事地坐在床上，愈发紧张。我不停地走到窗边，看着下面越来越喧闹的车道。我看到了亨利、皮尔斯和库克森，清一色的粗花呢夹克和鸭舌帽，站在路虎旁边，一边笑，一边抽烟，神态悠然自得。我不知道接下来该做什么，但没过多久，我又听到了敲门声。"大人向您道早安了，小姐，"我那郁郁寡欢的仙女教母说道，"大人还问您，可愿移步至楼下车道，与他及众宾客会合？"

第十章

走到车道上，我才发觉，原来这座房子竟如此漂亮。

不仅漂亮，而且十分巨大。看过《故园风雨后》^①吗？还记得里面那座超级大的房子吗？有喷泉，有穹顶，有给仆人住的巨大附楼，还有牢固的墙砖、上千扇窗户，以及几十根大理石柱子。这座房子和电影里的一模一样。巨大无比，气派非凡，很难相信这样的房子竟能被一个家族独占。这时我才想起，德沃伦考特家族拥有的可不止这一座房子，他们在伦敦也有一座房子。我绝对在奥兹国^②。

---

① 英国电影，2008年上映，翻拍自1981年BBC基于英国作家伊夫林·沃的同名小说改编的迷你电视剧，讲述了二战前后伦敦近郊的布赖兹赫德庄园里一个天主教家庭日渐分崩离析的故事。

② 《绿野仙踪》里的一个魔幻国度。

　　我朝汽车和汽车旁的男孩们走去，雨靴踏在沙砾路上，发出嘎吱嘎吱的声音。穿着黑色长大衣的仆人们拿着银质托盘四处走动，托盘上放着小杯的烈性酒。我拿起一杯，一口灌了下去，似乎这样喝烈酒才像样。等喝下肚，我才感觉自己不应该喝酒，烈酒和胃里的血肠混合在一起，令我几欲作呕。但过了一会儿，我感觉烈酒让我的胃暖了起来。仗着酒意壮胆，我大步朝男孩们走去。

　　亨利说道："葛丽尔！早上好，昨晚睡得还好吗？"

　　我朝他甜甜一笑。"很好，谢谢。"我说道。我不知道现在应该怎么看他——昨晚，他饶有兴致地看着我和香奈儿受尽难堪，仿佛十分享受。但今天，那一切都变得难以置信。他举止友善，随和平常，而且非常非常英俊。

　　作为主人一贯的跟屁虫，皮尔斯和库克森也朝我笑了笑，全然忘了昨晚对我的妈妈和香奈儿说过的话。冷静地回想一下，似乎都让人难以相信，晚宴上居然发生了那样恶心的一幕。穿着狩猎服的他们，看起来泰然自若，这是一个十分重要的信号，因为，我可不是在开玩笑，皮尔斯戴了一顶猎鹿帽，和夏洛克·福尔摩斯在电影里戴的一样。但戴着猎鹿帽的他看起来一点儿也不可笑，我猜这是因为，呃，我们即将去猎鹿吧。我实在不知道该对他们说些什么。令我害怕的正是他们这种安逸的态度。幸亏猎狗们来救场了，它们围到我身边，跳起来舔我，还用尾巴扫我的雨靴，我和亨利笑弯了腰。

　　"抱歉，"他说道，把它们推开，"阿尔卡斯，规矩点！给我下来，拉东！下来，底格里斯！"

"名字真可爱。"说着，我跪下来，轻抚围在我身边的猎狗。

"真有意思，"他手插着口袋，低下头，愉悦地看着我说道，"没想到，你居然会喜欢动物。"

"我可是和野生动物一起长大的。"我说。

"啊，可不是嘛，"他说，"因为你的父亲，还有他的摄影作品。"

我略感惊讶——我不知道他还听到了我和皮尔斯在晚宴上的对话。估计在女孩们离开饭桌之后，男孩们交流过吧。我对昨晚发生的事余怒未消，不打算就这么轻易放过他。"你喜欢动物吗？"我问道，"还是喜欢捕杀动物？"

"都喜欢。"他说，接着，仿佛为了证明自己的观点，他的马夫把他的马拉了过来，他轻轻抚摸马天鹅绒般的后颈。尽管我夸耀说很懂野生动物，还是在这只巨大的动物面前退了一步。猎狗冲着马吠叫，而亨利则像自己的战士先祖般跃上马背，拉紧缰绳。非常帅气的动作。面对如此风流倜傥的亨利，我努力摆出那副引以为豪的尖嘴薄舌的态度。亨利骑在马背上，冲我喊道："见谅，我得先走一步。今天，我要当择鹿人。"

酒劲还没下去，我大胆地说道："我可不知道那是什么。"

那抹完美的微笑笑意加深。他俯下身，将一只温暖的、戴着手套的手放到我的肩膀上，却什么都没解释。"山上见。你要和其他女孩坐猎装车上去。玩得开心。"他拉着缰绳，转过马头，双腿在泛着光泽的马肚子上一踢。在一连串"嗒嗒嗒"的马蹄声中，马向前飞驰而出。亨利的动作驾轻就熟，骑着马在车道上疾驰而去，猎狗在后面紧追不舍。

我望着他，这感觉就像《第一骑士》①里圭尼维尔望着兰斯洛特骑马远去。直说了吧，亨利骑着黑马，在华丽如宫殿般的宅邸的车道上远去，身后紧跟着猎狗，这是我见过的最令人兴奋的场景之一。那一刻，我认定，尽管皮尔斯和库克森显然是两个混蛋，但亨利真的是一个很棒的人。

一个沙哑的声音从我身后传来："择鹿人是狩猎队伍里的先行猎手。"我转过身，发现沙芬正站在我身后。这一次，他的衣着同样得体。他穿着一身和昨晚的白色领结服一样合身的柔黄色衣服。同时，他看起来虽然和周围人略有不同，却又没那么格格不入。和我一样，他也没戴那顶帽子，但这是一个正确的选择。他没有把黑发梳到后面，而是任其在脸侧轻轻飘动。但他仍旧很严肃，声音也一样："择鹿人的职责就是在鹿群里选一头鹿，作为整支狩猎队伍的猎捕对象。"

"这样啊。"我也不知道该对他说什么。昨晚，他用一个母老虎的故事救下了我和香奈儿，可后来，他却指责我和中世纪骑士一样。给我科普完之后，他似乎不想和我聊下去，于是，我转头寻找另一

---

① 美国电影，1995 年上映，影片中的圆桌骑士兰斯洛特意外营救了亚瑟王的未婚妻圭尼维尔，两人一见钟情，却不得不分别。

个可以说话的人。我看到中世纪骑士团的女孩沿着车道朝我们走来，我定睛看了两遍。

她们有四个人。

等她们走近，我看到，那四个人里有三个人是海妖，剩下那个是香奈儿。她们有说有笑，金发随着步子飘荡，仿佛在拍广告，真的就像是在用慢动作走路似的。她们的装束、帽子颜色、上蜡短风衣的样式以及丝巾在喉咙处打的结，几乎都看不出区别。夏洛特裹着一件巨大的格子呢披肩，大得像个篮子。但从远处望去，四个人看起来就像一个人。

等她们走得更近些时，我终于看出区别了，那个人就是香奈儿。我顿时察觉，她穿的都是她自己的衣服，不是生闷气的仆人在她床上放的衣服。她给自己买了全套崭新的衣服。当她走近后，我发现，连她的雨靴都如刚开箱般又新又干净，靴子前面有一个红白相间的标签，上面印着"Hunter"①。她的套衫太亮，裤子太紧，上蜡短风衣不如我的那么老旧，而是干净如新。中世纪骑士团在香奈儿离开STAGS前派去给她穿衣打扮的女孩绝对当场震惊了——显然，香奈儿早已把该准备的东西全部备好，很可能在收到邀请函的那一刻便立刻订购了优中选优的衣裤鞋帽。而且，哎哟，瞧瞧她，多激动。她眼里闪着光，脸色同昨夜晚宴时一般粉润——在那个小插曲发生

---

① 英国知名的雨靴品牌，"hunter"亦有"猎人"之义。

之前，你知道。

等女孩们走到跟前，我向她们问好，她们都甜甜地朝我一笑，但没有继续刚刚走路时的谈话，也没有再说任何话，似乎不想在我面前聊天。我靠到香奈儿身旁，冲她咧嘴一笑，仿佛我们是两个同谋者。昨晚我真的很担心她，我想让她知道，她有一个跟她站在同一战线的盟友。"挺怪的，对吧？"

她低头看着我。"我倒觉得愉快极了。"她冷冰冰地说道，让我不知道该怎么接话。她的语气和她们一模一样。接着，她做了一件很诡异的事情：她抬起手，轻轻地把头发从一边拨到另一边。头发完美地垂落。这是她们的专属动作，是海妖们的标志；她们每星期七天、每天二十四小时都在做这个动作，而现在，香奈儿也开始效仿。事实上，她的动作同样完美。老天爷，我心想，她会成为一名优秀的中世纪骑士。她似乎已经从昨夜晚宴上的冷嘲热讽中恢复了过来，重新投入海妖们的怀抱。显而易见，她觉得自己是她们的朋友，而不是我的朋友。

原来如此，我心想。四个对一个。

"来吧，姑娘们！"假扮女主人的夏洛特欢声叫道，"咱们要去坐猎装车喽。"很明显，这是一辆最有中世纪骑士团风格的车，车身很长，车门两旁镶有木板。我们坐在后排，虽说算不上舒服，但也不挤。车沿着刚刚亨利骑过的路向前行驶，颠簸着开上山。

狩猎已经开始了。

第十一章

我没打算说谎，这一天刚开始还是挺无聊的。（当然，后面就变得刺激起来，但不是那种让人开心的刺激。）

车把我们载到大山的山顶，下车后，我们只能自己走路。三个（四个）中世纪骑士团女孩走在前面，我跟在后头。

别误会我的意思，这里真的是一个很美丽的乡村。微弱的秋阳下，山丘似乎变成了抹上黄油的早餐吐司，覆满紫色欧石楠花丛的山谷延伸至远处便是明净的湖泊。被我们远远抛在身后的朗克罗斯仿佛是大英帝国的宣传片，美丽动人。如果他们和我说，来这里是为了散步的话，我可能会很享受。但我是来这里打猎的，这实在有些，呃，平淡乏味。一路上，除了时不时问我一句"一切安好？"（中世纪骑士从来不会说"还好？"），没有人愿意和我说话，而当他们每次这么问时，我只能故作热情地回答："好极了，谢谢！"然后继续往前走。事实上，我只是不想承认，我感觉自己玩得并不开心。这似乎是我的软肋。这是一个精心准备的周末，如果我和他们说我玩得不开心，总感觉有些辜负他人的好意。而且，我真的没事。没人对我恶语相向，我只是感觉自己毫无存在感。中世纪骑士团女孩们拼命和香奈儿说话——我是说，她们在百般奉承她。或许昨晚只是某种疯狂的入会仪式，而香奈儿通过了他们的考核。又或者，昨晚男孩们令香奈儿如此难堪，女孩们觉得过意不去，想弥补她一下。不管怎样，我十分确定他们已经决定她就是下一位中世纪骑士，而我则是落选的那个。我一开始就不应该来这里。

过了一会儿，我们在山坡上停下，之后好像在这儿待了很久。大家都在聊天，拿着金属小酒壶喝酒。狩猎仆人给我们带来了打猎用的装备，还有猎狗。看到狗，香奈儿明显紧张了起来：她要不就是在怕它们，要不就是怕猎狗跳起来，把它们满是泥泞的爪子扒在她一尘不染的卡其色骑马裤上。我看着她谨慎地注视着它们，小心翼翼地从旁边绕开，仿佛它们身上有难闻的气味。不过的确有。

我挺想和狩猎仆人聊聊天，问一下有关枪支和猎鹿的问题，但我非常确定，和仆人聊天不是一种合乎礼仪的行为。最后，我找到沙芬，他正自信地站着，他的枪挂在肩膀上，轻轻摇荡。显然，他带了自己的枪，但那把枪看起来状况不大好，枪托似乎和枪管分离了。

"你的枪断了吗？"

他几乎笑了出来。几乎。"没有。拿枪要这样拿。不装弹,枪身打开,挂在肩膀上,以免你不小心绊了一跤,把别人的脑袋打下来。"

"哦。"听起来还算友好,于是我问道,"那现在是什么情况呀?"

"我们受人敬重的主人——择鹿人——已经和他选中的猎狗先行一步了。那些猎狗被叫作'驱猎犬',它们性情沉稳,闻到鹿的气味时,它们不会——按照他们的话来说——'暴走',这就是它们被选中的原因。他会把他选中的鹿从鹿群里赶出来,把它逼到山坡上一块名为'长榻'的地方。一旦牡鹿被困在那里,除非受到惊扰,它会在那儿待上一整天。"

"那我们就要去惊扰它了?"

"没错。"他指向一个高个男人,那个男人也穿着一件上蜡短风衣。那是人形蜥蜴,首席看守人完美。猎狗们把他团团围住,看不见他的脚。"看到那家伙没?他就是看猎狗的人。亨利已经和他安排好,把狩猎队带到这里,希望牡鹿会从藏身之处窜出来。"

听他这么一说,我开始替牡鹿感到难过,可同时,我又挺想看牡鹿出来。我只见过经风干、脱水、填充后被安在墙上的牡鹿头。我想到杰弗里和它没有身体的兄弟姐妹们。

"亨利会回来吗?"我故作漫不经心地问道。我还记得道别时他说的那句话:山上见。

"会的,别担心。"沙芬不动声色地说道,"牡鹿从藏身之地逃出来时,他就会回来换一批猎狗。看狗人会把驱猎犬留下,亨利则会带上剩下的猎狗。说到底，他就是要把安静的狗换成疯狂的狗。杀手。"我看向围着完美乱转、尾巴摇动的猎狗。它们看起来一点都不危险。

"一天中大部分时间里，猎狗都要跟在牡鹿后面，因为鹿很容易就能跑过猎狗。但它要穿越沼泽和林地——那里的地形很崎岖——还要跃过围墙、溪流和栅栏。到最后，牡鹿会疲惫不堪。"

我听着都觉得累。"那我们一整天都要跟着它吗？"

他点了点头。"猎狗跟随牡鹿的气味，而我们跟随它的'足迹'，说白了就是跟踪鹿留下的痕迹。泥土中的蹄印，溅满水花的石头……你能从这些线索判断出鹿跑去哪里了。而'引路人'——"他指向完美那些戴着鸭舌帽的手下，"则确保鹿不会偏离路线太远。当然，我们也会找个地方吃午餐。贵族从来不会只打猎不吃饭。"这就是沙芬奇怪的地方。显然，他自己就是一个贵族——他对猎鹿的事情了如指掌，这就是明证，他却对自己的同类人嗤之以鼻，仿佛他和他们不是同一个世界的人。我真搞不懂他。

"接着呢？"

"嗯，当牡鹿再也跑不动时，它就会转身面向猎狗。这时，鹿已经陷入绝境。"

"我爸和我说过这个。它们会找到河水，然后站到河里，以此摆脱猎狗。"

"没错，但这并没有用。即便被猎狗从身后咬住，为求生存，它们也会拖着猎狗，拼命向前游。"

我咽了口唾沫。"然后呢？"

"接着，"他说道，"一切就结束了。一个拿枪的猎人，我们把他叫作'处刑者'，会近距离将鹿射杀。牡鹿给人们带来了一天的运动消遣，最后获得的奖赏就是被剖开肚子，内脏被掏出来扔给猎狗吃。"

我的脸色绝对变了。

"别担心，"他说道，语气柔和下来，"大部分跟在后面的猎手最后都不会亲眼看到杀戮的场景。"

"但杀戮还是会发生啊，"我说道，"不管我有没有看到，这一点是不变的。"

他饶有兴致地看着我，张嘴刚想说话，突然间，一头大得吓人的鹿毫无征兆地从我身边飞奔而过，从同行的人群间窜了出去，那头鹿离我如此之近，我甚至感觉到了气流的涌动。

我踉踉跄跄地向后退了几步，手捂胸口。"天——哪。"

沙芬把我扶稳了。"你没事吧？"

"我没事。"我望着那头鹿跃过欧石楠花丛。那幅景象很美，却又出人意料。在我的脑海里，我一直把牡鹿想象成《小鹿斑比》里的动画形象，可爱的大眼睛，摇摇晃晃的小腿。但其实，那是一头轻盈而柔软的野兽：油光闪亮的黑毛，硬邦邦的鹿角。它跑动迅速，还没等我恢复平衡，它就已经和我们拉开很长一段距离了。猎狗们尖声吠叫，但看狗人把它们拉了回来。

"为什么不追那一头？"

"因为那不是被选中的鹿，"沙芬说道，"亨利会挑一头'可猎捕'的鹿出来，鹿龄五岁以上的那种。刚刚那头太年轻了。他们会谨慎地选择猎物。"他嘲弄地说道："如果他们今天把它杀掉了，那明年他们还有鹿可杀吗？"

他又用了"他们"这个词，仿佛他不是他们中的一员。他真的是一个很难读懂的人，尤其是当他转身背向我，仔细观察山坡的时候。

"看，"他用手一指，"那头鹿在那儿呢。它可是头狡猾的老鹿——它把别的鹿赶出来，接着自己藏在欧石楠丛里。"

我朝他手指的方向看去，但我只能看到鹿角，在仿若金雀花丛的草丛中若隐若现。

接着，猎狗开始步步紧逼，鹿从草丛中站了起来。先站后腿，再站前腿，摇摇晃晃，姿态优雅。那头鹿体形巨大，比刚刚那头当作诱饵跑出来的鹿大多了。这是一头长相高贵的野兽，头颅大如壮牛，鹿角高耸挺立。它直视了我们一瞬，接着转头朝山坡狂奔而去。

就在那时，我听到一片喧闹声，亨利骑着马出现了，他的猎狗跟在他身后。他从马背上跳下来，和完美交换了猎狗群。他们把猎狗放走，狩猎开始了。我看着，心怦怦直跳，但我不是在为猎狗鼓劲，而是在为那头牡鹿。快跑啊，快跑啊，快跑啊，我低声说道，暗暗运用原力，驱使它跑过身后的猎狗。我想象自己是《星球大战》

里的欧比－旺·肯诺比。接着，我绝地武士的意念仿佛传到了那头鹿身上，牡鹿轻而易举地跑过了猎狗。

"瞧瞧它，跑得多快！"皮尔斯欢呼道，所有人都开始追捕那头奔逃的鹿，"它玩得开心极了！抓住那家伙。"我恨这个时候的皮尔斯。

"要上喽。"沙芬扛起枪，说道。

他看起来似乎知道自己要做什么。"你以前打过猎吗？"

"只打过老虎。"他没等我便走了。

我说不清他是不是在开玩笑。

第十二章

在接下来几个小时里，我们跟踪着牡鹿，穿过矮灌木林、溪流、丘陵和山谷，接着，我猛然惊觉，这是一场多么怪异的仪式：所有这些仆人，所有这些路虎，所有这些开销，不过是为了让几个纨绔子弟猎杀一头鹿。

我们时不时会看到那头高贵的猎物，那时，我发现自己甚至会赞同起皮尔斯的话来。有些时候，我感觉那头鹿似乎真的挺享受和身后紧追不舍的猎狗斗智的过程。如果说这样的情况能这么一直持续下去，我们一直追，它一直逃，就好了。可惜，那样的事当然不会发生。

我们停下来吃午餐，鹿被牢牢地"困住"，它看起来很乐意在周围闲逛一两小时，再继续和我们玩猫抓老鼠的游戏。我们成群结队地走进山坡上一座名叫"茅屋"的小房子。这是个很好玩的房子——里面只有一个房间,四周是石墙,头上是屋顶梁,脚下是木地板,像一个迷你谷仓,但房子里有一个壁炉,里面亮着温暖宜人的火光,此外还有一张为午餐准备的长长的餐桌。壁炉上挂着——你已经猜到了吧——一对鹿角。这一次没有鹿头,只有鹿角。

午餐味道很不错,虽说早餐大吃了一顿,但走了那么久的路,我也饿坏了。我坐在亨利对面、沙芬旁边,感觉自己就像个夹在两个敌对超级大国中间的小小附属国。我只顾埋头吃东西。我们吃了用鹿肉做的牧羊人馅饼、球芽甘蓝(我以前只在圣诞节的时候吃过这道菜),还有胡萝卜,接下来是苹果黑加仑酥皮甜点。然后上的是斯蒂尔顿奶酪,奇怪的是,它居然配了姜糖蛋糕。给我们上菜的是另一批仆人,显然,他们开车上山来到这里,就是为了给我们上菜。和晚宴一样,午餐餐桌上没有像果汁或可乐那一类正常的饮料,只有葡萄酒。我了解到,上流社会的人不会把葡萄酒叫作红酒或者白葡萄酒,它们是有名字的。餐桌上的那瓶红酒名叫克拉雷,而那瓶白葡萄酒名叫桑塞尔。这一次,饭后没有上波尔多葡萄酒,但可以选黑刺李金酒或者威士忌。简单来说,如果你不想喝酒,那就只能喝水。我再一次注意到,中世纪骑士团喝起酒来就像大人。(我知道他们基本上都十八岁了,但你知道我的意思吧。)女孩们也挺能喝的,我不知道亨利能不能喝,他没有展现过自己的酒量,皮尔斯和库克森倒是狂饮不止,而且喝得酩酊大醉。

众人觥筹交错间，我却想着屋外那头在欧石楠丛中气喘吁吁的牡鹿。没吃的，没喝的，或许正嚼着苦涩的草茎。它有没有躺在金雀花丛里，休息一下疲乏的四肢？它会不会觉得，自己能逃过一劫？它会不会觉得，那些步步紧逼的猎狗和粗声粗气的人类已经离开？会不会觉得，自己又熬过了一天？或者，它知不知道这一切自有安排，知不知道如果它走得太远，就会被驻扎在山坡上的引路人逼回来，继续被囚困在这里？

这头鹿注定会被做成壁炉上的装饰品，我强烈地同情它。他们在午餐桌上谈论着可持续性、捕杀、动物控制，以及这些做法对维护鹿群数量会有何好处，可我根本无心细听他们说的废话。都是女孩们、皮尔斯和库克森在说话，他们用上流阶层的口音交谈着。亨利并没有加入谈话。"这些都是真的吗？"我问他。他耸耸肩，抿了一口酒。在那水晶杯口上方，我看到，他的眼里又闪起了熟悉的光芒。"我只是单纯喜欢打猎。"他说道。尽管并不赞成他的说法，但我不得不尊重他的坦诚。"这是一个严肃的问题，"他发话了，所有人都安静下来，转头看向他，"自然无外乎秩序和平衡。如果一个劣等物种变得过于强壮，或者有逾越自然界限的危险势头，就必须对其予以猎杀。"

"说得很对，"亨利的复读机库克森附和道，"就拿鹿来举个例子：如果它们数量过多，就会对农民造成威胁——它们不仅会破坏野生动物的栖息地，还会干扰牛那一类牧群。"

"很他妈的麻烦。"皮尔斯口齿不清地低语道。

"为了高等物种的繁荣兴盛,"亨利继续说道,声音缓慢而冷静,"必须对劣等物种加以遏制。"

餐桌上弥漫起一股古怪的情绪,某种饥渴的专注。

"所以,你的意思是,"沙芬缓缓地发话了,"绝对不能让某些物种进行自我超越吗?"

"正是如此。"

"你说的物种,当然只限于动物王国吧?"沙芬问道。

亨利的蓝眼睛冷冷地看向他。"还有别的吗?"

午餐过后,我们准备回到外头。香奈儿去了洗手间,中世纪骑士团聚在一起,似乎在开小型会议。他们不时往旁边扫几眼,点点头,渲染出某种充斥着奇怪的期待感与渴望感的氛围。沙芬站在我旁边,眯眼看着这个小团体。

"好奇他们在聊什么。"

我耸耸肩,披上风衣。"你可问倒我了。"

香奈儿回来了,我们又回到了外面。我没看错,一种真切的兴奋感正笼罩着中世纪骑士团。他们话音急切,我猜是即将到来的杀戮令他们乐在其中吧。相比之下,沙芬,那个我希望可以成为盟友的人,随着午后时光渐渐消逝,追捕临近尾声,变得越来越内敛、沉默。

这是一个不可避免的尾声。斜阳西下,暮霭沉沉,气氛愈发紧张起来。日光渐暗，空气渐凉，即便穿着套衫和上蜡短风衣都无法阻挡渗入骨髓的寒意。香奈儿也在颤抖，在我们走下山谷时，我看到亨利追上她，脱下自己的斜纹软呢夹克，披到她的肩上。我曾无数次在电影里见过这个场景，特别是在老旧的黑白电影里，但亨利做这个动作时，却丝毫不显得尴尬，而是如绅士般体贴。香奈儿缩进衣服里，裹紧，娇羞地向他道谢。有那么一瞬间，我感到一丝嫉妒。亨利喜欢香奈儿吗？不知怎的，这个想法令空气更寒冷了。

我们走下山，来到山谷底的湖前，湖水像一面从天而降的明镜。我知道我们会在这里找到那头鹿，每个人似乎都清楚这一点。我们的确找到了。就像老爸说的那样，就像皮尔斯说的那样，就像沙芬说的那样，牡鹿站在水上，已被逼至绝境。它高贵地站在湖边，蹄子没在水面下，在这清朗的秋日，它的身影完美地倒映在水中。

它即将在这里死去，如秋叶般静美。

猎狗聚在湖边，远离水面，但不会待太久。这场追捕的结局已然注定，它们看起来一点都不急。它们甚至没有吠叫。它们根本不需要吠叫。它们知道，这就是结局。

牡鹿望着它们，它们望着牡鹿。猎手和猎物互相对望。牡鹿仿佛在为一幅你见过无数次的肖像画摆造型，这幅画被印在低劣的纪念盘子或水彩画上，被缝在花哨的茶叶店的垫子上，这幅画名为"身陷绝境的牡鹿"。牡鹿看起来如此高贵，如此美丽，比我们所有人都要高贵，都要美丽。我几乎要哭出来。"趴下，"亨利说道，五指张开，手掌按在地上，"所有人都趴下。"我们像突击队员般趴在寒冷刺骨的欧石楠丛中，大气不敢出。

"葛丽尔，"亨利如催眠师般低沉而缓慢地说道，眼睛一直盯着牡鹿，"看起来，你要成为我们中的处刑者了。"

"我吗？"我惊疑地倒抽一口凉气。

他笑了。"你的位置刚好在射击瞄准线上。这头鹿归你了。"完美弯着腰低着头，向我奔来，想给我递一把武器，但他还没到我跟前，亨利便把他自己的枪递给了我。"用我的吧。"

此刻，我不再为牡鹿担心了，因为如果开枪的人是我，那现在恐怕就是它这辈子最安全的时刻。但就在这时，亨利滑到我旁边，然后说道："看，像这样。"他几乎躺到了我身上，压着我的背，手臂环抱着我，教我如何持枪。被他握过的木枪托触感温暖，冰冷的金属枪管抵着我的脸颊。这是我一个下午以来最温暖的时刻，可我却在颤抖。这和《金钱本色》①里的那一幕很像——汤姆·克鲁斯教玛丽·伊丽莎白·马斯特兰托尼奥如何握台球杆，这样他就能用手搂着她。电影里经常会出现这种情节，一个男的教一个女的怎么握网球拍、如何持剑之类的。如果那个女的不喜欢那个男的，或者那个男的很老、很丑或者很邪恶，整个场面就会很令人作呕。但如

---

① 美国剧情电影，1986年上映。早已金盆洗手的球坛老鸟艾迪在小镇的台球室发掘了年轻的台球天才文森特（汤姆·克鲁斯饰演），其后两人的关系意外地由师徒变成了对手。

果那个女的喜欢那个男的，而且那个男的身材性感，这一幕就会变得很浪漫。此刻，我内心五味杂陈：亨利靠在我身上，用手臂搂着我，这种感觉令我十分享受，可手里的枪却令我心生恐惧。我要杀生了，我从未感到生命如此鲜活。我想把他推开，大声尖叫，我又希望他能更紧地抱着我。这是我一生中最激动、最浪漫、最厌恶、最恶心的时刻，我既想大笑，又想呕吐。如果我是那个我想成为的人，是那个我心目中的自己，我就应该把亨利推开，把鹿赶跑。可我只是静静地趴着，感受着亨利·德沃伦考特唇间呼出的黑刺李金酒的甜润气息。我听到他说，把枪管靠在草丛上，这样开枪时手就不会抖……下巴抵着枪托，稍稍弯一弯手肘，就是这样。他帮我瞄准好枪的方向，对准了牡鹿的腹部：毛茸茸的温热肉体下，是血液、神经、肌腱，是生命，只剩下几秒钟的生命。亨利温暖的手握住了我冰冷的手。

"现在，闭上一只眼睛。"他说道。

我可以对自己说——我的确是这么对自己说的，开枪射鹿的人是亨利，但我知道那个人其实是我，他的手指抵着我的手指，而我的手指抵着扳机。他是乐队指挥，但我是乐器。

在他、我、我们扣下扳机前那漫长而紧张的时刻，我突然想起了艾丹和牡鹿的故事。我能听到，在停审期学校停课前，院长在教堂里诵读经文的声音："在猎狗紧逼之时，神圣的圣人朝牡鹿抬起手，将其隐身。如此，猎狗便从它身旁经过，它们的利齿未能伤及它。"

我并不信教，可是那一刻，我却在祈祷。我不知道自己是在向上帝、向圣艾丹，还是向什么牛鬼蛇神祈祷，我只是祈祷。让它隐身吧，我在脑海中说道，用一只眼睛顺着枪管的方向，凝视着那头牡鹿。让它隐身吧，看在耶稣的分上。这是现在唯一能救它的法子了。

可这一次，我的绝地武士意念失效了。亨利压下了我扣在扳机上的手指，很用力，很疼。我的耳边传来巨响，枪身回撞到我的脸和肩膀上，犹如一记闷棍。

最后那一秒，我闭上眼睛，不忍直视。

第十三章

我以为狩猎已经结束了，但并没有。

扣下扳机后，我感到突如其来地死一般地疲惫，万般情绪涌上心头，我坐在冰冷的鹅卵石上，凝望着倒在浅水中死去的牡鹿，半边身子、半边鹿角露在湖面外。活着时，它外貌高贵，可现在，它看起来却像是个神话中的野兽。银色的水面上只能看见鹿的半边轮廓，另一半依旧是完美的倒影，但这一次，倒影和鹿角鹿身连在一起时，状若某种怪异的外星生物。看起来很像在幼儿园画的那种画——画好一半，把纸对折，完成另一半。暮色下的湖水微光闪烁，看起来就像《黑暗时代》①里的那个湖，亚瑟在那里拔出了他的石中

---

① 美国电影，1981 年上映，讲述了亚瑟王传奇的一生，后文提到的湖指卡默洛特湖。

剑，最后又把剑插了回去。我双目噙泪，湖面倏尔变得刺目且迷离。我擦了擦眼睛，心想，他们应该把它留在这里。它适合这个地方。

但他们没有。我看着引路人和完美踏入湖中，把死去的鹿拖到岸上。他们拉着它的鹿角，仿佛那是自行车把手。完美把鹿拖到鹅卵石上，拔出他的剑——那是一把猎刀，刀身在暮光中闪烁——把牡鹿的喉咙割开了。鹿血喷涌到鹅卵石上，完美拿着刀，捅进鹿的肚子，直没入至刀柄，然后他以刀作锯，剖开鹿身。接下来的场景近乎恐怖电影，我看着他把两只手伸进鹿的肚子，把五脏六腑都扯了出来，扔进塑料衬里的狩猎袋。鹿的内脏看起来像蓝色的蛇，似乎还是活的，在袋子里滑动，最终停下，散发出最后一丝生命的余温。暮光中，珍珠色的雾气给尸体蒙上了一层魔法般的色彩，可现在，被开膛破肚的牡鹿看起来更像装饰万圣节用的野兽，而不是神话传说中的。我颤抖着，看着亨利和他的副手库克森在四周徘徊。"你很冷吗，葛丽尔？"他关切地问道。他没有给我披上一件夹克，因为他的夹克已经给了别人。相反，他却提了一个相当恶心的提议："如果狩猎袋不是那么重，我会问你想不想把它扛回去。内脏的保温时间很长，回到家都不会变冷。"

"就像一个热腾腾的暖手袋。"库克森像往常一样复述亨利的话，不过更进一步。

一想象那幅恶心的画面，我畏缩了一下，但为了表明自己并非对狩猎传统一无所知，我说道："把它们扔给猎狗吧。我可不想抢了它们的战利品。"

亨利和库克森向死鹿走去，这时，我注意到一个古怪的地方。猎狗不在这里。它们消失了，眼前一只猎狗都没有。这真的很奇怪。或许，它们知道狩猎已经结束，于是幽灵般地偷偷溜回了山坡上，准备回狗舍过夜。它们居然没有在一旁等美味打赏，真是奇怪，但我也暗自庆幸自己不用亲眼看猎狗大嚼牡鹿内脏的场景。

但恐惧仍未结束。完美的手里似乎正捏着一个黏糊糊的东西，他把那东西切下几块，递给周围的人。他把其中一块放到我的掌心，它看起来像一块热热的红果冻。"我该说谢谢吧，"我说道，"这是什么？"当然了，完美没有回答我的问题；我从没听他和除了他主人之外的任何人说过话。

"这是鹿肝，"沙芬在我身旁说道，"你要吃掉它。每个参与打猎的人都会分到一块。"

"生吃？"我说道，"不是开玩笑吧？"

"'血腥运动'①可不是白叫的。"沙芬说道，小心翼翼地把鹿肝塞进嘴里。

我一脸厌恶地把鹿肝扔到鹅卵石上，用纸巾擦了擦手。我知道，我早餐吃了血肠，但生吃鹿肝实在超出了我的接受范围。可中世纪骑士们却吃得很开心，仿佛那是哈里波②软糖。

---

① 英文词组 Blood sport 的直译，通常译作"狩猎、猎杀"。

② 知名德国糖果企业，拥有同名糖果品牌，小熊软糖是其最著名的产品。

岸上的屠宰工作还在继续，皮尔斯优哉游哉地朝我们走来。"我说，你们要不要鹿蹄？你知道吧，按照传统，要给第一次打猎的人分一块鹿蹄。"

我一阵恶心。"我不用了，谢谢。"我说道。

"你请便，"皮尔斯说道，显然看不惯我蔑视传统的做法，"真是稀奇。你呢，旁遮普？鹿蹄是一件很不错的纪念品。一块给你，一块给卡冯，怎样？"

"我不是第一次打猎，"沙芬冷冰冰地说道，"给香奈儿吧，但我很怀疑她会不会要。"他望了望四周，"香奈儿呢？"

香奈儿不见了。完完全全失踪了。

我们三两结队，绕着湖搜了一大圈。我和沙芬一组，大声呼喊她的名字，回音在湖水和山间回荡。我们遇到了往回走的其他人，没人见到香奈儿。在我们绕湖寻找时，完美去检查了一遍茅屋和汽车，却也摇着头回来了。

这实在太可怕。日落后，地貌完全变了个样——湖水变成了一摊黑色的浮油，夜晚的空气中飘散着牲畜被开膛破肚后的腥味。山丘仿佛巨人高耸的黑色双肩，夏叶落光的树木在紫色的天幕下有如漆黑的鹿角。一旦入夜，搜寻也不得不叫停。

我以为，中世纪骑士会发牢骚，翻白眼。我以为，皮尔斯会说："讨厌的女孩。"然后库克森会附和："真他妈烦透了。"我以为，女孩们至少会提议，让她们先回家洗个澡，男孩和仆人们继续搜索庄园。但或许是受新友谊的驱使吧，所有人似乎都很乐意帮忙。事实上，中世纪骑士团像机器运转般迅速展开行动。身为拥有几个世纪历史的狩猎世家的后代，此刻终于轮到他们大展身手。他们拿上野外手电筒、金属酒瓶和猎刀。"好了，"亨利说道，"最后一次见到她的人是谁？在哪里见到的？"

"午餐之后，她去了厕所，"我太过担心，没顾得上用"洗手间"这个词，"但我们走下山谷往湖那里去的时候，她是跟我们在一起的。"

"她肯定跟我们一起下了山谷，"沙芬直截了当地说道，"你把你的夹克给了她。"

"确实，"亨利说道，"那我们先回山谷顶吧，从那里开始搜索最好。"

看来，我不是唯一一个注意到亨利给香奈儿披夹克的人；同样，喜欢香奈儿的似乎也不止亨利一个。沙芬挺身而出，用一个母老虎的故事把香奈儿从难堪中解救出来，显然，他一整天都在观察她。搜寻时，他看起来比所有人都要担心。我不禁想，中世纪骑士正享受着这场余兴节目——出人意料的黄昏探险，而沙芬则忧心忡忡。他目光警惕，沉默如石，专注地听着。看着他在昏暗的天色中搜寻香奈儿的样子，我都快要相信，他真的是老虎的儿子了。他行动诡秘，却不会看漏任何东西。就像今天早些时候，我们在地上搜寻牡鹿的"足迹"时，沙芬像一只大型猫科动物般紧紧地跟在香奈儿身后。中世纪骑士们只顾拿着金属酒瓶大口喝酒，喋喋不休，只有沙芬发现了线索。是沙芬看到了缠绕在金雀花丛里的一绺长而硬的香奈儿的假发，也是沙芬看到了香奈儿那顶掉在泥土里，过于崭新的姜黄色格子呢鸭舌帽。他拿起帽子，绞拧在手里，仿佛那是一块布——他看起来有些憔悴。

"至少我们知道她来过这里，"我安慰他，"真可惜猎狗不在这里，否则说不定能让它们嗅一嗅味道，帮我们找到她。"奇怪的是，听到我这番话，中世纪骑士们突然全部安静下来，可沙芬却转身看向我，即使是在暮光中，我也能看到他脸上浮现出的那种仿佛刚刚意识到了什么事情般的神情。他刚打算张口说话，突然间，黑色山丘那边传来了两声骇人的叫声。

一声是猎狗的吠叫。

一声是人类的尖叫。

我们冲向叫声的源头，手电筒的光发疯般四处照射。吠叫声诡谲怪诞，让我想起了老版《巴斯克维尔的猎犬》[①]里巨大的猎犬和滴血的爪牙，顿时惊恐更甚。更可怕的是，我听得出，那是香奈儿发出的尖叫。而最最可怕的是尖叫倏然停下的那一瞬。就像《沉默的羔羊》[②]里汉尼拔·莱克特所说的那样，尖叫停下之时，你就得当心了。

---

① 原为英国作家阿瑟·柯南·道尔所著的侦探小说，后被改编成电影。

② 美国惊悚电影，1991 年上映，改编自美国作家托马斯·哈里斯的同名小说，汉尼拔·莱克特是影片中的资深心理医生和变态食人魔。

　　我们身处黑暗与迷惑之中，加上山间古怪的声音，我们很难确切地判断出声音来源的方位。最后，沙芬把我们带到了一条狭窄的石峡谷，山体间有几道石灰岩裂隙，犹如坍塌了的洞穴。远看仿佛某只巨大的怪物在这里留下了三道爪印。最大的那道裂隙前聚集着一群嗜血如狂的猎狗。沙芬和我冲上前，亨利断后，推着我们从猎狗间穿过。"香奈儿！"我们喊道，"香奈儿！"然后立刻安静下来，使劲听有没有回应。

　　接着，在猎狗的疯狂吠叫声中，从某处传来了一个细微的声音："我在这里！"

　　沙芬在我前面，爬进了最长的那条裂隙里。"我太高了。"他喘息着说道。

　　"我来吧。"我把他拉到一边，爬进那个狭小的空间。裂隙中伸手不见五指。"手电筒。"我不耐烦地把手伸出洞外，打了几个响指。沙芬把一个手电筒递到我手上，我接过手电筒，照向洞的深处。洞里蜷缩着一个小小的身躯，污秽邋遢，满脸泪痕，正是香奈儿。我顿感踏实，差点哭了出来。这时我才意识到，自打那声尖叫停下，我暗自认定她可能已经死了。

　　我把手递给她。"来吧，"我说道，"你安全了。"

　　她把头摇得像拨浪鼓，好像要把头甩下来。"我不出去，"她说道，我从未听过她用这么坚决的语气说话，"有狗。"

　　"香奈儿，"我说道，"没事了。大家都在这儿。"

但她还是拼命摇头，在角落里蜷紧身子。

我爬回洞外，沙芬和亨利正在洞口等着。两人脸上挂着一模一样的期盼与担忧。"她没事，"我喊道，声音压过猎狗的吠叫，"但有狗在外面，她不肯出来。"

"你能让它们走吗？"沙芬朝亨利喊道。不知怎的，事态紧急时，他们似乎成了盟友。

"当然，"亨利说道，"交给我吧。"亨利朝我扬了扬头。"让她准备好。"

我低头爬回洞里，朝香奈儿伸出手。"亨利要把狗带走了，"我说道，"他让你准备好。"显然，和我相比，她更相信亨利，因为这一次，她抓住了我的手。她的手冰凉冰凉的。

我把她拉到裂隙洞口，拿身子挡在她和猎狗中间。猎狗的吠叫声震耳欲聋。我完全不怕狗，但此刻，连我都被它们吓到了。这里肯定有五十只，和我今天早上见到的那群友好亲密、爱流口水、尾巴乱摇的小可爱完全不是一个样。它们的白色獠牙尖锐锋利，舌头鲜红，像那只巴斯克维尔猎犬般口中泛着白沫。这应该就是沙芬跟我提过的猎狗的"暴走"模式了吧。我还想起了别的东西，之前在拉丁语课上学到的东西。我想起了那五十头"瞬间变作狂暴的狼"的猎狗把可怜的阿克特翁撕成碎片。好吧，我猜面前这些应该就是"变作狂暴的狼"的猎狗了。香奈儿身上的某些东西让它们失去了理智。

接着，我看到亨利从猎狗身后的黑暗中走了出来，身上扛着那个狩猎袋。"就是现在！"他喊道，接着拉开了袋子。他把牡鹿的内脏全部倒了出来，和库克森说的一样，内脏还冒着热气，他把内脏扔到猎狗中间。猎狗疯狂地撕扯着内脏，鲜血四处飞溅。我趁这个时机，把香奈儿从洞口里拉了出来，绕开猎狗，但还是有大摊的鲜血溅到了亨利的夹克上，香奈儿惊恐地尖叫着。这和《魔女嘉莉》①里的那一幕并不完全一样，但也差不多了。我把她拖下山坡，尽可能远离猎狗，可她的腿软了，整个人倒在了草坪上。我也砰的一声倒在她旁边。沙芬立刻冲了过来，跪在我们俩旁边。"你还好吧？"他问道。

香奈儿躲在沙芬身后，探头看去，担心猎狗追上来。但猎狗的注意力已经不在她身上了。它们安静了下来，有如沉默的狼群，静静地吞咽着鹿的内脏，嗜血让它们恢复了平静。

尽管如此，直到引路人把猎狗带到离我们很远很远的地方后，香奈儿才恢复了语言能力。她颤颤巍巍地点点头，和在洞穴里摇头的动作刚好相反。"我终于没事了。"

亨利走了过来，也跪到我们旁边。他和沙芬看起来就像两个想讨公主欢心的情敌，一个黝黑，一个白皙。尽管面前这位公主现在衣着褴褛，金发散乱，华丽的新衣服已破烂不堪，他们还是目不转

---

① 美国作家斯蒂芬·金所著恐怖小说，后被改编成电影。影片中，嘉莉遭人戏弄，在舞台上浑身淋满猪血，这一幕是电影史上极为经典的场景。

睛地看着她。接着，亨利做了个很奇怪的举动，他朝香奈儿伸出手。我以为他是要抱她，可他却只是把她的夹克脱了下来，然后披到了自己身上。"衣服上溅满了血。"他说道，仿佛在向她解释，"我会让完美把路虎开到离我们最近的地方，把你接走。用不了多久，你就能暖和起来，换上干的衣服。"

亨利朝他的首席看守人发号施令，猎狗见到亨利，立刻跑过来围住他，犹如忠诚的仆人，又变回了早上那群活泼可爱的小狗。它们蹲在亨利脚边，听他对完美下命令。但香奈儿并没有坐上首席看守人的车，因为沙芬决定插手这件事。"走吧，"他对香奈儿说道，"没必要管这些繁文缛节了。你会冻坏的。"他一把将她搀起来，扶着她缓缓朝山顶的车走去。中世纪骑士们看着他们两人，张大了嘴。他肤色黝黑，个子高大，颇为强势；而她一头金发，容貌秀丽，楚楚可怜，柔弱地被他环在臂弯里。看起来就像《理智与情感》中，威洛比抱着玛丽安娜走出暴风雨的那一幕。

我躺在冰冷的草坪上，凝望着夜空中的星星。这一整天下来，我已经疲惫不堪。先是走了一早上的路，之后把鹿逼到绝境，开枪射杀。然后，在我还没能接受自己是屠鹿凶手的情况下，又上演了这么一出寻找香奈儿的闹剧。（顺便说一句，如果你觉得杀了一头鹿就是我犯下的罪行，鹿就是我唯一的受害者，那你就错了。我真希望你是对的。）

最后，因为担心自己被其他人抛下，我还是活动了一下疲惫的筋骨，站了起来。我跟着手电筒的光，朝车的方向走了回去，腿几乎要撑不住了。而那时，在发生了那么多事情之后，我却在想（我意识到，对于一个BuzzFeed①女权主义者而言，有这样的想法可不是什么光彩的事），真希望也有人能像那样把我带上山。

---

① 一个美国新闻聚合网站。

第十四章

实在难以相信，泡个热水澡、喝杯热茶、点起炉火，居然能产生如此重获新生的力量。

不到一小时，我们便乘着路虎，随车队回到了庄园。我感觉自己的精气神又回来了。这样挺好的，显然，回到朗克罗斯后，一切又恢复了正常。

晚礼服已经在床上摆好。七点半上酒。八点晚餐。

我摆弄着床上的晚礼服。这是一件殷红如动脉血的晚礼服。看着它，我想起飞溅在鹅卵石上的鹿血，想起那块我本该吃掉的鹿肝。杰弗里在墙上看着我，我发现自己居然在祈求生闷气的贝蒂赶紧过来。一个人在劳瑟和杰弗里待着令我浑身不自在，我感觉那一晚，鹿头始终是一副严厉苛责的表情。"我很抱歉。"我说道。

我确实很抱歉。现在我知道，杰弗里并不是一个笑话。现在我知道，当它来到这个世界时，它并不是一个被钉在牌匾上的鹿头。现在我知道，它是如何死去的，而它曾是一只活蹦乱跳的生灵，就像那头从我身边飞奔而过，扰乱秋天气息的牡鹿，就像那头无路可退，站在卡默洛特湖边被我了结生命的牡鹿。我希望杰弗里知道，我绝不会主动扣下扳机。可难道这么说就能让事情好起来吗？我从未如此渴望能有一台电视，打破这充满责难的沉默。但房间里没有电视，我只能坐在炉火前烘干头发，看着鹿头。那鹿头着实令我着迷，就像历史类电视节目。

当贝蒂进来帮我穿衣时，我心里一阵宽慰，连问好都显得有些过于热情。现在，我已经习惯由她帮我穿衣服了。血色的晚礼服很合身，这令我愧疚更甚。当她让我坐在镜子前，帮我做头发时，我迟疑地问道："贝蒂啊……你能不能，就是，不要像昨晚那样，把我的头发做得那么卷？你知道，做成波浪那种，不要做成卷的，可以吗？"你应该看得出，我实在不知道该如何和仆人说话，但我并不需要担心，虽说她表现得闷闷不乐，但还是很听我话的。"当然可以，小姐。"她确实把我的头发做得很漂亮。这一次，我的头发变成了柔柔的海浪，厚厚的刘海从中间分开。今晚，我穿的是深红色裙子，比昨晚的玫瑰色裙子的颜色稍深，所以相应地，我的妆容也应该比昨晚的妆容更浓一些。于是，我在眼睑上扫了些烟灰色。我对自己的成果很满意，这时我突然想起，香奈儿应该也打扮好了，见到我这副样子，她会做何感想呢。

神奇的是，在这样一出闹剧之后，大家入席的时间却没有太晚。可我立刻发现，餐桌上只有八套餐具。

香奈儿没有来，桌上也没有给她准备的名牌，仆人似乎知道这件事。

我坐在已然熟悉的一排银质餐具前。今晚，我坐在埃丝米（无聊）和库克森（恶心）中间。

"香奈儿还好吗？"我问埃丝米。

"她没事，"她安慰我道，"她只是有些受惊，所以泡了个澡就上床了。亨利会把晚餐送到她的房间。"

嫉妒猛地击中我的胸口——我本来也可以待在床上吃饭的。突然间，忍受一道道奇珍异味，和中世纪骑士聊天似乎成了一件不可能完成的任务。沙芬和亨利，我仅有的盟友，共同救起香奈儿的伙伴，正坐在桌子的另一端。沙芬正不冷不热地和皮尔斯聊天，一旁的夏洛特则在对他拉拉扯扯。显然，她也被沙芬威洛比般的骑士风范打动了。金发的亨利和金发的劳拉头碰头低声说话。她的表情似乎有些醋意，或许亨利给香奈儿披夹克让她不开心了，更有可能的是，她不喜欢我们射杀牡鹿时亨利整个人压在我身上。亨利明显不是一个用情专一的男孩。

我还记得他的手臂环抱着我的感觉，还有那随着牡鹿一同死去的温暖。接着，仿佛受我的记忆驱使，亨利站了起来，举起酒杯。

"我想将这个非常独特的祝酒词，"他说道，"献给一位新手猎人——葛丽尔，她第一次外出打猎，便射杀了一头牡鹿。"他那双直率的蓝眼睛看向我，那种温暖的感觉复活了。"女士们，先生们，敬葛丽尔·麦克唐纳，牡鹿处刑者。"

我不知道要做什么好，其他人站起来举杯时，我只是傻呆呆地坐在座位上。他们重复了一遍我的名字，还有新加在我身上的古怪名号，然后全部盯着我看。接着，他们把杯中的酒一饮而尽。坐下后，餐桌上响起一阵掌声。一切都显得离奇极了。从来没有人向我举杯敬过酒，但我真的希望，这次祝酒的名头不是因为我射杀了那头牡鹿。那时，我相信亨利是在向我献殷勤，可我宁愿他没有这么做——我宁愿他把这份荣誉据为己有，那样的话，我的愧疚感也能被一并带走。

接下来，事情变得更糟了。两个男仆捧着一本黑色的巨书，放到亨利面前，帮他把书翻到其中一页。这卷书看起来已经有好些年头了，那古旧的黑绿色皮革封面，看起来就像我在书上读到过的"摩洛哥山羊皮革"。第三个男仆递给亨利一支笔。那并不是羽毛笔，但那应该是至今为止最古老的，但仍在使用的笔了——看起来就像战争时期签订和平协议用的钢笔。

"这是在干什么？"我问埃丝米。

"亨利要把你写在狩猎之书上。"她说道。

天哪。"只写我的名字吗？"

"当然不是啦，傻瓜，"她说，"狩猎日期，有谁参与，我们猎杀了什么，杀了多少只，还有处刑者，也就是你的名字。"

棒极了，我想。我犯下的罪行真的要被写进历史书了。"哦，这实在是太棒了，"我说道，"我真高兴自己的高尚成就会被记录下来，供后世瞻仰。"

她没听出我话中的讽刺。"我知道，意义太重大了，是不是？你肯定非常自豪吧。"

仆人们把盛在镶金边盘子里的主菜端上桌。"这不是我打的那头牡鹿吧，是不是？"我半开玩笑地说道。我不知道自己有没有勇气吃掉自己枪下的亡灵。

埃丝米像看疯子一样看着我。"鹿肉可不能直接吃，"她大为惊讶地说道，"它是猎物，要吊起来的。"

显然，牡鹿受的苦还不够多。"吊起来？"

"让它糜烂。这样肉质会更嫩。"

我察觉到谈话内容有点变味了，于是我没有再接埃丝米的话，而是专注到晚餐上。在经历了那样一场闹剧之后，我突然饿极了。我把眼前看到的食物全部塞进嘴里——我吃了一种蘸红酒酱汁，尝起来像鸡肉的肉。起初，我觉得味道非常棒，虽说比不上Nando's①，但也十分美味。接着，我咬到了一小块很硬的东西。

---

① 国外著名的烤鸡连锁店。

我立刻回想起以前在网上读到过的小孩在 KFC 套餐里吃出填充物的故事。我小心翼翼地把那玩意吐到盘子上，结果，那东西和瓷器相撞，竟发出叮的一声，是尖锐的金属撞击声。掉在盘子上的东西是一个小球，大小和颜色跟小孩的派对上常见的纸杯蛋糕上的银色小珠差不多。"这是什么？"

坐在我旁边的库克森转向我。"怎么了？"

我把刀指向盘子里的小珠子。"我觉得，亨利明天要炒掉自己的主厨了。"

"这是弹丸，"他说道，"你吃的是雉鸟啊。这就是颗弹丸而已。"

我有些不耐烦。我又不需要他给我提供一份验尸报告。"我不想知道它是怎么死的。我只关心肉里面有一块金属。"

他笑了起来，笑声非常令人不快。他笑声很轻，边笑还边耸肩。"不是，我是说，这就是颗弹丸而已。你吃到的是弹丸，那颗杀掉这只雉鸟的子弹。"

我很震惊。"他们就不能先把子弹取出来吗？"

"他们当然想啊，但这东西很少能全部取出来。打雉鸟的时候，我们用的是霰弹枪。和你今天用来打鹿的来复枪不一样。"上帝啊，大家一定要不停地提这茬吗？"每个弹壳里都装着很多这样的小弹丸。当你开枪时，这些小弹丸会大面积地散射出去。"他把两只手摆成一个宽大的圆锥形，比画着弹道轨迹。"这样，你命中目标的概率就大多了。这些小东西会飞得到处都是。"他喝了口酒，"明天你就知道了。"

那时，我还不知道他说的是不是真话。

出了这番洋相之后，我只顾低头吃饭，听着大家的谈话。我本以为他们会讲一讲香奈儿，还有山坡上发生的事。可奇怪的是，所有人都对这些只字不提，我甚至怀疑，这是不是为了显得有礼貌。或许在款待自己的主人面前提这件事会很没有教养吧，毕竟这位主人的捕鹿行动最后却变成了找人行动。我不想当野蛮人，于是我也没有提起这件事，直到库克森灌了太多酒，最后把这件事提了出来。

"你的朋友真是倒了八辈子血霉。"他说道。

"我们还谈不上是朋友，"我愉快地说道，"我昨天才和她正式见面。"

"猎狗，"库克森装作没听到我的话，自顾自讲了下去，"会跟随自己的本性。它们是凭直觉行事的生物。"

接着，他朝我靠了过来，我甚至能闻到他呼吸间酸涩的酒气。然后，他在我耳边低语了一句我十七年来听过的最不堪入耳的话。

"问问你的小闺蜜，她是不是来例假了，"他说道，"那些老猎狗，它们能嗅到那味儿。让它们发狂的是她的经血。"

恶心。今天已经变成嗜血之日了：血肠、猎鹿、一块块鹿肝、一袋子内脏、血色的晚礼服，然后现在又听到这么一则可爱的小趣闻。库克森嘴里冒出来的这一段精选的女性生物学知识，不仅让我完全丧失了食欲，连闲聊的力气都没了。看到海妖们走向客厅，我松了一口气，找个借口回房间了。

　　我累极了，几乎没力气爬上韦恩庄园的阶梯。望着厚厚的绯红色地毯以及四周巨大而压抑的画像，我忽然觉得，面前的楼梯似乎变得比我们今天爬上爬下的那座山还要高。当我走到楼梯顶时，我要做的就是右转走进劳瑟，像蛇蜕皮般把晚礼服脱下来，然后就能爬上我可爱的床睡觉了。

　　可我内心却一阵迟疑，纠结着；疲惫令我的身体摇摆不定。

　　姐妹情最终战胜了疲惫。

　　我暗骂一声，左转走向香奈儿的房间。

第十五章

香奈儿的房间也有名字。

那个镀金的名字——切维厄特，被刻在门上的木板上，已然褪色。我一直在等她来应门，所以才看到了这个名字。结果，我等了很长一段时间，她都没来应门，于是过了一会儿，我只好转动门把手，推门走了进去。

香奈儿并没有睡觉，她还坐在床上。晚餐餐盘放在她身旁的床罩上。她并没有邀请我进来，我关上身后的门，走过去，坐在她床边。我把餐盘移开了一些，然后我发现，晚餐一口没动。

炉火快活地燃烧着，房间里很暖，可香奈儿躺在床上，还裹着厚厚的白色浴袍。她的脸和浴袍浑然一色，如鬼魂般苍白，挂着一副我似曾相识的惊恐神情。突然，我猛地回想起我在哪里见过这副神情，腹部如遭重击。那是杰玛·德莱尼脸上的神情，那个和我读同一所中学，在牡鹿学园的教堂外拦住我，让我无论如何都不要来"打猎、射击、钓鱼"的女孩。

看到我坐下，香奈儿没有说任何话。她只是往枕头上缩了缩。我并没有指望她会送上一句温暖的问候，或者感谢我把她从洞穴里救出来。不然可要大失所望了。她把嘴唇抿成一条线，一言不发。

"房间挺漂亮嘛。"我说道，试图打破僵局。我说的是实话——房间里的墙壁是鸭蛋蓝色，床罩是淡金色。我本能地望向壁炉上方，发现我房间里挂着杰弗里的位置在这里是空的，只贴了一张更亮的墙纸。我本以为她很幸运，不需要和一具动物死尸的头颅共处一室，但紧接着，我看到废纸篓旁的地上放着一个獠牙外露的狐狸头，原来是香奈儿把它取下来了。

"切维厄特，"我说道，点了点头，"我的房间叫劳瑟。"

沉默。

"话说到底是谁给这些房间起的名字呢？"我说道。香奈儿仍旧一声不吭，我于是紧张地胡言乱语起来："我是说，我听说过有人给自己的房子起名字——就连我住的那条街上都有人那么做，但我们那条街其实就是一片蹩脚的联排屋而已。他们会在自己家门口挂一块小巧的陶瓷牌匾，上面写着'德罗米恩'之类的名字，好像这样就能骗过自己，仿佛自己的家不是街上那五百多栋一模一样的房子中的一栋。但给房子里的房间起名字，没听说过。我的意思是，这就像——"

她打断了我的独角戏。"他们猎捕的是我，葛丽尔。"

"谁猎捕你？猎狗吗？"

"不是，"她说得很清楚，"是中世纪骑士团。"

我静静地坐了一会儿，琢磨着这句话。直到这时我才意识到，这一个下午，香奈儿承受了多大的心理负担。坦白地讲，她已经在说疯话了。我轻柔地说道："其实，香奈儿，这整件事可能有一个很简单的解释。你是不是……今天……你今天是不是来例假了？"

那时，我很讨厌这句话，我一直很讨厌，这可能是因为，以前老爸给我解释例假这件事时说过这句话。我妈妈离开之后，这一切都落到了我爸身上，当他和我说这句话时，上帝保佑他，他是那么窘迫，那么不安，所以，尽管我很爱很爱我的老爸，但我讨厌他说过的这句话。

香奈儿似乎并不在意。"埃丝米也这样问过我。"

"那么……今天你真的，"天哪，我还得再说一遍，"来例假了？"

"嗯。"她说道。

"那就是了嘛。猎狗受到血腥味的刺激，全部被冲昏了头脑。毕竟它们受的就是这样的训练。"我磕磕巴巴地把话说完。

"不对。"她说道。这两个字几乎是喊出来的。她开始摇头，就像之前在洞穴里一样。"不对。他们猎捕的是我。走下山的时候，我真的很冷，虽然亨利把他的夹克给了我。"她的声音里带了一丝

128

暖意，"那双我新买的亨特雨靴真是个愚蠢的玩意，差点没把我疼死，所以我落在了你们后面。我和你们分开了，就像那头牡鹿。"她把手伸进头发，下意识地像中世纪骑士团的女孩们那样拨弄着。这一次，她失败了。"我看不到你们了。于是我想，我只要往回走，走回车那里就好，但我肯定是迷路了。然后，它们找到了我。"她把自己用浴袍裹得更紧了些，"太可怕了，葛丽尔，就像噩梦一样。它们从黑暗中冲出来，二三十只，发疯般地咆哮着。我只顾着跑。"她在颤抖，"我不停地想起昨天拉丁语课上讲的阿克特翁。"

真的只是昨天吗？昨天早上在牡鹿学园的那堂拉丁语课，似乎已经是好几年前的事了。

"你还记得吗？阿克特翁看到了女神戴安娜的裸体，于是作为惩罚，他被五十只猎狗撕成了碎片。"

"我记得。"我轻声说道。

"我真的以为，那样的事就要发生在我身上了，葛丽尔。我努力想甩开它们，跑到它们追不到我的地方；我跑进树林，穿过小溪，但它们总能追上我。如果我没有找到那个洞穴……"她停了下来，看着自己的双手。我看到，她那曾经漂亮的指甲，那一弯弯纯白的新月牙，现在变得脏兮兮的，满是缺口。奇怪的是，她指甲的这副模样比她的话更让我想哭。或许，她是在绝望地爬进洞穴时，把指甲弄裂的。但她说的不可能是真的。有可能吗？

香奈儿又开始说话了，声音低沉："在我爸爸发明了萨罗斯系列手机之后，我们家很快就富了起来。萨罗斯 7S 上市之后，因为太富有，我在以前的学校待不下去了——我的老朋友都不想再和我来往。他们觉得我自命不凡。父母觉得，或许我更适合牡鹿学园。爸爸说，我们现在是那一类人了。但事实并非如此。整个学期下来，没人和我说话。"

现在轮到我低头看自己的手了。如果我知道香奈儿和我感受一样，我肯定会更加努力地和她做朋友。

"然后，我收到了那封邀请我来这里的邀请函，我开心极了。我以为那意味着我成功了，意味着一切终于有了进展。我买齐了所有衣裤鞋袜。我练习如何说话，学习社交礼仪，努力搞懂用餐该用哪个叉子之类的破规矩。如果我这里也融入不了，那里也融入不了，我还能融入哪里？他们把我带到这里，是为了玩游戏？是为了猎捕我吗？他们就是这么看我的吗，我只是猎物？"当她没有刻意用上流口音说话的时候，她的柴郡口音听起来其实非常软糯舒服。但她说的是疯话。

"你在犯傻啦，"我温柔地说道，"大傻瓜。你想象力太丰富了。听着，跟我说实话，你本身就很怕狗，对不对？"我还记得今天早上，她在车道上看到猎狗时一脸警惕，还小心翼翼地避开了它们的尾巴。

"没错，"她承认道，"我从早上开始就一直讨厌它们。"

"对嘛，整件事其实就是，牡鹿倒下之后，它们无聊了，然后闻到了别的气味，于是跟上了你。对你来说，这当然很可怕，但对它们来说，这不过是追捕猎物罢了。"

"是对中世纪骑士团来说，"她怨恨地说道，"这是他们一手策划的。我知道这肯定是他们干的。猎鹿只是热身。他们来找我时是什么表情？"

说老实话，似乎只有沙芬一个人是真的在担心，但听完香奈儿的独白，还有她那认为自己才是被人猎杀的对象的妄想之后，我不想再打击她了，因此我也没有向她暗示中世纪骑士其实并不是她的真心朋友。所以，我只告诉了她部分真相："大家都很想找到你。我们都去找了，所有人。事实上，还是亨利把狗引开的呢。"

"我不是说亨利。亨利很好。"又来了——她的声音里又融入了暖意，"我是指其他人。"

我拍了拍身下的蓝金色床罩。"睡一觉就好啦。"

她那泛红的双眼满含哀求地看着我。"你能留在这里陪我吗？等我睡着再走？"

我早已筋疲力尽，但我点了点头。"当然可以。到了明天早上，一切都会好起来的。那时你就会明白，今天下午发生的事，就是一场吓人的意外而已。"我拉住她的手，还有她碎裂的指甲。她把手紧紧地握成一个小拳头。我笑了笑，玩闹般地把她的手指一根一根掰开，让她放松下来，我也能刚好握住她的手。

我在她湿冷的掌心里摸到了什么东西。

好几个。

我摊开她的手掌看了看。是几颗较长的浅白色种子。"这些是什么？"

她耸了耸披着浴袍的肩膀。"不知道。我在亨利的夹克里找到的。在洞穴里的时候，我把夹克口袋翻了个遍，希望找到些能吃的东西扔出去，把猎狗引开。但除了这些种子，我什么都没找到。"

我仔细看了看——它们比米粒稍大，上面有一圈凸起的脊。据我所知，它们应该是乡下人口袋里常见的东西，比如草籽。"哦，你现在也用不上它们啦。"

我把她手心里的种子一颗颗捡起来，放到床头柜上的一个小小的中式搪瓷罐里。"放这儿就不用担心了。快睡吧。"

我把一个枕头拿到旁边，帮她躺好。她闭上眼睛，我握住她的手，直至她呼吸柔和平稳下来，我才松开。我忽地对她心生喜爱，她看起来就像个小女孩。如果现在库克森说她是我的朋友，我不会纠正他。"晚安，香奈儿。"当我走到门口时，我听到了她的回答。

"葛丽尔。"

我转过身，把手放在门把上。她的眼睛还闭着，声音里满是倦意。

"叫我奈儿吧，"她说道，"我整个学期都希望别人叫我这个名字，但大家还是叫我香奈儿。"

我笑了。"睡个好觉，奈儿。"

第十六章

正当我轻轻关上身后的门，打算转身走回房间时，我被吓得差点灵魂出窍。

亨利站在我身后的走廊里。他斜靠在橡木护墙板上，双腿交叉，手插口袋，白色领结松松地挂着，衬衫前襟敞开着，酷似模特。

我用手捂住怦怦直跳的胸口。"天哪，你吓到我了！"

他微微一笑，用后背撑了下墙，优雅地站直了身体。"我很抱歉。她还好吗？我刚想进去看看她。"

看他一脸担忧，我不禁感到一丝嫉妒。或许，劳拉在餐桌上吃的就是奈儿的醋，完全和我无关。"她睡着了，"我说道，"今晚最好还是别去打扰她了。"我向你保证，我绝非故意把他们俩分开，我真的是在为奈儿着想，但我知道，听了后面发生的事后，你决不会相信我。

亨利点了点头，一直专注地看着我。"来吧，"他说道，"我想给你看样东西。"他牵起我的手。显然，这将是一个漫漫长夜，但突然间，我完全不累了。

他领着我走上楼梯，我没有反抗。我任他牵着我的手，和平常一样，感觉自己置身于电影之中。他系着白色领结，我穿着晚礼服，他领着我穿过漆黑的房子，往上走，再往上走。《暮光之城》，我想，是爱德华和贝拉。和电影里一样，我做的事情是危险的，大错特错，可不知怎的，它又是我应该去做的。房子顶层是一条长长的画廊，地板锃亮如镜，光滑得穿着袜子都可以在上面玩溜冰了。画廊两边挂满了古色古香的画像，画中的人一个个看起来都很像亨利。地板在月光之下反射着诱人的溜冰场般的光泽，画像中的人挺着德沃伦考特家族标志性的鼻子，神情严肃，看起来肯定不会允许我们在这里穿着袜子溜冰。但亨利转向我，眼睛里闪着光，嘴角带着一抹淘气的微笑。他把鞋子踢掉，显然和我想同样的事。"来吧。"他说道。

我们在德沃伦考特族人不满的目光中来回滑动，像个孩子一样欢声尖叫。"我小时候经常和我的表亲们这样玩，"亨利说道，"他们是双胞胎，一个男孩，一个女孩，比我小一点。他们喜欢在这里滑来滑去。可好玩了。"我们来回滑了十几二十次，直到累得瘫倒在一幅格外傲慢的画像前，一边喘气，一边咯咯傻笑。

"这就是你想给我看的吗？"我上气不接下气地问道。

"不是，"他说道，"这只是消遣而已。穿上鞋子吧。"

他带我从画像中一双双好奇的眼睛前走过，接着，我可不是在说笑，他打开了一扇隐藏在镶有护墙板的墙壁上的暗门。门后是一段盘旋向上的楼梯，楼梯顶还有一扇门，就像《爱丽丝梦游仙境》里的那种。亨利把门推开，我们走了进去，刹那间，我们已站在屋顶之上。

风猛烈地吹向我，但亨利仍牵着我的手。我呼吸着寒冷的空气，松开他的手，转身环视四周，目瞪口呆地凝望着周围的景色。

月光之下，一切都沉入蓝色的夜空之中。我望着绵延数英里[①]的银光闪闪的屋顶、炮塔和烟囱，在那之外是如海浪般泛着白沫的大片森林，高山耸立在远方。

"咱们在这里坐一下吧，"亨利说道，"这里隐蔽些。有点冷，你介意吗？"

"我挺喜欢的。"我说道。我说的是实话。在经历了冲击不断的一天后，已然麻木的我急需有东西刺激一下，而寒冷就像那令人清醒的一巴掌，狠狠地扇在了我脸上。话是这么说，他还是脱下了他的燕尾服，披到我肩上。衣服上残留着他的余温，还有他身上的味道。这场景本应让我瞬间陷入想象中的电影世界，但这一举动把

---

① 1英里合1.6093公里。

我从愚蠢的幻想中惊醒了——今天早上，他也对奈儿做了同样的事，就在她被当成牡鹿追捕之前。

我们一同坐下，背靠着一排隐蔽的石栏杆，房前修剪整齐的草坪和花园在我们眼前一览无遗。

"瞧。"亨利指向下方，一只狐狸正自信地快步穿过银色的草坪。月光照在它身上，在它身后留下锐利的阴影。"那是一只雌狐呢。"他说道。

那只雌狐似乎听到了亨利的声音，停了下来，抬起一只爪子，尾巴在身后竖起。它四下打量，竖耳倾听，警惕着潜在的威胁。

"你不会打它的主意吧？"我故作俏皮，不露声色地问道。

"不会，"他的声音里藏着笑意，"我们从不在朗克罗斯猎狐。我们不养猎狐犬。"

你养，我暗暗说道，想起了皮尔斯和库克森。我极目远眺，望向地平线。"这些都是你的吗？"

"嗯，应该说是我父亲的。"

"今天是你的。"

"是啊。"他近乎惆怅地说道，仿佛那样的事永远不会发生。

"你这块土地的边界在哪里呀？"我狐疑地问道。他把手一指——远处，月光下，乳蓝色的夜幕中，我望见一个尖顶，状如日晷上的晷针，高傲地挺立着。"一直到那里，"他说道，"那是朗克罗斯的教堂，始建于一一八八年。据说，当年康拉德·德沃伦考特东征归来后，把真十字架带了回来，就是耶稣被钉死在上面的那个十字架。他在日暮时分把十字架立在山坡上，十字架落下的长长阴影覆盖了这一整片土地。朗克罗斯，长长的十字架，明白吗？[①] 他立誓要在阴影的尽头建一座教堂。"他伸展开自己修长的双腿，双脚悬在屋顶的边缘，"教堂周围出现了村庄，村庄就是这么建起来的，然后，康拉德建造了一座庄园。他的后代在庄园上添砖加瓦。在安妮女王[②] 当政时期，爱德华·德沃伦考特建造了庄园的主宅。算是一个挺有意思的家族小项目吧。"

他这番轻描淡写没能骗过我。我能从他略显激动的声音中听出来，他对自己的出身引以为傲。我想起了我小小的家，在曼彻斯特阿克莱特街上的联排屋区里，坐落在一排排红色房子中，那里看起来真的很像《加冕街》。我也轻描淡写地回答道："你真的好幸运。"

奇怪的是，他并没有如我预想般立刻表示同意。相反，他沉默良久。一只猫头鹰啼叫了两声，他又开口说话了。"这个世界正在消失。"他说道。一个十七岁的少年说出这么一句话，听起来很奇怪，但他显然是认真的。

"我不觉得，"我安慰道，"内阁有一半的人上的是我们那样的学校。管理这个国家的也是像你这样的人。"

---

① "朗克罗斯"的英文为"Longcross"，把这个单词从中间分开可得到"Long-cross"，直译过来便是"长长的十字架"。

② 英国斯图亚特王朝最后一位国王，其在位时间为 1702—1714 年。

"一切都在改变，"他说道，"特权变成了肮脏的词汇。像这样的庄园被改造成主题公园。传统落后于潮流。整个世界都联上了网。"互联网在他口中，就好像是一片外国的土地。他拾起屋顶上的一片苔藓，扔下石栏杆。苔藓无声落下。"你上的是什么学校再也无足轻重，人们只关心你在 YouTube 上有多少粉丝。"他轻蔑地说道，用野蛮人的语气吐出那个野蛮人的词语。但我听到他的声音在颤抖，有那么一瞬间，我觉得他甚至要哭出来了。

奇怪的是，我替他感到难过。在那一刻，我忘了奈儿，忘了今天的闹剧。坐在属于他的这座大得异乎寻常的宫殿之上，坐在属于他的这片土地中央，身下是归他所属的成百上千万块冰冷的砖瓦，我替亨利·德沃伦考特感到难过。他是对的。他力图挽回所有已经不可挽回的事情。但如果那时我知道，他活不到继承朗克罗斯的那一天，我可能会更难过。

"让香奈儿受到惊吓，我真的很抱歉，"他说道，"她是我的客人，我觉得自己有必要负全责。"他的声音很真诚，"有可能是因为……我不知道有没有人解释过……有可能是……"他想表现出作为一名主人尽职尽责的一面，良好的教养却在跟他的努力作对。

我替他把话说完。"是因为，这个月的今天来错了时候。库克森是这么说的。"

他听出我语气不对。"你不相信吗？"

我把下巴抵在膝盖上。"你看电影吗？"我问道，"还是说，中世纪骑士团的戒律禁止你们看电影？"

"那倒不会，我看电影。不经常看，但偶尔也会看一下。"他似乎有些想笑。

"那你看过《狩猎会》吗？"

"没有，"他礼貌地说道，"我没看过这部电影。"

"故事发生在第一次世界大战爆发前夕，在一座巨大的庄园里，就和你这座庄园一样。庄园的主人举行了一次狩猎会，把他的小孙子留在了家里。然后，这个小孙子有一只宠物鸭子。电影从一开始就建立起这只鸭子和观众的情感联系，还有它和孩子的关系。"突然一阵凉风吹过，我把亨利披在我肩上的大衣裹得更紧了些，"这只鸭子不停地出现，比如突然闯进正在举行茶话会的画室——你知道，做一些很可爱的事情。然后呢，就在狩猎开始前，这只鸭子突然失踪了。那孩子心急如焚，于是，他和他的女仆一起去找鸭子。这时你肯定会想，这只鸭子绝对不可能撑到电影结束。鸭子会变成一堆羽毛，孩子会大哭大闹，配乐会越来越悲伤，大家都会哭起来，这是世界大战大屠杀的凶兆，诸如此类的。"

"那后来发生了什么？"

"嗯，鸭子活下来了。但在周末最后一次打猎时，有个人中枪了。一个农夫，在错误的时间出现在了错误的地点。"

我们沉默了好一会儿，然后亨利发话了。"我向你郑重承诺，"他说道，"不，我要以绅士的名誉向你保证：你决不会中枪。香奈儿也不会。"他听起来很真诚。"事实上，"他继续说道，"我打算提议：明天的射击，你愿意自己随意安排时间吗？你大可以不参加。第一轮射击结束之后，你可以和我们一起吃午餐。"

"以前也是这样的吗？"我温柔地嘲弄道。

"是的，"他有些僵硬地说道，"但我不是在性别歧视。在这件事上，我更多考虑的是你的感受，而不是古老的传统。明早六点，我们就要把枪装上车。香奈儿今天受到了惊吓，或许她想多睡一会儿。你可以享受一个悠闲的早晨，然后在苑亭①里和我们一起吃午餐。"

现在肯定已经过了午夜，所以如果我能睡个懒觉，再吃顿早餐（我敢打赌绝对是盛在银盘子里的），那的确很不错。

"好的。"我说道。

"那就一言为定，"他说道，用他们中世纪骑士说话的方式，把我刚说的两个字又说了一遍，"劳拉中午会来接你。"

第三位海妖。我好奇亨利什么时候才会说一说她的事。不知是香槟醉人还是月光迷人，我胆子大了起来。"劳拉，她很漂亮。"我如实说道。然后，他转过身，把我的脸捧在他的手心里。不知为何，虽然我穿了他的大衣，但他的手还是很暖。

"没有你漂亮。"他说道。

我敢说，当你被人捧着脸，听到这样一番话时，你绝对不知道

---

① 一种装饰性建筑，尤指见于英国花园或公园内的小型建筑。

该摆出一副怎样的表情。我不是说我不喜欢这句赞美；我只是非常肯定，当时自己的表情肯定非常蠢。

"她们中没有一个及得上你。"他说道。

我感觉我整个人都要融化了。在这样一个童话故事般的背景下，听到这样的甜言蜜语无疑是浪漫的，但我不得不把话问清楚。"你和劳拉不是……"我不知道该怎么说才能配得上他那温文尔雅的话语，"在一起吗？"

蓦然间，他的脸离我很近很近。"现在不是了。"他说道。

然后，亨利·德沃伦考特吻了我的双唇。

Part 3

射 击

狩 猎 游 戏

第十七章

往常，每当我想睡个懒觉，一定会醒得很早，今天也是如此。

我躺在昏暗的灯光中，回想着那个吻，那个如此重要的吻，那个值得我用大写字母记录的吻。杰弗里在墙上看着我。我把那个吻回味了上百次，细细回想着那之后，亨利如完美的绅士般陪我走到这个房间的门口，然后又在门外吻了我一次，和我道晚安。

现在我想知道，那是不是酒后的一时冲动，但他看起来非常清醒。或许，那是一种在经历了一天的闹剧后所采取的减压方式。但我的感觉否认了我的想法——如果真的是我想的那样，为什么他不去找劳拉？她们中没有一个及得上你，他是这么说的。我陶醉在这句赞美之中，但此时，我突然想到了另一件事情。亨利会不会想要，你知道的，更多？我们会在这里度过余下的周末。这里没有父母，我们有自己的房间，这里的大人们不对小孩子发号施令，相反，他们要听小孩子发号施令。我的胃里一阵恶心。我把手放在肚子上，隔着软绵绵的睡衣，我能感觉到肚子里似乎在翻腾冒泡。万一哪天亨利说完晚安后，没有离开，而是走进了劳瑟的门？万一他决定不再当绅士了呢？

这个想法令我恐惧，又令我兴奋，我顿时睡意全无，不得不从床上坐起来。"早安，杰弗里。"我对鹿头说道，接着走到窗边，拉开窗帘。

外面的景色和昨天的大不相同。窗外风景依旧美得夺目，但天空灰暗阴沉；这样的天气似乎昭示着大雨将至。

壁炉台上的葛士华时钟指向七点。我抱怨了一声。昨天离开奈儿房间时已经过了午夜十二点，天晓得亨利陪我回到劳瑟的时候已经几点了。我肯定没怎么睡。

我想过要不要叫醒奈儿。被孤立了好几个星期后，能有人陪自己说说话是件多么奢侈的事情。但现在太早，让她再睡会儿吧。除此之外，我还感到些许愧疚——在我把亨利偷走前，她会不会也喜欢他呢？古怪的是，当她和我说起被中世纪骑士团追捕的荒谬妄想时，她似乎刻意把他排除在黑名单之外了。

一想到亨利，我的肚子里又一阵翻腾，咕噜个不停，绝对是因为我饿了。但我并没有看到贝蒂的踪影，毋庸置疑，亨利指示过她，让我多睡会儿。在她主人那一吻的鼓舞下，我把房间找了个遍，知道这里肯定有一样东西。在窗帘绑带后，我找到了它：一颗镀了金边的大理石按钮。我按了一下，不到两分钟，就听到了敲门声，然后贝蒂走进了房间。这么早就开始被我这种人使唤，她看起来怒火中烧，戾气比平时还重，嘴唇照例抿成一条不满的直线。"请问，我能要一些早餐吗？"

"当然可以，小姐，"她僵硬地说道，"我立刻给您端来。"

她确实把早餐端了进来，速度快得异乎常人。一样的银质托盘，一样的银色圆瓮，一样的银色咖啡壶。她把早餐放到床上，说道："为了不打扰您，我会在您泡澡的时候把火点好。"

贝蒂就是这样的人。她说的任何话都非常体贴、有礼貌，但我看得出，她绝对打心眼里讨厌我。瞧瞧老贝蒂的这个眼神就知道了。可笑的是，和其他中世纪骑士相比，我是最有礼貌的。我从来没听过他们对她说"请"或者"谢谢"。他们只会吼仆人做事情。但如果说我有什么地方做得过火了，也是因为她让我感到紧张。

就像现在。"太感谢你了，贝蒂。"我说道，脑海里正儿八经地幻想着自己正置身于《蝴蝶梦》[①]那一类电影中：我是庄园主的新婚妻子，贝蒂就是那个疯子女管家。但我不是年轻的德文特夫人，而是年轻的德沃伦考特夫人。

"我是庄园女主人"的这个想法在我大脑中挥之不去。我穿上

---

① 美国悬疑电影，1940 年上映，改编自达夫妮·杜穆里埃的悬疑小说《吕蓓卡》，男主角是庄园主马克西姆·德文特。

贝蒂放在浴室外的狩猎装，和之前的狩猎服挺像的，只不过这件有五十个口袋。既然我在午餐前（见到亨利前）有大把的时间可以打发，那就探索一下这座房子吧。

我在朗克罗斯里四处环顾，从一间巨大的镀金房间走到另一间巨大的镀金房间，想象中的自己也从《蝴蝶梦》里的琼·芳登[1]变成了《傲慢与偏见》里的凯拉·奈特利。我就像在彭伯里庄园里东张西望的伊丽莎白·本妮特，被达西先生的财富惊得目瞪口呆。我没在想亨利，或者自己以后真的会和他结婚这种蠢事，但这一路上，我确实想过，如果能做亨利的女朋友，全年三百六十五天在朗克罗斯来去自由，这会是一种怎样的感觉。悠长的暑假，圣诞节；哇哦，朗克罗斯肯定会变成一座华丽的圣诞屋，到处都种植着冬青树，中庭的大树直抵宽大的楼梯顶端。我想象着自己穿着圣诞节毛衣，在这棵大树下和亨利共饮香料热红酒。凯拉和琼已消失无踪，我才是画面中的主角。一切都变得那么触手可及。当亨利说他不再和劳拉在一起时，他的意思不就是和我在一起吗？

想到这儿，我开始像庄园主人般，在房子里四处巡视着。一路上，我时不时看到像用人、女仆、管家或秘书一类的人，但他们只会对我说一句："早上好，小姐。"然后毕恭毕敬地停下手里的活，朝我立正站好，直到我走出房间，就好像他们觉得我地位太崇高了，

---

[1]　美国著名女演员，《蝴蝶梦》中德文特夫人的扮演者。

如果被我看到了他们卑微的工作，会有失我的身份。看到他们的这些行为，我的想象变得更丰富了——在那个无人能挑战我的早晨，我就是这座庄园的女主人。

我走到房子顶层的那段长长的画廊那儿，昨晚我还和亨利在这里玩"溜冰"，但我找不到墙上那扇通往楼顶的门了。这就像《纳尼亚传奇：狮子、女巫和魔衣柜》[①]里的情节，上一次你还能在衣橱里找到通向纳尼亚的门，但下一次，你再来到同一个地方，却找不到了。有那么一分钟，我怀疑这一切会不会都只是我自己想象出来的：绝美的风景，亨利给我披上他的大衣，我们一起聊《狩猎会》，当然了，还有那个吻。一想到以后他都不会再吻我，想到关上的门永远不会再打开，我突然觉得有些冷。

我继续在房子里闲逛。这里有几十、几百个房间，大部分都是卧室。每个房间都有名字——格雷、班堡、利文斯、克里福德、芬威克。我不知道这些是人名还是地名，但它们似乎都来自亨利崇敬的那个世界。没有一个名字是现代的。没有房间叫作坎耶。

我回到楼下，在一楼闲逛。在一条石板走廊的尽头，我找到了一个房间，房间里的一面墙上挂着一张巨大而古旧的地图，把墙壁完全遮住了。墙壁前摆放着一张大胡桃木书桌，看起来像是从船上卸下来的，书桌上还放着一个状若古董的地球仪，就像在宣称亨利

① 美国奇幻电影，2005年上映，改编自 C.S. 刘易斯所著的同名系列小说，是《纳尼亚传奇》系列电影的第一部。

掌管着全世界。我还找到了厨房、储藏室、洗衣房和酒窖，但走了这么多地方，我却连个现代科技产品的影子都没看到。这样一个游轮般、国家般的房子里，显然没有尖端科技设备的一席之地。厨房里用的还是古老的 Aga 烤炉 [①]。你应该也猜得到，酒窖里堆着一排排布满灰尘的酒瓶，但没有电子加湿器，也没有数字温度计。说到这里，还有另一件有意思的事：我在这里一部手机都没看到过，连座机都没有，甚至连那种带旋转式拨号盘和弯弯曲曲花线的老式电话，或者伊灵喜剧里那种说话时要把上面那个有趣的小喇叭拿起来放到耳边才能听到声音的直立黑色电话，也都全无踪迹。或许在他们看来，所有电话都是野蛮人的玩意吧，不仅仅是手机。

逛完一楼，我推开后门，走到外面，在房子后面的马厩、狗舍和军械库那儿转了一圈。马从栅栏间探出头，向我问好。我轻抚着它们天鹅绒般的鼻子，享受着干草和马粪混合在一起的气味。它们的侧腹部在寒冷的空气中冒着热气，但此时此刻，我正想象着和亨利身着马裤和情侣白衬衫，在夏日时分，骑马穿过遍野鲜花的草地。天哪。原来我幻想中的世界和亨利所在的世界一样老派。

我向狗舍里那群黑底褐斑的猎犬打了声招呼，它们打着滚、乱摇着尾巴，玩得正欢。"你好，阿尔卡斯。你好，底格里斯。"我朝它们喊道，猜想或许跟在亨利旁边的那三只狗也混在这一群活蹦

---

① 一个经典的英国老牌炊具品牌。

乱跳的猎狗当中。我没有记住其他名字。狗狗们看起来很开心，一点都不危险，和昨晚冲着奈儿吠叫，进入"巴斯克维尔暴走模式"时的样子截然不同。过了一会儿，我转过身，看到一个人正站在马厩对面看着我。

从他挺拔的个子和壮硕的身材来看，我一眼便认出，那是完美。他穿着那件凯夫拉尔①背心似的马甲，应该是准备出发去射击。我很好奇，如果射击真的如亨利所说要早早出发，为什么他又回来了。他身上穿的都是泥褐色与苔绿色相间的衣服，肯定能在树林或者灌木林里伪装得很完美，但在石灰岩庭院里，却显得极为扎眼。但他看起来并不想隐藏自己。你知道，有些人你一看他们的眼睛，他们就会转头躲开，对吧？嗯，他没有。他就那样一直盯着我看。完美是所有仆人里唯一一个看到我后没有毕恭毕敬地低下头或者停下手头事情的人。在我看到他之前，他就盯着我了。被我看到后，他还是继续盯着我。我说不清他是不喜欢看到我和猎狗玩，还是单纯地不喜欢我。但不管怎样，这都让我心里发毛。我迅速走出马厩，离开了他的视线。

我有些发抖，一方面是因为我把夹克落在卧室里了，一方面是因为完美那毛骨悚然的凝视。于是我躲进了一个名叫橘园的地方。（朗克罗斯的大部分房间，不仅仅是卧室，为了方便寻找，都有名字，

---

① 一种芳纶纤维，经常用于制作防弹背心。

简直就像在玩"妙探寻凶"[1]。）可喜的是，橘园像温室般温暖，里面遍地是葡萄藤，种满了水果树。尽管此时已是深秋，我却看到了表皮光亮的橘子和好几串垂在枝条上的葡萄。我走进用于储藏冰的地窖，那是一个巨大的地下石室，里面没有冰，只有散落一地的老旧雪橇和溜冰鞋，但不知为何，里面还是如冬天般寒冷。寒意逼人，没过多久，我便匆匆回到了主宅。

在一楼，我找到了更多画室，画室里的壁炉是空的；我还找到一个音乐室，里面放着一台钢琴，钢琴上放着好几张金发男孩的黑白照，那上面可能有年轻的亨利，也可能有年轻的亨利的父亲，甚至可能有年轻的亨利的祖父。我看到一个弓箭林立的军械库。而所有的发现中最棒的是，我找到了一个巨大的图书馆，在这个庞大的房间里，从地板到天花板，都摆满了书。

我喜欢图书馆，喜欢皮革、纸页和灰尘混合在一起的味道。这是个很漂亮的图书馆，于是我在里面待了好久。图书馆里有抛光木地板，地板上还有小小的箭尾形图案。天花板很高，上面画着壁画，悬挂着一盏巨大的吊灯。从双开玻璃门能直接到房子外面，透过门玻璃，草坪后的巨大喷泉尽收眼底。主书架上方还有一个小小的夹层阁楼，上面放着更多的书，旁边还放着一个小小的木梯，方便爬

---

[1]　一款经典的英国图版游戏，背景是一幢大厦。图版是一幅房间位置的平面图。大厦主人遇害了，玩家们均是大厦里的犯罪嫌疑人。最先找出凶手、凶器及行凶房间的玩家胜出。

上去拿书。

我看着书架，想象着钢琴上银色相框里的小小的金发亨利爬上梯子，从书架上拿下自己想读的那套书的样子。中世纪骑士团的成员都是聪明绝伦的人，虽然有时看到皮尔斯和库克森玩闹的样子，我总会忘记这一点。但其实，他们几乎无所不知。现在我觉得我知道为什么了。如果他们都是在这种堆满书的图书馆里长大的话，他们这么聪明也就不足为奇了。

我又看向书脊上的那些名字。柯勒律治、德·昆西、华兹华斯、骚塞，这些都是我在英语课上认识的诗人，和我一样，他们都被湖区的美丽所惊艳，夸得停不了嘴。在书架更深处，我还找到了其他诗人的名字：但丁、波德莱尔，还有我们的老朋友奥维德。我挑了其中的几本书简单浏览了一下——我的天，这些书已经很老了，老得能进博物馆了。不过话说回来，朗克罗斯本身就像一座博物馆。

我爬上夹层阁楼，又在上面胡乱翻了翻。那里皮革、纸张、灰尘的气味最重，仿佛藏着珍宝。一番摸索之后，我发现在整个书架下还有一个等长的底架，几乎隐藏在书架的阴影里，上面放着许多只有日期、没有名字的书。那是一排排包着摩洛哥皮革的黑皮书，书脊上印着烫金的数字。我的手指抚过书脊。每本书都记录着一个十年，时间跨度长达几个世纪，从中世纪一直到现在。我猜想，它们会不会是相册，然后我暗骂自己犯傻：那时还没发明照片呢，笨蛋。正当我准备拿出一本看看时，挂钟的报时声令我回过神来。我过于沉醉在图书馆的寂静之中，被钟声吓了一大跳。我转头看了眼时间。

已经中午十二点了，我应该在房间里等劳拉。

我把书推回原处，书和书架发出令人满意的咚的一声。我嗒嗒嗒地跑下旋转楼梯，十二下当当当的报时声正催促我快跑，我就像镜像世界里的灰姑娘。我只花了一个早上的时间便完成了蜕变，不是由富到贫，而是由贫到富。我已经完全沉迷于亨利的世界之中。这样一个不受电视、谷歌、YouTube、iTunes、电话铃声和微波炉的哗哗声扰乱的世界有什么不好？没了现代世界的噪声和疯狂，谁会过不下去？想要些小小的刺激的话，可以随时去打猎、射击、钓鱼。

第十八章

第三位海妖，劳拉·彼得洛娃正懒洋洋地坐在楼梯上，活像一只昂贵的猫。

看我过来，她站了起来，挡住了我的去路，就像是在守护房子的上层。她半眯着冰蓝色的眼睛，看着我。"你去哪儿了？"她质问道。

"随便逛逛而已。"我说。

"有什么好逛的？"

我再也不怕劳拉了。亨利在我唇上留下的那一吻是我的护身符，就像漫威电影里的某种看不见的超能力。所以我先是傲慢地耸耸肩，然后才说道："我猜我就是爱多事吧。"

她眼神锐利地看着我。"那你发现了什么？"这是一个很有意思的问题。

我想到了纳尼亚，我想告诉她我发现了新世界。然后，我又想起了那些诗人。"美。"我答道。

她似乎松了口气，能看得出她的态度缓和了些。她微嗔道："我去了你的房间，想去接你，结果发现你人不在。我正打算去叫香奈儿。"

我愉快地朝她笑了笑。我根本不觉得她打算去哪里，她是在等我。我好奇亨利是不是已经把昨晚的事情告诉她了。

"如果你愿意，让我去接她吧。"我提议道。和劳拉单独待在一起让我有些不自在。她要么是已经知道亨利吻了我，正装作若无其事的样子，要么毫不知情，也不知道自己就要被人甩了。无论哪种情况，我竟都感觉有点对不起她。

"咱们一起去吧，怎么样？"她活泼地说道，向我施展出她迷人的微笑，态度与之前刚刚见面时的冷漠多疑相比有了一百八十度的转变。我不知道为什么，但我明显感觉到，她不想奈儿和我单独待在一起。她似有所图地挽起我的手，我们保持着这个姿势走上楼梯，就好像她是我最好的朋友。显然，亨利一个字都没和她说过。

奈儿正坐在床上，已经准备妥当，却闷闷不乐。昨天，她新买的衣服全被弄得破破烂烂的，所以她今天穿的是朗克罗斯的衣服，而那些衣服令她特色全无。她脸色苍白，看起来状态不佳。我现在才发觉，奈儿的穿衣风格——全新、鲜艳——真的很适合她。虽然现在她看起来像一名中世纪骑士，但失去了一些味道。我回房间拿上夹克，外面已经下起了毛毛雨，看来今天要将就下戴着帽子了。我们像三个举止古怪的杂耍演员，结队走下楼梯，出了前门。

然后，劳拉把我们带向了森林。

射击这天和打猎那天完全不同。昨日是晴空，万里无云，今日的天灰蒙蒙的，还细雨纷飞。昨日我们头顶蓝天，攀上山丘，高峰在上，明湖在下。今日我们深入庄园森林，头上是滴水的树冠。但今日自有其美得独到之处。朗克罗斯的森林秋色似火。珍珠色的雾气弥漫在空地上，脚下的腐叶堆散发着浓郁的泥土气息，柔软得像厚实的地毯，隐去了我们的脚步声。事实上，到现在为止，周围都安静得出奇，根本听不到射击的声音。周围除了头顶乌鸦狂妄自信的啼叫声，和藏在灌木丛中准备去见上帝的鸟发出的害羞的咯咯声，什么声音都没有。

确实什么声音都没有，除了劳拉催眠般的说话声，慢吞吞地拉着长音。一路上，劳拉说个不停，我根本没机会和奈儿说话，劳拉挡在我们中间，我们只来得及和对方快速地说一声"嘿"。

我知道劳拉来自一个俄罗斯家庭，在她屈尊俯就和我说话之前，我一直以为她说话时会像个大反派，比如《007之黄金眼》[①]里的齐妮亚·西娜·奥纳托。但其实，她的言谈举止比其他中世纪骑士都

[①] 美国著名谍战电影，1995上映，讲述了英国军情六处特工詹姆斯·邦德寻回被苏联叛变军官劫走的黄金眼的故事。齐妮亚·西娜·奥纳托是影片中一位隶属俄罗斯黑手党组织的美艳反派。

要精致，甚至是亨利。她的上流阶层口音精致得有些慵懒，仿佛连话都不想讲完。她拉长音的说话方式和她整个人的性格很相衬——她觉得一切都无聊透顶，似乎做什么事情都是虚度光阴。她和其他中世纪骑士团的女孩很不一样，她不会像埃丝米那样过于友好，也不会像夏洛特那样热情到把所有话都加上着重号。她从不一惊一乍，似乎走到哪儿都是那么地慢条斯理。我唯一一次听到她语气变得严厉而警觉，就是刚刚她质问我在房子里看什么的时候。其他时候，她一直是一副半梦半醒的样子，但她其实很清醒，因为她会时不时说些什么，提醒你她是多么聪明的一个人。这样的说话方式真的挺讨人厌的。她应该庆幸自己长得这么漂亮，不然我真的不知道为什么会有人想和她走在一起。她和其他海妖唯一的共同点就是那不可或缺的拨头发动作，她的动作和她们的一模一样，头发每次都完美地落下。我注意到，香奈儿已经不再学她们拨头发了。

劳拉用她那拖拖拉拉的声音填满了雨水淅淅沥沥间的沉默，滔滔不绝地和我们讲打雉鸟的整个过程。"朗克罗斯的灌木丛可是出了名的好，"她说道，"各个地方的人都来这里玩射击，有英国皇室啦，外国皇室啦……你知道吧……"她的声音越说越弱，仿佛懒得把话说完，就开始蓄力说下一句，"我们管派对上要去射击的宾客叫枪手，每位枪手身边都会跟着一个装弹手，算是他们的帮手吧。装弹手会帮忙拿着多余的枪，并确保已全部上好子弹，也会帮宾客们数他们打下了几只鸟，这样更具有竞争性。你最好别去数猎获了多少猎物，有失礼节，但当然啦，人们还是会那么做的。但大部分人都不是亨儿的对手。"

一开始，我不知道她指的是谁，我以为亨儿或许是一种超级狡猾的雉鸟。然后我恍然大悟，她说的是亨利。亨儿。我从来没听过别人叫亨利除亨利以外的名字。他看起来不像是那种乐意别人亲切地叫他哈利或者莎士比亚风格的哈尔的人。这绝不是因为劳拉懒得把他的名字说完整，没那么简单。这是她对亨利的特殊称呼，是拥有所有权的标志。有那么一瞬间，我的肚子里又开始咕噜咕噜地翻腾起来。她会做何反应呢，我想，当她发现她的亨儿已经不再是她的？

"亨儿是个神枪手。"她说道。我第一次听到她用这么坚定的语气说话。"有传闻说，他曾一次从空中打下过七只鸟。不过那是我跟他在一起之前的事了。"她说道，仿佛她现在还和他在一起。我突然等不及想见他。我想让她知道。

"我们把每一次射击称为一轮，"她继续说道，"枪手们在空地上一条很长的线上排成一排。每一个枪手所处的位置被叫作射击位。助猎人全部来自朗克罗斯周围的村庄，他们手持长棍，穿过丛林，拍打灌木丛，制造喧闹，逼雉鸟离开藏身处，飞到枪手的头顶上方。枪手的射击范围只能是自己头顶上方的那片天空——绝对不可以打其他枪手的雉鸟，那样严重违反射击礼仪。射击后，装弹手重新装弹，让每一轮打下的雉鸟数量尽可能多。雉鸟掉下来之后，装弹手的狗就会去把雉鸟衔回来。"

"狗？"这是今天奈儿除了"嘿"之外说的第一个词。

"对啊，狗。"然后，劳拉捂住了嘴，"老天，我忘了。不是那种狗，亲爱的。只是小小的枪猎犬——獚狗。它们会把打下来的雉鸟叼回来，仅此而已。"

奈儿看起来并不怎么放心，但她还是跟上了我们的步伐——她也没别的事可做。

突然传来一声巨大的枪响，回声在密林间四处回荡。奈儿和我都吓了一大跳。"枪手"们并没有为我们的到来做好准备，他们在空地上的一条长线上排开，还在继续射击。我们离他们越来越近，见亨利这件事从期待变成了某种恐惧。我立刻看到了他，就好像你总能第一眼看到自己喜欢的人一样。如果在派对上（或者类似的地方），你喜欢的人来了，隔着四间房的距离，你都能感觉得到。他正在全神贯注地射击：金发上戴着一顶鸭舌帽，披着上蜡风衣的肩膀顶着猎枪，脸颊抵在指向天空的枪管上。我是一个爱好和平的人，不是什么狂热的枪迷，但我不得不承认，他看起来非常潇洒，技艺高超却也很危险。

枪声一拨接着一拨，仿佛烟火之夜。声音震耳欲聋，我简直不敢相信，刚刚在丛林里时，我还以为射击是一项很和平、很安静的运动。我注意到，每次枪声传来，奈儿就会全身一颤。她的状态真的不好。劳拉挽住她的手，把她拉到一旁，我再一次明显地感觉到，她是受人嘱咐，故意把我和奈儿分开的。但奈儿终于可以放松下来了，显然,最后一轮齐射结束了。所有枪手都把武器交给了自己的装弹手,离开站位精准的射击位置,走下山坡,朝我们走来。

看到自己的同类人,劳拉禁不住抛下我们两个,跑去跟埃丝米和夏洛特打招呼,她们和男孩们一样,戴着鸭舌帽,穿着同样的装束。我终于有机会和奈儿说说话了。

"昨晚睡得还好吗?"我问道。

"糟透了。"她转向我,我看到她眼眶下有紫色的阴影。她没有完全回到之前的标准英语。现在,她的发音里会夹杂一些柴郡口音。我更喜欢她这样说话。

"做噩梦了?"我同情地问道,突然有些愧疚。我的梦里有坐在屋顶上的亨利、舞会礼服、狐狸和月光。

她一阵犹豫。"我猜那是噩梦。意思是说——"她拉住我的衣袖,在我耳边低语道,"昨晚,我觉得我的房门外有狗。"

"狗?它们在干什么?"

"它们只是嗅了嗅,像在抱怨似的哼哼唧唧。"

即使穿着风衣、套衫和衬衫,我还是起了鸡皮疙瘩。"你确定吗?"

"确定,"她说道,"不确定。可能是我在做梦吧,我想。但我几乎可以肯定那时我是醒着的。因为我能从门缝里看到走廊上的光,它们的脚还挡住了些光,在门外走来走去,想进来。"

"但没有进来?"

"没有。我想去锁门,但我没有下床。我不敢,我太害怕了。

我只是用被子蒙住头，最后肯定就那样睡着了。”

我内心充斥着万般同情——可怜的小女孩，躲在被子里，以此来逃避想象中的恶魔。

"听起来真是个可怕的噩梦，"我温和地说道，"我能理解，毕竟你昨天经历了那样的事。"

她轻轻摇了摇头。"我猜是吧。"

等我们走近后，我发现了射击队伍里的狗。我扫了一眼奈儿。它们和昨天的狗非常不一样，很可爱，猎狗，卷毛。它们正忙着四处寻找掉在地上的雉鸟，完全没有理会我们。不出所料，奈儿离狗远远的，面露惧色。我说道："你确定你没事吗？想不想回去？"

她摇了摇头，一个勇敢的女孩。"不用，我没事。我只是希望……"她停了下来。

"你希望什么？"我追问道。

"这听起来会很愚蠢。但我希望能把那些种子带在身上。"

"听起来的确挺愚蠢的，"我友善地同意道，"什么种子呀？"

"那些幸运种子。我在亨利衣服的口袋里发现的那些种子。它们保护了我，没让我被猎狗抓住，昨晚也保护了我。"

我忍住没有跟她直说，保护她的是一个狭小的洞穴和一扇紧闭的门。但如果魔法种子能让她安心的话，就顺着她吧。"真想知道那些是什么种子。"我说道，试图让她忘掉猎狗。

"我想我应该问问沙芬，"她说道，"他肯定知道。"

我惊讶地斜眼看向她。"为什么是沙芬？"

她低下头看向地面。

"就因为他是印度人？"

她耸了耸肩，为自己辩护。"行了，没错。他们做菜会放很多种子和香料，我说错了吗？"她在生我的气，对此我挺开心的，因为她又有精神了，"我只是觉得他可能会知道，就这么简单。"

我微笑着摇了摇头。"奈儿，奈儿，奈儿。"有那么一瞬间，我的视线离开亨利，沿着那条长线看了过去，锁定在沙芬身上。他高大的剪影站立在地平线上，正拿着自己的枪，动作专业。"他又不是什么旧时代的土邦主，你知道的吧。不在学校的时候，他甚至像我们一样也去吃麦当劳呢。"然后我重复了第一晚晚宴后沙芬对我说的那句话，"他的父亲在斋浦尔开银行。你和他们是一路货色。"

"抱歉。"她面带愠色地说道。然后我们加快脚步，追上劳拉。我在心中暗笑。我应该过意不去才对，但我并没有。至少现在，奈儿能忘掉猎狗这件事了。

第十九章

　　早上的最后一轮射击结束后，死去的雉鸟被整齐地摆在树叶上，它们是清晨大屠杀中可怜的受害者。

　　尸体被排成一条完美的直线，这些牺牲的小士兵依旧穿着它们羽毛制成的战斗服。完美站在它们面前，仿佛这是他自己的杰作。他看到了我，但这一次，他没有盯得我坐立不安。主人在场时，他表现得彬彬有礼，只是碰了碰帽子，对我行了个礼。然后，他沿着这排尸体往前走，一边走一边数（还要大声地数出来，像个白痴）。为了方便计数，他每数十只便把它们往前推出来一点，打乱了这个完美的尸体队列。亨利站在最末端——他还没有看到我，因为他正目不斜视地看着完美，就像一位在等待自己的军士长汇报战场情况的将军。

　　"五十二只，大人。"

亨利点了点头。"伽德加先生呢？"

"四十八只。"

完美根本没费力气去数其他枪手打下的鸟的数量。很显然，今天早上的射击是一场两个人的竞争。

听到这个结果，沙芬若无其事地耸了耸肩，把枪身打开。两个弹夹弹了出来，像小小的烟幕弹。烟雾里带有一种辛辣但并不难闻的味道。"今天还早着呢。"他泰然自若地说道。奇怪的是，得知自己是早上的最佳枪手后，亨利的反应却很平淡。显然，他根本不喜欢和别人竞争。或许他自认为神乎其神的枪法并没有他想的那么独特。我先是好奇，沙芬在哪里学的射击，之后我想起来了，昨天他和我说过打老虎的事。还老虎呢，我暗道，别傻了。

我走向亨利，等不及想让他注意到我。看到我后，他的心情似乎好了些。"葛丽尔！"他说道，就像我到朗克罗斯的第一晚，他在靴房向我打招呼时一样。这是他的说话方式，仿佛我永远是一个意外的惊喜，刚从蛋糕里蹦出来似的。这是自那个吻之后，我们第一次四目相对，我感到自己脸颊发烫。我还能感到沙芬正看着我，带着一种饶有兴致的神情从我看向亨利，这让我的脸更红了。

"跟我去散散步？"亨利说道，尽管这句话听起来带着一个问号，但其实是一句命令，而非请求。这是亨利的另一种说话方式，即他一开口便已默认对方必当遵命，这是几个世纪以来代代相传的权利。当然了，这一次我可是相当乐意服从。

我们一同走进树林，又从另一边走了出去。我没法告诉你我们说了什么——基本上什么都没说，因为所有人都走在我们旁边，中世纪骑士、像一名独行枪手般孑然一身的沙芬，还有狱卒劳拉，牵着她的俘虏奈儿。我们没法进行私密的聊天，当然也绝对不能谈起昨晚的事，还有我们在屋顶上的亲昵。但当我们穿过灌木林时，他与我十指相扣，那一瞬间仿佛有电流传遍我的全身。

我们走出树林，走上一座小山丘，山顶上有一座漂亮的石头建筑。"苑亭。"亨利用手一指，说道。苑亭呈八角形，筑有石柱以及螺旋状的石头装饰，还有八扇看起来像长长的窗户，但实际上是向八个方向打开的门，门外风景各异。我知道"苑亭"这个词会让它听起来像是个小小的形貌怪异的地方，类似树屋或者公园里的寺庙。但它根本不小，它比我在阿克莱特联排屋区里的房子还要大。

苑亭里的地板是石质的，所以鞋子上沾满泥浆也不需要担心。里面还有必不可少的壁炉，燃烧的火焰让房子变得温暖、舒适。这里没有鹿角，但壁炉台上放着一对雉鸟的标本。桌子很漂亮，桌上一如既往披着一块雪白的桌布，上面摆着水晶和餐具，但这一次银托盘上只有橘子，被搭成了一个完美的金字塔形状。橘子的颜色似是取自秋景中的树木，仿若焰色的调色板。我突然想到，这很有可能就是今早我在橘园里看到的那些橘子，曾孩童般纯真地悬挂在枝条上，可爱极了，全然不知这是它们在这世界上的最后一个早晨。就和那些雉鸟一样——那些可怜的死去的雉鸟。今天，我见证了太多死亡。

劳拉坐在亨利对面，但他们两边都坐着人，就像是七个闯进来的不速之客，打破了他们两人的浪漫晚餐。我坐在亨利的旁边，从未坐得离他如此之近——自星期五晚宴起，我用餐时的座位离他越来越近，而现在，星期日的午餐，我已经坐到主宾位了。

鲜美的辣味冬季时蔬肉汤上桌时，亨利转向我。"听说，你把房子走了一圈？"

我顽皮地冲他一笑。"哦，是谁和你说的呀？"我在开玩笑。庄园里的每个房间都他妈有仆人。如果他还没听说我已经把庄园参观了一遍，我反倒会惊讶。

他注意到了我的语调。"我到处都有眼线。"亨利惬意地说道，蓝眼睛里闪烁着戏谑的神情。

"那肯定是他们喽。"

"我本想亲自带你参观一遍的。"

"你现在也可以呀，"我抿了一口水，说道，"我可能才走了百分之一。"

亨利将汤盘托起，当然了，朝桌心方向托起。"你觉得你看到的这百分之一怎么样？"

"我很喜欢。"我简单地答道。

"我也很喜欢。"这不是一句随便的附和。他是真的很喜欢。你能从他的声音里听出来。

"我知道你喜欢，"我轻声说道，"你在屋顶上和我说过。"

"我在屋顶上说的所有东西都是认真的。"他刻意把这句话说得稍大声了些，我觉得自己的脸又红了。我注意到，沙芬听到亨利的话时，身子顿了下，朝他看了一眼。亨利把我们的事说出来了，可他自己却浑然不觉。"你去了哪里？我是说在朗克罗斯。"

菜一道接一道地上桌——法式酥皮龙虾、蛋黄酱鸡肉配煮土豆，还有酥皮雪梨甜点心，我和亨利说起我在他房子里的所见所闻。我和他说了冰屋、橘园、马厩和狗舍。我还和他说了那个有一面墙上挂着地图的房间，还有钢琴房、军械库和酒窖。

他时不时会打断我的话，把那些我不知道是什么的名字告诉我（"那个挂着地图的房间叫作庄园房"），间或插入一两件有关他祖先的小小奇闻逸事（"那个银链锁甲属于康拉德·德沃伦考特。他披着那身锁甲，夺取了真十字架"）。

然后，我和他说起了图书馆，这时，他的举止变得有些奇怪。他坐直了身子，神情紧张，和之前的劳拉一样。"图书馆？"

"对啊。图书馆。"

"你看到了什么？"他严肃地问道。

"书啊。"我说道，但他没有笑。

就我所见，出于某种原因，图书馆似乎是个挺敏感的话题，于是我试图绕开这个话题。"我说说我没看到什么吧，"我说道，"科技。整座房子里一点儿科技元素都没有。没有电脑，没有电话，也没有电视。你们中世纪骑士团的方针贯彻得还挺彻底，是不是？"

"有时候，旧的反而是最好的。"他拿起酒杯抿了一口，一脸满足，我说不清他是在享受这杯葡萄酒，还是在享受他的生活，"听说过卢德派吗？"

"卢德派？"

"卢德派是北部的纺织工人，离这儿不远。工业革命来临时，他们觉得自己的地位受到了机器的挑战。"亨利用勺子舀起甜品，"他们认为科技是'对共性的威胁'。换句话说，他们害怕科技。他们觉得机器会威胁到他们的生活方式。一个叫内德·卢德的家伙认为自己必须得做点什么。一七七九年，他砸毁了自己所在的工厂里的两台织袜机，并用自己的名字为起义活动命名。起义活动势头迅猛，没过多久，工人便被组织起来，一起砸毁机器。"

"可你没有去到处砸机器。"我说道。

"当然没有，"他温和地笑了笑，"但你瞧，我们可以选择不使用机器。"他通情达理地说道，"我们不是穴居者。我们有车，我们用电。我们仅仅拒绝使用那些我们认为损害了社会以及自然秩序的科技。青少年不需要接受良好的教育就能在 YouTube 上成为亿万富翁。毫无政府经验的电视真人秀明星能当上美国总统。"

"所以你只是拒绝部分科技，不是全部。"

"很对。"

"就像互联网。"

"这是一个，没错。"

"手机。"

"这是另一个。"

"还有电视。"

"这是第三个。"

"但你真的能拒绝吗？"我问道，"这些东西已经被人类发明出来了，不管你喜不喜欢，它们都在我们身边。你能把灯神放回瓶子里吗？"

"我对你的比喻难以苟同，"他说道，"灯神是一种促人从善的力量，是一种仁慈的精神，能帮你实现三个内心深处的愿望。我打算用另一种比喻。你知道潘多拉魔盒的故事吗？"

我知道。"潘多拉得到了一个装着世界上所有邪恶之物的盒子。她受好奇心驱使把盒子打开了。里面的邪恶被释放出来，盒子再也无法关上。但这也是我想说的：木已成舟，实难挽回。"

亨利缓缓地点了点头。"卢德派也发现了这一点。他们打的是一场必败无疑的仗。机器将他们彻底打翻，碾压在地，不到一个世纪，科技便统领了世界。可我们变得更好了吗？"

"是的，"我说道，"因为科技并非都是邪恶的。这就是为什么比起潘多拉魔盒，我更喜欢灯神的比喻。愿望可好可坏，这取决于我们自己的选择。我觉得这和科技是一个道理。它们不全是坏的，也有好的一面。"

"有什么好的呢？给我举三个例子？"

我挺开心的，我喜欢这种充满硝烟味而又友好的谈话。他对这类事情的了解程度远比我想象的深，这也让我意识到，亨利并没有忽视现代科技，他只是选择了拒绝。他很聪明，我也很享受和他辩论。或许这就是当亨利女朋友的感觉吧。我想起了那个吻，想起了我们在树林间紧握的双手。或许我已经是他女朋友了。

我思考了一下他的问题。"科技带来的三样好处……好的：Skype。Skype 把人们聚在一起，它让世界变得触手可及。你可以在澳大利亚的内陆和你奶奶通话。一位身在伦敦的外科医生可以监看一场在某个不知名的偏远小郡进行的微创手术，如果没有有资质的医生在旁看护。还有那些为阿拉伯国家争取民主、争取女性权利、寻找失踪人口而举行的网络活动。这些活动能让这个世界变得更美好。"

"Skype 和网络活动，"亨利说道，"这算两个。第三个呢？"

我想了想。"搞笑的猫咪视频。"

亨利差点没把一口酒喷出来。"你是认真的吗？"

"是的，"我坚定地说道，"从某种程度上来说，互联网上所有有趣的东西、神奇的把戏、满是笑点的表情包和愚蠢的照片，都算得上第三样好东西。如果它能让成千上万的人面露微笑、舒缓压力、放松身心，那凭什么说它不是促人从善的力量呢？"

"好的，"他说道，微笑着，"你已经举了三个——有待证实——

科技的好处。你的灯神帮你实现了三个愿望，如果你喜欢这么说的话。那我也要释放潘多拉魔盒里的无尽邪恶了。深网①。激增的恋童癖数量，赤裸裸的色情网站，不一而足。即便是在网络的浅水区——社交媒体上，都有邪恶的身影。看看网上的喷子吧。网络引战已经成了一项新兴的狩猎运动。"

他指向外面的世界，我顺着他的手指望过去，映入眼帘的是一片动人心魄的景致：鲜红如火的树木，苍翠欲滴的山坡，还有更远处，依偎在山谷中，美得叫人心碎的房子。

"许多人会不赞同我们这个星期做的事情。但网络'喷子'比我们每年来这儿的这几天做的事情更具破坏性。'喷子'们在网上的狩猎每天都在进行，目标是每家每户，威胁着每个青少年的心理健康。不，"他把餐巾抚平，说道，"我们宁愿过没有科技的生活。正如卢德派说的那样，'科技威胁共性'。"

我并没有完全反对他的观点。我感觉那个早晨，那一整个周末，都令我非常留恋。那种平静，那种真实世界中的追求。但我不觉得我们有选择。"可你自己也说了。科技早已深入每家每户。你正在和'键盘战士们'打一场必败的战争。"

"或许吧，"亨利悲伤地笑了笑，说道，"但只要我还站着，就一定会斗争下去。"

---

① 互联网上那些不能被标准搜索引擎索引的资讯内容。

"那你怎么知道自己有没有输呢？"我饶有兴味地问道。

"当失败的那一天来临时，"他说道，"我会知道的。但在那一天到来之前，我很愿意当一个卢德分子。"他举起酒杯，我也举杯和他的相碰。我并不完全赞同他的观点，也不完全否认他的观点，但这一动作意味着，我们能暂时友好地放下这个话题了。

但沙芬并不这么想，他打破了这友善的气氛。

"你根本不是卢德分子，"他轻蔑地说道，"你和他们完全不是一回事。"

霎时间，所有人都开始听他说话。皮尔斯放下了酒杯，库克森的勺子（颇具讽刺意味地）停在了嘴里。劳拉妩媚地用手托着下巴，奈儿不再把碗里的布丁推来推去，埃丝米和夏洛特拨了拨头发，也转头倾听。

"卢德派是一场工人阶级的运动，"沙芬指着他面前堆成金字塔状的橘子，眼睛直视前方，"他们认为，机器会取代他们的位置，夺走他们的薪酬。并不会威胁到有权有势者那安逸至死的奢华悠闲的生活方式。他们只想干活。"他直视着亨利，"你干过活吗？"

"你呢？"亨利平静地问道。

沙芬的眼神有些躲闪。"我可没有自称卢德分子。我想说的是，你也不是他们中的一员。"

亨利伸展了一下身子，自信满满："嗯，沙芬，你已经认识我……多少年了？"

"十年。"沙芬简短地回答。

"你已经认识我十年了。你完全有资格和其他人一样对我进行评判。你认为我是怎样的人呢？"

所有人都保持静默，凝神等待沙芬的回答。

沙芬思忖片刻，打量着亨利，就像之前从没见过他似的。"你是国王西西弗斯，"他说道，"努力把一块巨石推上山顶。西西弗斯是希腊神话里的一位国王，他认为自己的智慧无人匹敌，甚至超乎众神。他要永无止境地将一块巨石推上山顶。"他摇了摇头，"反抗科技和反抗重力无异。总有一天，当你和你们这一类人无力再把它往上推时，这块巨石会再次滑落到山底。"空气中弥漫着一阵危险的沉默。

我紧张地扫了一眼亨利，但他和听完那个母老虎故事时一样地笑了起来。"你说得很对。"然后他开始拍手，"那么，若在座的各位已酒足饭饱，是时候推石上山了。"他把头发往后一梳，"沙芬和我的比分还没算完呢。"他望向窗外。

日光渐暗，天空逐渐变成了橙色，和桌上的橘子以及窗外的树木一样的颜色。"天黑前还能再来一轮射击。"亨利宣布道。

我已经把射击忘得差不多了，包括那场雉鸟屠杀比赛。有那么一瞬间，这个比分似乎是为卢德派而算的。

亨利举起手，一个仆人托着银盘跑了过来，朗克罗斯的每个仆人似乎都随时带着一个银盘。

盘子上放着一个稍大的银瓶，银瓶由一个有瓶身一半高的棕褐色皮革底座托着。六个小银杯围着底座码成一个整齐的圆圈。亨利把一种棕色的液体（我一直不知道那是什么。白兰地？威士忌？）倒进六个小银杯里，仆人把银杯递给席上的人，唯独没有给我、劳拉和奈儿。

"我们算什么，肉杂碎①吗？"我朝桌子对面的劳拉打趣道。我再一次替她难过——整场午餐下来，亨利都没有正眼瞧过她。我并不需要喝酒，但我的确需要说些话。

"只有枪手才能拿到狩猎杯，"她用她那百无聊赖，仿佛在讽刺我"别傻了"的语气说道，我突然不替她难过了，"杯底有数字，代表了他们今天下午的射击位，就是下一轮射击开始时他们在线上站的位置。"

"那些位置很重要吗？"我问道。

"不怎么重要，他们只是觉得这样有意思罢了。"她用最乏味的声音说道。

酒鬼皮尔斯当然是第一个把杯中酒喝完的人。他喝酒的动作和《夺宝奇兵》里那个跟玛丽昂·瑞文伍德拼酒的、壮得跟山似的家伙很像。他把酒一饮而尽，然后伸直手臂把杯子悬在半空，接着砰的一声砸在桌子上。我刚好能从桌子另一边看到刻在杯底的那个数字。"三！"他吼道，众人喝彩叫好。

---

① Chopped liver，亦有"无名小卒"之义。

库克森紧随其后："一！"大家又一同喝彩。

埃丝米："四！"喝彩。

夏洛特："二！"喝彩。

接着轮到亨利："五！"

"哟嗬！"我也跟着喊了起来，想融入当下的气氛。

沙芬是最后一个——当然了，他的数字毫无悬念。每个人都知道他的数字是六，但当他冷静地把数字报出来时，大家还是礼节性地齐声欢呼。

我看到皮尔斯和库克森交换了一下眼神，突如其来的不祥的预感使我一阵战栗。

第二十章

　　我想起了《圣战骑士》[1]里的那位贵妇，看着自己的骑士拿着长矛比武，把名单上的对手一个个挑于马下。

　　亨利战士的血性再次显现出来，他希望我能看着他射击，这令我感到甜蜜（甜蜜！）。但我内心仍有些许忐忑，有点怀疑他是不是真的能打败沙芬。午餐时，沙芬一直用一副古怪的表情看着我们，而现在，他正大踏步走向他的位置，坚毅且严肃。在西部电影里，他会立刻旋转自己的枪把，而不是把它规矩地挂在肩上。

　　现在，相比午餐之前的位置，我们离射击场地更近了，枪声大

---

[1]　美国电影，2001 年上映，讲述了中世纪一位出身平民的骑士侍从冒名顶替意外死亡的主人参加贵族骑士竞赛，最终成为一名真正的骑士，并赢得一位贵族女子芳心的故事。

得不可思议。枪手们的鸭舌帽下都戴着护耳器，但我们这些旁观者没有任何保护措施。我感觉自己的耳朵正在被撕裂。我又闻到了那股奇怪的味道，那种弹壳冒出的刺鼻的燃烧气味，弹壳从枪管中弹出来，砰地落在草地上。亨利瞄准，然后连续开快枪，准头很高。但沙芬的表现简直惊异。他是绝对的百发百中。我从未想过他是这么厉害的射击手。他就像《杀死一只知更鸟》①里的格里高利·派克——一个品行正直的正面角色，但拿起枪后，他便成了弹无虚发的死亡杀手。他的枪口追踪着鸟的轨迹，然后干净利落地将它们逐只打下，之后又像接力运动员般头也不回地和装弹人交接猎枪。雉鸟如雨点般落在草地上，传来沉闷的重响。其中一只擦着我的身体落下，掉在我脚边，犹如贡品。

　　我把那只雉鸟捡起来，捧在手心里。它已经死透了，但它的身体还是温暖的。真是奇怪啊，死亡和温暖可以在什么东西上同时存在。它小小的脑袋偎在我的手掌中。我能想的就是，它有多漂亮啊——它的羽毛有大约五十种颜色，从蓝绿色到暗红色，其中还夹杂着色差各异的棕色。我看着它，它已然死去，金色的脚爪蜷缩着。我心中一阵悲伤，那种你知道泪水即将夺眶而出的悲伤。那一刻，沙芬和亨利都令我厌恶。

　　然后，一件很奇怪的事情发生了——一只黑色的獚狗小跑到我

---

① 1962 年上映的美国电影，改编自美国作家哈珀·李的同名小说，讲述了白人律师芬奇不顾种族歧视及个人安危，坚持为一名被控强奸白人妇女的黑人辩护的故事。

跟前，非常礼貌地从我手里衔起那只雉鸟，然后如母亲般小心翼翼地把它叼到亨利打下的那堆毛色艳丽的战利品中。

沙芬放下枪管。"那是我的鸟。"他愤怒地喊道。

亨利转向完美，当然了，完美也是他的装弹手。

"这是您打下来的，无可非议，我的大人。它之前就在您的头顶上空。"

"看起来比分平了呢，老弟。"亨利眯眼看着太阳，对沙芬说道。

沙芬扫了眼他们。"哼，行吧，看来你做不到像绅士那样比赛。"他鄙夷地说道。

我从亨利的脸上看到了一闪而过的狂怒神情，然后他又恢复了平静。那一刻，气氛紧张得可怕，之后，助猎人宣布最后一轮射击开始，打破了这种氛围。奈儿、劳拉和我退到装弹手所在的安全线外，天色渐暗，鸟群四散。众人抬头注视着空中的鸟，看亨利和沙芬最终谁能夺冠，所以，没有人看到接下来发生的事情。

我记得，我听到一连串巨大的枪声，看到更多可怜的雉鸟如断线风筝般从空中落下。之后，我记得听到一声几乎像是在我耳边炸响般格外巨大的枪声，顿时我的听觉变得迟钝，就好像周围的声音都被调低了。我的耳中回荡着似哀鸣般奇异的嗡嗡声。在这令我犹如置身于水下的嗡鸣声中，我听到一声尖叫。眼前的一切仿佛都变成了慢动作。我低下头，向右看，是叫声传来的方向，刚好看到沙芬在重击之下身体旋转，摔在草地上。

他中枪了。

《狩猎会》，我想，狂奔过去。那时我笃定无疑，沙芬肯定和电影里那个误入射击线的家伙一样，已经死了。等我们几个女孩赶到时，装弹手、猎狗和中世纪骑士们早已在沙芬周围围起了一个小圈。我不得不从雨靴和狗中间挤过去，才靠近他身边。

他的肤色可怖，黝黑的皮肤变得几近绿色。他侧身躺着，捂住手臂，身体轻轻起伏，至少他还活着。周围没人碰他，于是我跪下来，轻轻把他的手从他手臂上拿开，然后看到他手臂上的夹克被撕开了一道丑陋的口子。我把他的夹克向后折，然后我发现，那道口子穿透了套衫，也穿透了衬衫。

穿透了他的皮肤。

我几欲作呕。一道恶心的伤口正在往外渗血。

"被子弹擦伤了，"皮尔斯低下头，随意看了几眼，"真是交了该死的好运。"

我难以置信地抬头看向他。"你小学的时候摔倒，伤到膝盖，那才叫擦伤。完全两码事。"伤口很深，不停地在往外渗血。

皮尔斯挪动了下脚，怄气道："我只是说像这样的伤口就不用取子弹了。那可是一件很疼的事。"

库克森点了点头。"医生会过来帮他包扎伤口的，过会儿他就没事了。"

我不耐烦地挥挥手。"别浪费时间说废话了，"我说道，"我们必须得在他手臂上绑些东西。"我在电影里看过这样的场景。

我抬头看向四周，没人有反应。仆人们都离得远远的，仿佛他们觉得自己不应该站过来打扰主人们处理事情。中世纪骑士们围成半圆，低头看着在地上痛苦翻滚呻吟着的沙芬。那时，我以为他们只是不知道在这种情况下该做些什么。我记得自己看过一部叫《孤岛历险记》的电影，一个贵族家庭出海航行，结果遭遇船只失事，他们来到一座孤岛上，结果，这个贵族家庭一点生存技能都没有，因此他们的命运便掌握在了足智多谋的管家克赖顿手里，这么一来，管家反倒成了一家子在岛上的主人。在众人躲躲闪闪之时，奈儿从惊愕中回过神来，此刻她比其他所有人加起来都有用。她解开她崭新的爱马仕腰带，跪了下来，帮我把腰带牢牢地绑在沙芬的上臂上。前一分钟还在开开心心地把鸟打成千万个碎片的夏洛特和埃丝米，现在见到血却歇斯底里地大惊小怪起来。男孩们只是站在那里，似乎是不知道该怎么帮忙，或者不想帮忙。沙芬浑身颤抖，双眼半闭。我和奈儿都脱下夹克，披到他身上。见此情景，皮尔斯和库克森羞愧难当，于是也脱下身上的外套披在沙芬身上。可奇怪的是，平日经常给别人披夹克的亨利，此时却没有任何举动，仿佛他也受到了惊吓。

"到底发生了什么事？"我喊道，希望能把他吼醒。

他没有回答，甚至没有看我一眼。

"这就很难说了，"皮尔斯说道，打破了沉默，"有人打偏了吧，我猜。旁遮普小子过射击线了。你也知道的，和老亨利争得有点紧。"

"没可能知道是谁打偏了，"库克森平静地说道，"只能说是一场不幸的意外。"

亨利一言不发，一副捉摸不透的表情，低头看向沙芬。然后他跪下去，伸出手。"来吧，老人家。让我帮你站起来。"

沙芬的黑眼睛注视着他。"不，"他说得很清楚，"我不需要你帮忙。"

亨利的身子猛地一缩，好像他才是那个中枪的人。他站了起来，踉跄着向后退了几步。

现在可不是他俩闹孩子气的时候。"总得有人扶着你啊！"我激动地喊道，担忧使我朝可怜的沙芬喊了起来，"万一你突然晕过去怎么办？"我真的很想把他直接抱起来，然后自己把他抬下山，就像他把奈儿抱上山那样。我转向亨利："你能让车开上来吗？"

亨利摇了摇头。

"我抬他下山，"皮尔斯把手放到沙芬腋下，"来吧，旁遮普小子。快点，快点。①"

但沙芬个子太高，时而昏迷，时而清醒，身子很沉，皮尔斯和库克森两个人都抬不起他。"完美，"亨利冷静地喊道，"叫助猎人把大门拆下来。"

---

① 原文为印地语。

我以为这是一句不合时宜的玩笑，没想到完美和助猎人居然真的把旁边一堵干砌石墙上的大门拆了下来，然后让沙芬躺到门板上。我们一起把门抬起来，犹如一群抬棺人，就这样把沙芬带下了山。

一路下来，我看到他消瘦的脸庞愈发苍白，染血的粗花呢外套颜色愈发暗沉。奈儿朝他微笑。"这一次轮到我带你下山啦。"她说道。

他看向她，目光聚焦到她身上，似笑非笑。然后他的头又歪向一边，眼睛闭上了。

回到房子后，一群仆人看到我们回来，从大门口蜂拥而出，随之而来的是亨利的拉布拉多犬。男仆们在大门口接过沙芬。这个时候，他已经恢复了意识，能在旁人的帮扶下走路。两位管家把他带到靴房，我们紧随其后。

他们让沙芬在炉火旁躺下，四周堆放着废弃的手杖、老旧的潜水服，还有一排排长筒橡胶雨靴。几只拉布拉多犬走了过来，嗅了嗅他和奈儿，没有理会其他狗，然后蜷在他身旁，温柔得像弗洛伦斯·南丁格尔。

"我要不要出去等救护车？"我问道。

亨利反常地一脸茫然。

"你叫救护车了吧，是不是？"

亨利转向体格巨大的首席猎场看守人。"完美，去把村子里的医生找来。"

"老天爷，算我求求你了！"我吼道，"醒醒吧！"我已经醒了。山坡上的那一枪把我从一场梦，一场过去的美梦中拉了回来。那一枪击穿了我今晨的美好幻想，只留下一道歪歪扭扭的伤口。我抓住亨利的手，把他拉到外面。完美也跟了出来。

我不想让沙芬听到我说的话，所以把亨利拉到外面。"我知道你幸福的复古生活很美好，但这是一场紧急事件！他在失血！万一他死了怎么办？"

"他不会死的，"亨利说道，"这是皮外伤。"但为了安抚我，他补了一句，"一定要尽快，完美。"完美碰帽行礼，然后我只能说，他在不紧不慢地朝马厩走去。

"这算什么，你让他骑马去？"我喊道。《狩猎会》里的人确实会骑马，但那也是因为故事背景是他妈的第一次世界大战前。

"当然不是，"他厉声应道，"他去开猎装车。"

"但沙芬需要的是入院治疗。"

"离这里最近的医院要一个半小时的车程。"

听到这句话，我稍稍冷静了下来。如果这是真的，那亨利的计划的确是能让沙芬最快得到医治的方法。

但我的呼吸依旧急促。亨利把他的手放在我身上，但这一次没有电流般的冲击。"这样更好，"他柔声说道，"相信我。"

问题是，我已经不知道该相信谁了。

第二十一章

沙芬中枪的那晚，我根本没料到还会有晚宴。

但我本应早点看穿这一点。即便有人中枪，也不会妨碍上层阶级用餐。

我在劳瑟的床上坐了很久很久。炉火跃动燃烧着，但我依旧浑身发冷，脑海中思绪纷飞，茫然凝视着窗外消逝的光。杰弗里看着我，沉默无言。我喜欢杰弗里这一点。它知道什么时候应该保持安静，给人思考的空间。

贝蒂拿着给我准备的衣服走进来时，我甚至没有让她把衣服放在床上，就让她出去了。"贝蒂，"我敷衍道，"今晚我自己穿衣服，你可以出去了。"奇怪的是，这一回她看起来温顺多了，点点头便离开了房间。或许，她更喜欢没有"请"和"谢谢"的世界，一个她和主人泾渭分明的世界。活在那样的世界里，她会更自在吗？只有命令，没有请求？亨利说的有关万物的自然秩序的那番话，难道是对的吗？

不管对不对，那晚我也不需要她。我知道自己想穿哪件衣服，也知道该怎么做头发，怎么给自己化妆。我从行李箱里把母亲留下来的那件礼服拿了出来，甩了甩，幸运的是，礼服用的是一种平滑垂落，没有褶皱的面料。

我穿上这件礼服，最终决定，今晚不弄公主式的鬈发。我把发钳加热，然后把黑发完全烫直，让刘海垂到睫毛，发尾轻触肩膀。我带着某种不快的满足感看着镜子。这件礼服完美无瑕——银灰色面料、无肩带，礼服前面点缀着上千颗排列成旋涡状的墨黑色珠子，似壮观的欧椋鸟群。我的母亲或许并不适合当母亲，但她真的很会做礼服，我也因此而尊重她。这件礼服上有很多手工活，每颗珠子都是她亲手缝上去的。我想，她肯定是有点爱我的，所以才舍得给我做这么一件礼服。

我翻遍了化妆袋，找到了我的黑色眼线笔，在眼睑上平顺地画了两笔，然后在眼角外缘略向上勾了一点，状若羽翼。我最后又照了下镜子。那个公主消失了，我又变回了自己，还带了一抹危险的味道，这令我很满意。

我打定主意，就算客厅里上酒，我也不会喝，于是我独自径直走向餐桌。不出所料，沙芬并不在。我以为奈儿也不会出现，这样餐桌上的人就会像阿加莎·克里斯蒂电影《无人生还》里那样每晚都会少一个。但奈儿在这儿，或者说，在又不在，她的样子就像是个幽灵。

这一次，我和亨利中间隔开了一个座位，劳拉坐在我们中间。午餐的时候我还坐在他的旁边。我猜他是为了惩罚我因为救护车的事对他大吼大叫吧。

晚宴一开始，气氛还很肃穆，但菜还没吃几道，红酒一上桌，中世纪骑士团又恢复了往日的喧闹，嚷嚷个不停，尖声欢叫着，就好像沙芬并没有出事。

我无所事事地拨弄着食物。这是鱼汤，即便是心情好的时候，我也不喜欢喝鱼汤，而一想起他们的用意，我更是无心下咽——在猎鹿的前一晚，我们吃了鹿肉，在射击的前一晚，我们吃了用铅弹做配菜的雉鸟，而明天我们就要去钓鱼了。我简直不敢相信，发生了这样的事，活动还会继续进行下去。但显然，从我在餐桌上听到的话来看，这样的事情稀松平常。"常有的事"这句话我肯定听了有几百遍了。

常有的事。常有的事。每个人的舅舅、表亲和客人都有过在射击场上中枪的经历。我并不相信。

亨利是晚宴上唯一一个直接提起沙芬的人，他站了起来，拿起银刀，轻敲玻璃杯，直到在座的每个人都安静下来，然后他说道："出于对受了轻伤的沙芬的尊重，今晚我将不会致祝酒词。"

想到鲜血渗出沙芬的夹克时的场景，我不禁咬住舌头。"但我提议为沙芬举杯，并衷心祝愿他早日康复。"

"沙芬。"所有人一齐说道，语气严肃而敬重。然后皮尔斯高举酒杯，加了一句："致旁遮普的花花公子！"众人哄堂大笑。我放下酒杯，感觉自己快要被酒呛住了。

之后，有两个仆人走向亨利，其中一位将那本包着摩洛哥皮革的黑书翻到最后那一页，另一位给亨利递了一支钢笔。哦，我想，他还得被写进狩猎之书。

从我的位置看不到他写的内容，但我知道他会记录下今天被残杀的雉鸟的数量。他写完了最后一个字，然后把书转了个方向，看向劳拉。他们相视一笑。他犯错了，因为当他给劳拉看那本书时，我也看到了。

我永远不会忘记。时至今日，我仍然记得纸上那潦草的墨迹在烛光中慢慢变干：

1× 沙芬·伽德加

那一刻，我懂了。

夜幕降临之时，我坐在楼上的床上试图遏制的所有可怕想法，此刻一齐涌上心头，犹如黑夜吞没窗外的一切般吞没了我。亨利·德沃伦考特把沙芬当作猎物写进了书里。他和雉鸟没有差别。亨利不仅记下了他的名字，还给他加上了数量。"1×沙芬·伽德加"，仿佛这个世界上还有成千上万个他。雉鸟和佃农，都只是无用的消耗品。

我觉得我要吐了。

幸运的是，狩猎之书合上之后，席上众人均起立，目送女士们走进客厅喝咖啡，给了我一个逃脱的机会。奈儿、三个海妖和我坐在各式各样的椅子和沙发上，中世纪骑士团的女孩们只顾着互相递烟点烟。眼下我知道了真相，我已经不知道怎么和她们说话了。我要确保自己坐在奈儿身边。我要告诉她，我要因不信任她而向她道歉。我是她新交的朋友，但我这个朋友做得一塌糊涂。我更是一个糟糕透顶的女权主义者，竟然认为她是一个歇斯底里的疯子。

我寻找、等待着她们分心的时机。女仆托着银色咖啡托盘走了进来，在一片"要多少奶多少糖"的混乱中，我抓住了机会。

我一把抓住奈儿的手臂，几乎弄疼了她。我得让她从僵化的状态中醒过来，我要让她知道，我是认真的。"我很抱歉没有相信你，你一直都是对的。"我低声喃喃道。

"什——"

我打断了她的话："没时间了。不要问任何问题。跟她们说你想回房睡觉。十分钟后在沙芬房间里见。带上种子。"

"种子？"

"没错。那些种子。"

第二十二章

沙芬的房间和我们的不在同一楼层，或许这关乎什么奇怪的道德考量吧，但在我眼里，朗克罗斯已经变成一个最无道德可言的地方。

他的房间也有名字——拉比。当我敲门进去时，奈儿已经在里面了。我们一起坐在沙芬的床边，看起来就像昨晚我坐在奈儿的床边。

但他并没有穿着睡袍。他正坐在床上，被子盖到腰部，露着光滑的棕色胸膛和宽大的肩膀。他的黑发就像刚做了烫发似的乱糟糟的，披散在脸旁。我毫无来由地想，他是多么英俊啊。还女权主义者呢，葛丽尔。他的上臂缠着一条白色绷带，床头柜上放着一瓶止痛药。

看我进来后，他僵硬地笑了笑，然后说道："怎么了？"

现在，我们都在这儿了，我却不知道该说什么。此时此刻，我和奈儿将要说的话很可能会被听成是两个歇斯底里的幻想家的胡言乱语。但当我们同时看了一眼沙芬的手臂后，我确信，奈儿和我想法一致。我真的不知道该如何开口，但我知道总得有人开口。

"听着，沙芬，我……我们有些事要和你说。"

他的神情变得警觉而严肃，他的样子突然让我想起了猎鹰——猎手，而非猎物。

奈儿接上了我的话。"事情是这样的，"她说道，"我们觉得，中世纪骑士是故意对你开枪的。"

"老天，这还用问吗，"他说道，"他们绝对是故意朝我开枪的。"

奈儿和我对视了一眼，内心充斥着震惊和宽慰。"你也是这么想的？"

"那当然了。午餐时，他们把六号狩猎杯分给了我，这样我就会站在射击线的末端，他们扭转枪口朝我开枪的时候就不会打中其他人。那时，我正在瞄准我头顶上空的一只雉鸟，在最后一刻，它突然急转，于是我也顺着它的方向猛地转身开枪。如果那时我没有转身，我现在已经死了。"

我惊得下巴都掉了。"但那样的话，他们就是杀人犯了。"

"不会，"他说道，"这会变成一场'可怕的意外'。一个少不更事的印度男孩，误跑进了射击线内。亨利、皮尔斯和库克森，还有其他人，他们从小便开始打猎。"他做了个手势，龇了龇牙，"他们都是射击好手。这件事会被裁定为意外死亡，然后所有人各回各家。"

我被这些刺耳的话震住了。

"他们算错了两件事。第一件：我也是从小就开始打猎的猎人。狩猎在拉贾斯坦邦是一件大事。第二件：他们打偏了。"

"但他们肯定知道你会把事情说出去啊。"奈儿说道。

他摇了摇头。"他们依仗的是他人的恐惧，害怕他们的钱、他们的地位。但我不怕。可就算我把事情说出去了，那又能怎么样呢？用我的一面之词对抗他们的众口做证。他们会恐吓你们，让你们不敢说话，那么在射击现场的还有谁？一堆中世纪骑士，几个在朗克罗斯领工资的村里人，还有个外号叫'完美'的弗兰肯斯坦般的怪物，服侍过德沃伦考特家族好几代人。"

"那么是谁向你开枪的？"我怀着某种恶心的恐惧感问道。

"我没看到，"他承认道，"我一直在抬头看。但我很肯定是亨利。"

不知怎的，我猜到了他会这么说，但还是固执地希望这不是真的。"为什么是他？"

"首先，子弹的弹道轨迹。他的射击位是五号，这意味着他可以近距离准确地瞄准我。其次，当我中弹时，那一枪的力度把我打得转了个身，然后我才摔倒。那一刻，他的枪卸弹了。我看到他把枪身打开，弹壳飞了出来。他拿着一支货真价实的'冒烟枪'[1]。"他移了移重心，喝了口水，"你们两个是怎么发现的？"

---

[1] Smoking gun，亦有"确凿的罪证"之义。

"奈儿昨天就知道了。"我承认道。

"猎犬在后面追我的时候，"她说道，"我知道它们在把我当猎物追捕。但我以为那是其他中世纪骑士干的。我没想到是亨利。"她和我想法一致。"我以为亨利是好人，"她黯然说道，"他还把他的夹克给我了。"

"然后又拿回去了。"沙芬冷冷地说道。

"其实——"奈儿和我对视，点了点头，"我们想给你看样东西。"奈儿啪的一声打开她拿在手里的樱桃色小手提包，把她的魔法种子一颗颗放进沙芬没有受伤的那只手里，"我在亨利的夹克口袋里发现了这些种子。"

"我们觉得你可能知道它们是什么。"我说道。

他看着手掌。"我知道，"他严肃地说道，"它们叫作茴芹籽。"

这个名字让我想起了另一样东西："茴芹籽？你是说，像甘草根那样？"

"没错，狗无法抗拒那种味道。在农村的一些地方，人们会把一大袋茴芹籽撒到山坡上，供猎狗追赶。这叫拖猎法。狗闻到茴芹籽的味道会失去理智。那味道令它们癫狂。"

"我就说为什么昨晚有狗在我的房门外嗅来嗅去的。"奈儿得意扬扬地说道。

"那不是幻觉。当然，猎鹿犬和獴狗都被关在狗舍里，但即便是亨利那几只又肥又老的拉布拉多犬也无法抗拒茴芹籽的味道。如果你不把这些种子扔掉的话，今晚它们还会去。"

这一切还是很难让人相信。"那些狗，它们看起来很温顺啊。我的意思是，在它们没有变成'狼一般的狂暴'之前。今天早上，阿尔卡斯和底格里斯甚至来和我问好了呢，那时候我……"我怔住了。

"那时候你在干什么？"

"名字，"我说道，"那些猎狗的名字。"我转向沙芬。"在STAGS 的最后一天，莫布雷修士上拉丁语课时给我们讲了一个关于阿克特翁被五十只猎狗撕成碎片的故事。讲完后，她开始和我们说猎狗的名字：阿尔卡斯、拉东和底格里斯。"我看向奈儿。"亨利也有三只猎狗叫这些名字，他昨天叫过。我敢打赌，其他猎狗肯定也是用剩下的四十七个名字命名的。"

"毫无疑问。"沙芬移了一下身子，和刚刚一样疼得龇了龇牙，"那么，现在你相信了吗，葛丽尔？"

我点了点头。"我信了。昨晚我还心存犹疑，"我承认道，"我知道昨晚奈儿被吓坏了，但我还是很难相信'被猎捕'这个说法。我在奈儿的房间外遇见了亨利，他想进去看看她。他的……担忧的神情让我深信不疑。"

我没法看着奈儿说出接下来发生的事。就我所知，她也喜欢亨利，我和她的美好幻想分别在狩猎日和射击日破灭。"他把我带到屋顶，我们开心地聊了很久。他向我保证，我们非常安全。他说——我还记得那句话——'我要以绅士的名誉向你保证：你决不会中枪。

香奈儿也不会。'"

"哦，那他的确没有撒谎，这句话你不得不承认，"沙芬说道，"因为今天他们的目标是我。"他朝我眯起黑眼睛，"他有没有对你说你很漂亮？"

"有。"我小声说道。我猜亨利的确在这句话上撒谎了。

"他是不是吻了你？"

我的天，他真的很聪明。"嗯。"

"那是什么改变了你对他的看法？"他问道，语气缓和了许多，"你是什么时候看穿他的？"

"今晚晚宴的时候，"我说道，"你知道吧，猎鹿结束那晚他们曾用一本大大的黑书记录了些东西？"

"狩猎之书？知道。他们会把那一天打到的猎物记在书上。"

"嗯，你也被写进去了。他们把你的名字也写进了书里，和雉鸟列在一起。"

即便是轻蔑傲慢的沙芬都不禁面露惊惧。"你确定吗？"

我点了点头。"我看到了，白纸黑字。"

"那这很可能意味着，他们昨天也把我的名字写进去了。"奈儿说道。她看起来快要哭了，就好像她无法相信，这个世界上居然存在如此残忍的事情。

我握住她的手。"没错。我还看到了别的东西。亨利把那本书给劳拉看了。他们在偷笑。他们觉得这是件很有意思的事情。"

看到那个眼神，我的整个世界都变了。你瞧，一直以来，和奈儿一样，我一直在说服自己，犯下那些残忍之事的都是其他中世纪骑士。不是他，绝对不会是他。但最后，我该醒了。我穿的是亨利的夹克，住的是亨利的房子，过的是亨利的周末，看的是亨利的医生。没有医院。我看向沙芬上臂缠着的整齐的白色绷带，还有床头柜上的那瓶止痛药。

"看来医生把你照顾得不错。"

"哦，当然不错了。对一个年逾八十的人来说，他算是把我照顾得非常好了。"他略带嘲讽地说道。

我看着那包得很紧的绷带。

奈儿说道："你是说，他根本没有照顾你？"

"哦，那倒不是，他已经确保我的身体没有不适的地方了。他已经服侍这个家族五十年了，自然把我照顾得很周到。他要确保我身上的伤口没有一丝可疑的痕迹，同时也要确保我不用再去医院。他之前已经这样做过很多次了，这次也一样。"

又来了。"很多次？"

"没错。你还没有完全明白，对不对？"他看向奈儿，"你们两个都没有明白。这不仅仅是一个周末这么简单。他们做这些事已经做了好几年了。"

奈儿和我沉默了整整有一分钟，消化着这句话。"沙芬，"我轻轻地说道，"如果你说的是真的，那我们必须报警。"

"不行。"我从未听他用如此果断的语气说话。

"但是——"奈儿发话了。

他抢过她的话头。"我们还没能抓住他们的把柄。除非我们拿到证据，否则我决不离开。不然你以为我来这里是做什么的？"

我瞪大双眼。"你的意思是，你早就知道了？"

"我已经怀疑他们很多年了。来这里度过停审期周末的学生，回到学校后都跟丢了魂似的。他们仿佛受到了极大打击，像僵尸一样在学校里游荡，不敢和中世纪骑士团成员说任何话。他们只会埋头读书，熬到毕业。"

"杰玛·德莱尼！"我突然说道。

他点了点头。"她是其中一个。"

奈儿问："谁是杰玛·德莱尼？"

"以前和我读同一所学校的女生。她叫我不要来朗克罗斯。她去年肯定来过这里。"

"她确实来了，"沙芬说道，"一些学生回来时身上带着伤，还有一些回来时则被彻底吓坏了。他们全部被打回了原形，小心翼翼地待在中世纪骑士给他们画好的圈子里。有时候，"他说道，"他们甚至根本没有回来。"

"什么？"我和奈儿齐声惊呼。

"学校里曾有过这样的传闻。二十世纪九十年代的时候，一些学生去了朗克罗斯，从此一去不返。中世纪骑士们挑选的学生都很有代表性：一个靠奖学金考到这里的第三世界国家的男孩，棕皮肤，还有惹人发笑的名字——"他指着自己，"靠奖学金考到牡鹿学园的——"他指向我，"跟他们不是同类人——"他指向奈儿，"听着熟悉吗？传闻中，那个男孩在朗克罗斯打猎时出了意外，死了。"

"但那绝对不可能是亨利啊，"我抗议道，还是忍不住为亨利辩护，不想自己的幻想就此破灭，"那个时候，他都还没出生。"

"你还是不明白，是吧？这一切已经有很多年的历史了。我的天，甚至连我的父亲都来过这里。"

这时我想到了亨利的父亲和沙芬的父亲之间那久远的宿怨。

"那时发生了什么？"

沙芬耸了耸他裸露的双肩。"他从来没和我说过，仿佛那是一件令他羞耻的事情。但现在，我很确定那件事肯定和这一切有关。"

"如果牡鹿学园发生过这样可怕的事情，那为什么他还要把你送来这里读书呢？"

"事情没有发生在牡鹿学园，而是发生在朗克罗斯——和学校无关。他接受过高等教育。他去了牛津，然后去了桑德赫斯特①，最后当了拉贾斯坦邦的市长。我猜他也没料到，他的死对头罗洛·德沃伦考特的儿子会和我在同一时间入读牡鹿学园。他们之间并没有保持联系。我爸觉得牡鹿学园是一所很棒的学校，学生都是正派的

---

① 即桑德赫斯特英国皇家军事学院，是英国一所培养初级军官的重要学校，也是世界范围内训练陆军军官的老牌名校。

人。他说对了一半。"

"哪一半？"

"牡鹿学园是一所很棒的学校。它能提供优质的教育，授课的修士们都是非常优秀的老师，可学生们都只为一件事疯狂。"

"哪件事？"奈儿问道。

"打猎、射击、钓鱼。"

"都有谁？"我问道。

"所有人。比如你室友。她叫什么名字？"

我差点脱口而出"耶稣"。"贝卡。"

"她很关心这件事。你室友也一样，奈儿。"

"你想说的是？"我缓缓问道。

"你拿到邀请函的时候，你室友是不是就在你旁边？"

我回想了一下。"是的。"

"她是不是鼓励你来这里？"

"是的。"

"她是不是和你说，你有可能成为一名中世纪骑士？"

"是的。"我满脸羞愧地说道。

沙芬用那只没受伤的手捶打了下雪白的床单。"那就是她想要的。他们这个小小的精英集团统管着整座学校，每个人都极度渴望加入这个圈子，所以每个人都很好愚弄。甚至包括我，"他承认道，"事实上，贝卡帮他们把你困在了这里，现在她很可能已经当上了中世纪骑士。那是她这个学期第一次和你说话吧？"

我点了点头。

"你也一样吧，奈儿？"

"是的。"

"现在你们明白了吗？"沙芬把身体坐直，神情激动，"这就是他们做的事情。他们让你觉得你不受欢迎。他们剥夺你的朋友，剥夺你的笑容，剥夺你和他人谈话的权利。然后，当他们终于和你们说话时，你感觉就像太阳喷薄而出般温暖。相信我，我明白那种感觉。这几年，他们邀请了我好几次。显然，他们等不及我升到第六学级。他们憎恶我。"

"为什么？"我好奇地问道。

他耸了耸肩，脸上露出痛苦的神情，有史以来第一次，我看到他因此而感到伤痛的样子。令他伤痛的不是手臂上的伤口——尽管我知道那同样让他疼痛难耐，而是中世纪骑士团对他的憎恶。我还看见了这几年，他在牡鹿学园默默忍受的欺凌和排外在他身上留下的痕迹。"我不知道为什么，"他低声说道，似乎突然变成了一个小男孩，"或许是因为我和他们心目中的异类不符吧，如果这说得通的话。他们不知道该拿我怎么办。"他飞快地扫了我一眼，"第一晚晚宴上，我对你太刻薄了，葛丽尔。我的父亲确实是在斋浦尔开银行，但他其实是银行的董事会主席。我们确实来自印度皇室，我们也确实有一座山中宫殿。我们的财富是世代流传下来的，伽德加家族同德沃伦考特家族一样古老，或许还同样富有。我们拥有傲人的出身——我的父亲上过牡鹿学园，然后是牛津，然后是桑德赫斯特。我和他们过着同样的生活，和他们说着一样的话，和他们一样热爱'打猎、射击、钓鱼'。我猜，问题就出在我的棕色皮肤和惹人发笑的名字上吧。说到底，自大英帝国统治印度伊始，我便是一个野蛮人。不对，还要再往前。你听过他们在历史课上说的话，葛丽尔。亨利永远是一名战士，而我永远是一个异教徒。"

我思考了一下他说的话，然后想到他说的另一句话。"你刚刚说，他们邀请过你好几次？"

"哦，是的，很多次。"

"但这次是你第一次接受邀请？"

"是的。"

"那为什么今年你会接受呢？"

他刻意地直视着我，那样子似乎是想要我赶紧闭嘴。"我有我自己的原因。"我明白了，没有再追问下去。而且我觉得我已经知道真相。他来这里是因为奈儿也受到了邀请。他来这里是为了保护她的。

那一晚，他用一个母老虎的故事挡下了中世纪骑士团对奈儿的污言秽语。奈儿在猎鹿途中消失时，他也是第一个注意到的，还把她抱上了山。我觉得他喜欢她。我看着眼前的奈儿，她穿着樱桃色的晚礼服，一身漂亮的粉白，挑染的金发披散在双肩上。他们是天造地设的一对，他的黝黑，衬上她的浅白。我用力咽了一口唾沫，喉中仿佛卡着一块石头。今天早上，我以为自己找到了男朋友。结果夜幕降临，我发现我的未来男友居然是一个杀人狂。我突然想离开这里，离开朗克罗斯，越远越好。

"我们要赶紧离开这个鬼地方，"我说道，"我们可以趁他们起床之前赶紧打包离开。"

"我们能去哪里？"奈儿问道，"还记得今晚你想给沙芬叫一辆救护车的时候吗？"

我瞥了一眼沙芬。我不确定他知不知道。

"亨利说，离这里最近的医院也需要一个半小时的车程。"奈儿继续说道，"那么，最近的城镇，或者最近的警察局，都很可能也在那里。"

"就算我们找到了一个村庄，"沙芬说道，"村子里住的，很可能都是亨利偏远地区的佃户。"

他们说的是对的。看过《异教徒》①吗？我可不希望我们三个遇上湖区的乡巴佬，被他们施一些古怪的巫术，然后被塞进稻草编成的康拉德·德沃伦考特雕像里活活烧死。

"那我们现在该怎么办？"我问道。

---

① 又译作《柳条人》，英国恐怖电影，1973 年上映。一位苏格兰警官去一座岛上调查一桩少女失踪案。影片结尾，岛上居民把他塞进一个柳条人里，当作献给神的祭品烧死了。

"我们需要证据，"沙芬严肃地说道，"而且不拿到证据，我决不离开。这一切必须立刻结束。"

"什么样的证据？"

"白纸黑字的证据。"

白色的纸和黑色的墨水在烛光中闪耀。沙芬的名字被拼写出来。"狩猎之书！"我说道。

"没错。"

另一幅图景跃入我的脑海：今天清晨、图书馆、夹层阁楼，还有那些成排成排包着摩洛哥皮革的黑书，只有日期，没有名字的书。

"我很确定能在哪里找到你要的证据。"我说道。但我们不能直接走进图书馆，把灯打开，四处翻找，这样做会惊动朗克罗斯的五千万名仆人。我到处都有眼线，亨利这么说过。他不是在开玩笑。"问题是，我们需要一把手电筒。"

"或者一部萨罗斯 7S？"

奈儿再一次打开她的手提包，从里面拿出一台薄且美观的平板手机，玻璃和金属的做工上乘，四角圆润，如宝藏般散发着光芒。她轻触屏幕，启动手机。屏保是一张奈儿的照片，非常漂亮，照片里的她正抱着一只可爱的毛茸茸的小猫（我大概猜到了，她也是一个爱猫的人），还有日期和时间。"你把手机也带来了？"

奈儿点了点头，我很开心地看到，她的眼睛里闪过一丝恶作剧式的光芒。他们终究没有完全把她打倒。她也违背了中世纪骑士团女孩的命令。我把母亲的礼服带来了朗克罗斯，现在正穿在身上。奈儿也打破了规则，但她带来的东西更有用一些，这是她独有的反抗标志。

科技。

"看看这个小美人。"沙芬赞叹地说道，我知道他指的是奈儿，不是那台手机。有那么一瞬间，我们一同盯着这台萨罗斯 7S，仿佛那是《夺宝奇兵之圣战奇兵》^①里的圣杯。这个小小的一只手就能握住的科技产品，此刻却有如神迹。我们等它等得太久了。

"它有手电筒功能吗？"

奈儿熟练地点了几下屏幕，相机摄像头那里随即射出刺眼的亮光。

沙芬的眼睛几乎也同样亮起来。他把被子掀开，在睡衣外套上一件白色毛巾布浴衣。狩猎时的神情回到了他的脸上。"咱们出发吧。"他说道。

---

① 1989 年上映的《夺宝奇兵》系列电影第三部。纳粹与土耳其联手制造秘密武器，企图破坏国际间的武力平衡，而美国政府特派印第安纳·琼斯寻找传说中的"圣杯"，以抵抗邪恶势力。

第二十三章

我不打算说谎。

在伸手不见五指的黑暗中，鬼鬼祟祟地潜入朗克罗斯图书馆，这是我做过的最吓人的事。（当然，我指的只是到那个时候为止。第二天发生的事更可怕。）

我们决定分头行动。万一谁撞上了一个斯戴佛①仆人，我们还能找些只是出来找水喝之类的借口。我还记得今天早上的探索路线，于是在沙芬的房门口对他们俩说了一遍。幸运的是，走廊里空无一人，因为等我们商量完之后，肯定已是午夜时分了。"你先走下大

---

① 2004年上映的美国电影《复制娇妻》里一个高尚社区的名字，那儿的男人用高科技把自己的妻子变成了百依百顺的完美妻子。葛丽尔在此暗讽庄园里的仆人如复制出来的机器人般顺从。

楼梯，"我低声说道，"然后往右转。接着穿过左边的几扇大门。老天，完了……"

"怎么了？"沙芬和奈儿同时低声问道。

"如果门锁了怎么办？里面放的都是很珍贵的书。我指的不仅仅是初版的书，还有真正的手稿。"

沙芬沉吟半晌。"我觉得不太可能，"他说道，"富人相互信任。这是他们的俱乐部。他们做梦都想不到他们邀请来度周末的人会去偷他们的东西。"

"但我们还是来了，不是吗？"奈儿插话了，"我们不是这个俱乐部的一分子。他们把这句话说得很清楚了。说不定他们会因为我们这些渣滓的到来而锁门。"

沙芬眉头一皱。"也是。好吧，我先过去。如果门是开着的，我就会进去，然后把门关上。如果我五分钟内没有回来，那就一个接一个跟上来。如果门是锁着的，我就会回来，只能明早再找机会了。当然，那样就会很棘手。"

我个人觉得早上来这里找书基本上是没有可能的事情：第一，这个地方到处都是仆人；第二，我们不是还要去钓鱼吗？但我们没有别的选项，只能试一下沙芬的计划。

"行，"我说道，"如果你没有回来，奈儿会跟着下去。"

"等等，为什么是我？"奈儿说道。

"你已经被吓坏过一次了，"我说道，"如果你跟在沙芬后面，除了下楼梯那一段路，总会有人陪在你身边。沙芬在图书馆里，我在这里。这是'狐狸、鸡和玉米'游戏①。"

"我猜我是那只鸡吧。"奈儿可怜巴巴地说道。

"你是我见过的最勇敢的女孩，"我认真地说道，"去吧，沙芬。"

在等着看沙芬有没有回来的那五分钟里，我们大气也不敢出一下。我在脑子里静静数秒，到三百秒的时候，我朝奈儿轻轻点了点头。她向我点头示意了下，然后蹑手蹑脚地走下大楼梯。她脱下漂亮的鞋，赤脚走路，轮到我出发时，我也如法炮制。幸运的是，铺在大楼梯上的地毯很厚，我得以无声前行。但我跟你说，这真是太吓人了——周围几乎没有一点光亮，我只知道头上笼罩着巨大的风景画，画上的母牛和牧羊女正俯视着我，画作上方悬吊着庞大且笨重的吊灯，仿佛随时会像《歌剧魅影》里那样掉下来砸到我的头上。

我们在巨大的双扇门里会合，白色的走廊上，月光从玻璃门外的花园流淌进来。如果有谁现在进来，肯定会立刻发现我们，特别是穿着毛巾布长袍的沙芬，他看起来就像白色幽灵。

"这边。"我说道，带着他们走过那段小小的螺旋阶梯，来到夹层阁楼前，冰冷的金属硌疼了我裸露的双脚。我径直走向今天早上看到的那个长且低的书架，上面放满了包裹着皮革，只有日期没

---

① 一个经典的智力游戏：在每次只能运走一样东西的条件下，如何用一艘小船将一袋玉米、一只鸡和一只狐狸运过河。如果让鸡和玉米待在一起，玉米就会被鸡吃掉；如果让鸡和狐狸待在一起，鸡就会被狐狸吃掉。

有名字的书。每本书都代表着一个十年，书架上有几十本，几百本。我现在知道它们是什么书了，它们是狩猎之书，记录了德沃伦考特家族这几个世纪以来，每年、每个周末寻乐狩猎时捕到的所有猎物。我们径直走向书架最远端，找到了离现在最近的那本书。当下的十年之期被用烫金印在了书脊上。我把书从书架上抽出来，想起来，今天早上我也做过同样的动作。如果那时我没有被那座提醒灰姑娘赶紧回家般的报时钟的钟声吓到，而是把书翻开，我会不会就会看到写在上面的奈儿的名字？我那时会不会意识到真相，跑到山上去警告沙芬？我打开书，快速翻动那厚重且纸质上乘的书页，他们俩则站在我的两侧，直到我翻到了今天的狩猎记录。奈儿把手电筒凑了过来，照到纸上。上面是亨利用漂亮的书法写就的诅咒：

十月三十日 星期日

122× 雉鸟

1× 沙芬·伽德加

"我的天——哪，"沙芬倒抽一口气，"我是说，我相信你说的话，只是……哇哦。"他摇了摇头。

奈儿解锁萨罗斯的屏幕，对着那一页拍了几下。"照片，"她说道，"会被上传到萨罗斯的卫星存储终端——云盘。就算他们把我的手机拿走，我们现在也搜集到证据了。"

然后她伸出指甲破损的手指,往回翻了一页。她的名字也在上面。

十月二十九日 星期六

1× 御用牡鹿

1× 香奈儿·阿什福德

我看着她浸在手机白光中的脸,担心她会不会想吐。

但她只是深吸一口气,然后轻触了一下屏幕,又拍了一张照片。

"拿下。"她说道。

突然,灵光一现,我把书往前翻,看到了去年米迦勒学期停审期时的记录。"看!"我惊呼道。

他们看向那页纸。

十月三十一日 星期六

1× 御用牡鹿

1× 杰玛·德莱尼

奈儿默默地又拍了一张照片,我无力地倚在栏杆上。我无法呼吸。我想起了杰玛,那个比尤利帕克综合中学里朝气蓬勃的女孩,她那有光泽的秀发和自信满满的模样。可如今她已憔悴不堪,成了一个身心破碎的女孩,但她内心里依旧葆有善意和勇气,看在我也曾是比尤利帕克女孩的分上，她在教堂前找到我，求我不要去朗克罗斯。现在，中世纪骑士团已经计划要把沙芬和奈儿一并击垮。

"这，"我轻轻对沙芬说道，愤怒得几乎无法说话，"就是你想要的证据。你拿到证据了。我们已经拍了照片。咱们走吧。"

"再等一下。"他说道。他从奈儿手里抢过萨罗斯 7S，然后沿书架往回走。他的手指顺着书脊一路扫过去，口中轻声数着数。我们跟着他和他手中摇晃的手电筒光，在他停下来时，我们也停了下来。他拿起萨罗斯，照向一本书的书脊，烫金的年份在亚光黑皮革上闪烁着。

一九六〇——一九六九

我明白了。

沙芬在找他的父亲。

他抽出那本书，快速地前后翻动，仿佛拼命想找到什么，却又害怕找到什么。最后，他的动作停了下来，奈儿和我靠了过去。沙芬身子一软，双腿交叉倒在夹层阁楼地板上，我们只得跪在他肩膀后，看向书页。

一九六九年 十月二十六日 星期日

98× 雉鸟

1× 阿达什·伽德加

我开口道："沙芬——"

"他从来没和我说过，"他用轻微的、断断续续的声音打断了我，"从来没有。"

我把手放在他披着毛巾布浴衣的肩膀上。我知道为什么他的父亲没有和他说过这件事。作为一个男人，他怎么可能会对自己深爱的儿子说这种事？在二十世纪六十年代，一个印度男孩来到一所英国名校就读，居然能被人接受、接纳，还受邀来到一座乡间大宅共度周末。他一定激动万分吧。我想哭。此刻，我想站在年轻的阿达什·伽德加面前，为他抹去泪水，他固然是一位印度的年轻王子，却仍是，并且永远是，一个局外人。

沙芬砰的一声用力合上了书，把我们两个女孩吓了一大跳。"我们一定要阻止他们。"他说道，声音都变了。

奈儿把手放到他另一侧肩膀上。"我们会阻止他们的。我们已经拿到照片了。"

"还不够，"沙芬说道，"他们可以说，写这些东西只是因为好玩。他们也可以说，这只是一本意外记录簿，你知道吧，就像在木工课上，如果你切到了自己的手指，就要把这件事记到一本书上。"

"但这些书都是证据啊，"奈儿大声争辩道，"他们在猎捕孩子！对孩子开枪！"

"嘘。"我让她安静下来，"可别让那些仆人听到我们在这儿。"但我话音刚落，一个巨大的身影挡住了从花园门外照进来的月光，房间里暗了下来。

一个脚穿厚靴、头戴扁帽的身影。

完美。

这位猎场首席看守人在门口站了很久，如外面的雕塑般纹丝不动，只是凝视着屋内。他的身影投射在抛光地板上狭长且阴冷，好似变成了巨人。之后，他伸手转动门把。

我疯狂地朝奈儿打手势，让她把手电筒关掉，示意他俩赶紧趴下。我趴在狭小的平台上。母亲亲手制作的礼服上的小珠子戳到了我的肚子，但我能清楚地从栏杆扶手间看到他的动向，并暗暗祈祷，但愿夹层阁楼能挡住站在下面的完美的视线，使他看不见我们。我最担心的是沙芬。不仅仅因为他比我和奈儿更高更魁梧，而且穿着白色毛巾布浴衣的他和煤矿坑里的北极熊一样扎眼。如果此时完美抬起头，他一定会立刻看到我们。

从我趴着的位置，我看到这位首席看守人静悄悄地走进了房间，钉靴踏在抛光地板上，几乎没有发出一点声音。一阵秋日寒风随之涌入，我不禁一激灵。巨大的吊灯的水晶坠饰在深夜的微风中发出轻微的叮当声，然后，完美仿佛受这声音的召唤，走到房间中间，站到了吊灯正下方。（这么一个呆子，走路却出奇地安静。可能是多年来在丛林里跟踪无辜的动物养成的习惯吧。）接着，他在吊灯下缓缓转身，三百六十度环视了一周。那场景看起来就像《美女与野兽》里野兽和贝拉跳舞那一段。

只是，这里没有贝拉。

没有音乐。

没有烛光。

只有一头野兽。

在月光下，我看到，完美的一只手里正拿着某样东西，某样他漫不经心地挂在肩膀上的东西。当他转过身来，我看到，是两支长枪管，散发着暗淡的金属光泽。那是一把猎枪。

完美扬起了下巴。我对天发誓，他就像猎狗般嗅着空气中的味道。然后，他朝我们的方向看了过来，我感觉到，他正直视着我，好似这一个周末下来，他凝望了我太久，已经能感觉到我的存在。而我能做的，只有强忍尖叫。

紧接着，完美的举动几乎让我的心脏蹦出礼服。他拿起挂在肩膀上的猎枪，双手持握，扳起击铁。接着，他缓缓地、静静地朝螺旋楼梯走来。

我不敢呼吸。

完美将一只手放到楼梯铁栏杆上，一只脚踏上第一级阶梯。就在这时，外头的一只猫头鹰高声啼鸣，然后，他如猫般迅速转身，枪管指向门口。接着，他快速而安静地转身穿过房间，走进外面的庭院，小心翼翼地关上了身后的门。

第二十四章

我们等了足足五分钟才敢开口说话。

我翻了个身,仰面躺着,"吁——"地长舒一口气。沙芬用手肘把自己撑起来,头发披散在眼前。奈儿也坐了起来,碰了碰萨罗斯的屏幕,重新打开手电筒。"天哪!"她颤抖着说道,"你们觉得他有没有看到我们?"

我个人认为,他绝对看到我们了,他刚刚都直视我的眼睛了,怎么可能没有看到?但如果他真的看到了,为什么不理我们直接走了呢?但我不想吓到奈儿,于是我说:"显然没有。"

"你觉得他来这里做什么?来找我们吗?"

他的举止很显然有那样的感觉,但我还是不想吓到奈儿。"说不定这是他每晚的例行公事吧。四处巡逻,以确保一切正常。或许这就是看守人的工作。"

"嗯，反正他现在已经走了，"沙芬说道，用手把脸上的头发拨到后面，"我们该拿这东西怎么办？"他手里还攥着那本来自二十世纪六十年代的狩猎之书，"这是个不错的开头，但我们还需要更多证据。"

我费劲地坐了起来。"他说得没错，你知道，"我对奈儿说道，"我们现在有的证据叫'间接证据'。看过一些法庭类的电影就知道，我们需要更多：我们必须要抓他们个现行。"

沙芬轻轻地把下巴抵在合上的书上。"问题是，要拿到那个证据，我们只剩一次机会了。那就是我们去钓鱼的时候。所以，葛丽尔，能不能抓住这个机会就靠你了。明天，如果我们要留在房子里，那就轮到你了。你知道的吧，是不是？"

"你的意思是？"

"得了吧，"他说道，"打猎、射击、钓鱼。奈儿被猎捕。我被枪击。明天就轮到你了。所以，你要决定你打算怎么做。"他站了起来。"他们邀请我们来这里，是因为我们是格格不入的人。我们是新贵，在一所不属于我们的学校读书。他们压制我们，恐吓我们，让我们永远不敢站起来为自己发声。为了维护自然秩序，他们甚至会把我们铲除。看看这些书吧。"他把手往后一挥指向书架，那上面摆放的书承载着好几个世纪的历史，"奈儿和我是幸运的。但这里面又记载着多少不幸的人呢？几个世纪以来，在那个没有法医、没有 DNA 概念、没有犯罪现场调查的年代里，有多少孩子含冤被杀？即使是在这个世纪，又有多少意外被掩盖，再不见天日，而这仅仅因为德沃伦考特族人依然过着封建制的生活，他们拥有这片土地和上面的所有佃户，拥有这座房子和里面的所有仆人吗？只要这些老爷们想找乐子，就没人能阻止他们。直至今天。"他转向奈儿，"你和我已经成了猎物。我们已经没机会给亨利设圈套了。现在，一切都要靠葛丽尔了。"他又转向我，"如果你愿意的话，就要在现场抓住他的把柄。"

我想到了杰玛·德莱尼，想到了奈儿，想到了沙芬。但奇怪的是，我最牵挂的，却是可怜的阿达什·伽德加。"我愿意。"

"你确定吗？"

"我确定。"我说道。

沙芬舒了一口气。"那我们需要一个计划。"

"如果我们知道会去哪里钓鱼就好了。"奈儿说道。

"嗯，这倒不难，"沙芬说道，"肯定是我们前天去过的那个湖。"

"你说的是围困牡鹿的那个湖吗？"

"就是那个。这个湖在朗克罗斯的土地上，所以它属于亨利。即便是中世纪骑士也不敢跑到公共湖泊上撒欢。我猜那个湖应该在我们的西北方向，但我不是很确定。"

"我去过一个墙上挂着巨大的地图的房间，就在走廊尽头。"

"那是庄园房。来吧，知道地形于我们而言很有利。"沙芬手里还拿着那本二十世纪六十年代的狩猎之书。

"你不打算把书放回去吗？"奈儿问道。

"没门，"他说道，"我要把它带走。"我说不清他这样做是终于想坐下来和自己的老爸好好聊一聊这件事，还是觉得这本书带着某种耻辱的意味，不希望自己老爸被打败的证据留存在朗克罗斯。

"他们不会注意到吗？"我问道。长长的书架上多了一个缺口，就像少了一颗牙，于是沙芬沿着书架把每本书都稍稍移动了一下，让缺口消失。

"搞定，"他说道，"跟没动过一样。除非他们很仔细地找，否则根本发现不了。走吧。一定要保持安静。那头乳齿象可能还在外面晃悠。"

奈儿轻触屏幕，关掉了手电筒，然后我们蹑手蹑脚地沿走廊往下走，一边走，我一边数着门——我很确定那个地图房（我是这么叫它的）和图书馆位于同一条走廊，就在走廊尽头。今晨，我把自己想象成伊丽莎白·本妮特，以庄园主人的女朋友的身份沿着走廊悠然而行，而此刻，我在黑暗中踉踉跄跄，正密谋打倒那位庄园主人，而这位主人麾下的猛兽正拿着枪在四周鬼祟潜行。这两种情景下所看到的一切都大为不同。我只好赌一把，把他们俩拉进一个门里。

奈儿再次打开手电筒时，我松了一口气，出现在我面前的正是记忆中的房间：胡桃木书桌、古董地球仪，还有那覆盖着一整面墙的，外观古旧但绘图详尽的朗克罗斯庄园地形图。我走上前，在萨罗斯手电筒发出的白色圆形强光中，端详着地图上那些不可思议的细节。我用手指在地图上找到了那座房子——我今天早上才游览过一遍，深深喜欢上的房子。然后，我用手指在地图上顺着我们打猎和射击的路线划了一遍。接着，在下一个山谷里，我的手指停在了一块长而不规则的椭圆上。

那片湖。

湖上面还写着字，是用隔开的字母写的，因为湖太大了。"L–O–N–G–M–E–R–E，"我把名字拼了出来，"朗米尔。"湖的一边是封闭着的，另一边流入一条小溪，溪上画着几条歪歪扭扭的线条①。奈儿把手机靠过去。"康拉德之'深院'。"她读道。

沙芬说："'深渊'。这应该是一个瀑布。"

"无疑是以大名鼎鼎的顶级骑士、真十字架的盗贼兼十足的人渣康拉德·德沃伦考特命名的。"我的语气很无礼，但我猜每个人都听得出我真实的心理活动。我的声音听起来颇为颤抖。我的目光仿佛受某种力量牵引，又回到了那个湖上，我们静默地站在地图前，看着那块长而黑的污迹。

我知道沙芬在想什么，然后他大声地说了出来："你会游泳吗，葛丽尔？"

"我会，"我说道，"我以前代表我们学校参加过游泳比赛。

---

① 测绘图上的等高线。

当然了，是我以前的学校，不是牡鹿学园。"

我是一个游泳能手，事实上，我还曾是比尤利的顶尖选手，但我从没参加过任何牡鹿学园游泳队的选拔。队里肯定不乏自小就穿着尿布，在自家宽大的游泳池里扑上扑下的奥林匹克苗子，所以我也不想去瞎掺和。但在这样一个没有手机、没有朋友的环境里，我也曾孤孤单单地在学园里的顶级游泳池里扑腾过几小时，现在，我很庆幸自己去扑腾过。

"很好，"沙芬说道，"因为，明天你很有可能要和那个湖来一次近距离接触。"

"除非他们直接开枪打我。"我说道，想起了完美，还有他的枪。

"不会的，"沙芬说道，"这是钓鱼，还记得吗？他们唯一遵循的规则就是他们自己定的规则。他们也不会直接把你扔下水。他们渴望的是追逐。"

"但我们不能就这么让葛丽尔咬饵上钩，"奈儿转向我，"我不希望你也经历一遍我经历过的事情。"她说道，"我们需要一份计划。"

于是，我们借着萨罗斯7S——感谢奈儿老爸的设计，这台手机的电池能连续工作七天——的手电筒光，拟定了一份计划。

当我们离开庄园房时，肯定有两点了，我们希望，我们已经为明天做好了准备。

我们把香奈儿送回切维厄特，沙芬陪我走回了我的房间。这样很冒险，但我渐渐发现，沙芬才是这场聚会里唯一的绅士。

　　他把我送到门口，转身欲走，犹豫了一下，又转回身来。"你问我为什么要来朗克罗斯，"他说道，"我来这里，是想保护一个人，但那个人不是奈儿。我来这里，是因为我不想让他们伤害你。我也不会让那样的事发生。"

　　我咽了一口唾沫。他是不是也像我以为亨利喜欢我那样，喜欢我呢？他说的话让我感到温暖，但我现在无心细品这种温暖。我太害怕明天了，害怕明天会发生的事。我只希望，他说的是真心话。我推开劳瑟的房门，但就在我准备进去时，他的声音拉住了我。

　　"如果你想知道，"他笨拙地说道，"你确实很漂亮。亨利没有在这句话上撒谎。"

/ Part 4 /

钓 鱼

狩 猎 游 戏

第二十五章

我正在朗米尔湖里拼命游泳，想摆脱身后的某些东西。

我回头向后看，看到中世纪骑士团拿着手电筒，坐在小舟上。女孩们的金发垂入湖中，仿佛她们是湖中女王。湖面下的黑色水草拉扯着我，使我呛水，将我拖下水底。湖水没过我的头顶，将我完全淹没。沙芬的头出现在我的上方。"我们要把她救上来，"他说道，"她太漂亮了。"然后，他的黑发变成了亨利的金发。亨利伸出手来救我，但他没有把我从水中拉出去，而是把食指伸进我的嘴里，手指一弯，钻进我的下巴。接着，那根手指变成了一枚金属鱼钩，刺穿了我的皮肤。亨利把我拉了起来，我挣脱了水草的束缚，一直往上冲，直到冲破水面，离开梦境。

我没有喘着粗气、汗流浃背地醒来，也没有像电影里那样猛然坐起。就在那一瞬间，梦和昨夜交织在一起，令人困惑。在那一瞬间，我躺在温暖的床上，以为一切都只是一场梦。在沙芬床边的谈话，图书馆里的发现，以及在庄园房里密谋策划至深夜。但我看到了，在半明半暗的房间中，杰弗里的头若隐若现。今天，它的眼睛似乎在向我问问题。那是恳求的眼神。是时候让这场狩猎停止了。

"别担心，杰弗里，"我说道，"我要出发了。"我掀开被子，坐了起来。

壁炉台上的葛士华时钟显示为五点五十分，但我并没有抱怨。我很放松。在整座房子醒来之前，我还得做点事。

我把脚一甩，下了床，摸出我放在床底的帆布背包。这是由薄且韧的迷彩材料制成的户外背包。老爸有一次出去拍片时买了这个包，后来送给了我。背包不大，我把它环在腰上。接着，我把挂在门后钩子上的白色大浴衣取下，穿到身上，罩住背包。我想起了沙芬，他昨晚也穿着这么一身衣服。他和我说他来朗克罗斯是为了救我时，穿着这身衣服。他和我说我很漂亮时，也穿着这身衣服。我轻轻摇了摇头，现在的我不能因为这些事分心。

我轻手轻脚地走到楼下的靴房，那是我来朗克罗斯第一天第一次见到亨利的地方，也是停审期放假的第一个晚上。我记得很清楚，各种渔具、长筒雨靴、发黄的体育海报。幸运的是，靴房里空无一人，我几乎立刻就找到了想找的东西。我来这里的第一天，它便吸引了我的视线，昨天也是。那不过是随意靠在靴房墙上的东西，像一件被丢弃的垃圾。我把它拿起来，折成小块，放进背包里。今天，这件被丢弃的垃圾能救我一命。

我把背包塞回浴衣里。袍子虽大，但我看起来还是像一个孕妇。我一次两级地往回跑上阶梯，上楼时，刚好遇到两个女仆正往下走。但看到我飞奔而过，她们也只是嘟囔了一声："早上好，小姐。"她们训练有素，从来不会发表意见，而且经历过昨晚，我知道，即便朗克罗斯里发生了比突然见到一个胖女孩飞奔上楼更奇怪的事，她们也会视而不见。

我悄无声息地回到劳瑟，脱下晨衣，把背包塞到床下，然后钻进被窝。我刚要躺下装睡，贝蒂便敲了敲门，进来了。她径直走向窗户，唰地拉开窗帘，动作格外狠毒。这头老母牛。阳光从窗外涌了进来，我故作睡眼惺忪地眨了眨眼，好似几分钟之前，我没在房子里跑过一圈似的。

"早上好，贝蒂！"我轻松地打了声招呼。

她怨恨地瞪了我一眼。"早上好，小姐。需要我帮您把茶带上来吗？"

"是的，谢谢。贝蒂。"我决定恢复对她之前的态度。我不想像中世纪骑士那样冲仆人发号施令。如果今天一切顺利，他们的统治很快就会瓦解。即便是对贝蒂这样一位乖戾的老巫婆也应以礼相待。对每个人都应以礼相待。

贝蒂端来了早餐，这一次，银色圆瓮下放着的是亮橙色的腌鱼。"钓鱼日吃这个，真是倒胃口呢，杰弗里。"我说道，试图让自己保持放松。但我的心狂跳不止，毫无食欲，可我还是用面包和糕点塞满了肚子。如果今天我们按计划进行的话，那我就得摄入充足的碳水化合物。但我没有吃腌鱼。我不喜欢腌鱼的样子，也不喜欢它的气味。

我穿好衣服后，传来一阵敲门声，我把门拉开，外面是埃丝米、夏洛特和劳拉。"哎哟，"我模仿起夏洛特的说话语气，"这是何等荣幸啊。"她们三个挤进房门，我还在为出门做准备，她们便坐到我的床边，叽叽喳喳地说个不停，友好得异乎寻常。埃丝米对鱼的了解令我惊讶。"今晚，我们要去钓褐鳟，"她说道，"朗米尔里到处都是这种鱼，又大又靓的salmo trutta。"（真是十足的中世纪骑士风格，拉丁语学名信手拈来。）劳拉对我的头发大加赞赏。"非常漂亮的齐短发，亲爱的，"她用那种百无聊赖的声调说道，"二十世纪二十年代的风格，原汁原味的'光彩年华好青年'[①]。"紧接着，夏洛特居然说了这么一句话（如果你愿意相信的话）："我的上帝啊，你穿钓鱼服真的超好看！"我很确定，在这之前，世界历史上都没人说过这句话。钓鱼服根本和"性感"一词不沾边——法兰绒衬衣、阿兰毛衣和涉水长裤。

[①] 原文为"Bright Young Thing"，二十世纪二十年代，伦敦小报给一群波西米亚年轻贵族和社会名流起的绰号。

劳拉对我如此友善，令我格外惊讶，但我转念一想，她也没有理由对我刻薄。我根本不会对她构成威胁，也不曾对她构成威胁。亨利不过是在玩弄我，奉承我，让我紧紧地站在中世纪骑士团这一边，打消我野蛮人的怀疑念头。亨利和劳拉十有八九会结婚，住在朗克罗斯，一起养大几只邪恶的金发小老鼠。

即使我没读过狩猎之书，光是女孩们的态度也会让我感到不对劲。她们的举止，嗯，非常可疑①（抱歉）。特别是夏洛特，自从第一晚帮我化完 Zoella② 式的美妆之后，她几乎再没跟我说过一句话，可她现在却表现得像是我最好的朋友。然后，我打了个寒噤，因为我想起了狩猎日那天，她们也曾对奈儿做过同样的事。这显然就是她们的目的——先让那个可怜的傻瓜在被选中当猎物的那天感到安全。我突然好奇，在射击日那天，男孩们曾对沙芬表现得有多友好。

我拿起雨衣，还有那个至关重要的帆布背包。一群人走下大楼梯，来到车道上。在我们走向旅行车时，我回头看了眼房子上空空的窗户。我忽地想起来，停审期开始，我们离开 STAGS 的那天，我也曾回头凝望，学校每扇窗户后都有一张脸。今天，窗户后没有脸——这是我们说好的。我们不能让中世纪骑士团知道我们三个正在协力行动。但我知道，我的新朋友正在看着我，并且知道我每一分钟的动向。尽管我正独闯虎穴，但自米迦勒学期伊始，我第一次感受到自己不

---

① 原文为"fishy"，亦有"鱼腥味"之义，和钓鱼日呼应。

② 一位活跃在 YouTube 和 Instagram 上的高人气英国美妆博主。

再孤单。

这并不是说，坐着路虎朝湖进发时，我一点都不害怕。但我确实感到宽慰，因为我们野蛮人拥有三样中世纪骑士团不知道的东西。

我们拥有萨罗斯 7S。

我们拥有放在帆布背包里的东西。

而且，我们拥有彼此。

第二十六章

我一直觉得，"心脏漏跳了一拍"这种说法根本就是扯淡。

但当我们下了路虎，走下长长的山坡，来到朗米尔湖时，我看到亨利朝我走来，我发誓，那一刻，我的心脏漏跳了一拍。我感到恐惧、激动、悔恨，一堆乱七八糟的情绪在我脑海里打转。问题是，脑海中没有一个声音告诫我的心，要我不应该再喜欢他。

"葛丽尔！"他用往常那种"真惊讶在这里见到你"的语气说道，"昨晚晚宴后我一直在想你。你去哪里了？"

"我去睡觉了，"我说道，"经历了那么多事情，沙芬又出了意外，我已经累坏了。"把那件事叫作意外，表现出你觉得亨利是无辜的样子。将计划付诸实施。

我看向那面湖，长长的，银光闪闪，那里曾是一头牡鹿的葬身之地。紫色的山耸立在我们四周，橙色的树给湖环上了一圈花边。我看到长长的木码头伸进湖里，码头旁拴着三条停靠整齐的小船，仆人们身披上蜡风衣，脚穿防水长靴，正往船上放鱼竿及一些塑料容器，天晓得里面装了什么。皮尔斯、库克森和三个海妖分组朝船走去。我向上帝祈祷能把我和亨利分到一起。我开始朝船走去，逼亨利跟上自己的脚步。我在他耳边低语着。

"听着，我想说，嗯，昨天是我太激动了。我有些被吓到了——我从来没见过别人中枪。虽说我住在曼彻斯特，"我开了个小玩笑，"你得记住，我不是伴着这些长大的。"我朝面前的湖、山，还有火焰般的树扬了扬手——这个手势所代表的不仅仅是这些风景，它代表着特权，它代表着"打猎、射击、钓鱼"。"我想，这对你们来说可能很不一样吧。嗯，就像库克森说的那样，这样的意外是常有的事。猎枪里的子弹四处乱飞，总有人时不时被误伤，可能这样的事在所难免吧。所以，是我反应过度了。我不该因为医院的事情对你大吼大叫。住在你的房子里，就要遵守你的规则，对不对？"

他的表情柔和了下来。"谢谢你，"他彬彬有礼地轻鞠一躬，"我接受你的道歉，我也非常感谢你的道歉。我也必须强调，莫兰德医生非常出色，他非常善于处理任何可能在射击场上发生的小意外。自打我父亲孩提时，他就已经在我们家族服侍了。"

我倒抽了一口气。我并没有特别惊讶，沙芬也说过那个医生有多老，但我还是点了点头。"沙芬怎么样了？"这也是计划的一部分，我必须隐藏事实，假装晚饭之后再没见过沙芬，更何况，我还和他待了大半个晚上。

"他没事。"他挑起一条眉毛，神情活似罗杰·摩尔扮演的詹姆斯·邦德，然后微微一笑，"事实上，我早餐后去探望他时，他看起来似乎可不仅仅是好呢。他身边多了一位非常漂亮的护士。香奈儿在照顾他。"

这也在我们计划之中：奈儿去沙芬房间里吃早餐，这样的话，任何假惺惺去沙芬房间看望的仆人或者中世纪骑士就会见到他们，然后自然而然地觉得他们已经在一起了。若在昨晚之前，我会说他们根本不需要怎么表演，就已经是情侣的模样。可今天，对可能会发生的事情惴惴不安之余，我的内心也充满暖意，这暖意缘于沙芬昨晚对我的赞美，那句"你很漂亮"。我甚至不知道该如何回应这句赞美，但我知道，现在绝不能分神去想那件事。

"没错，他们看起来挺合拍的，"亨利继续说道，"而且，沙芬显然也不能和我们一道去钓鱼了，毕竟他的一只手臂——"

"那今天就没有史诗级对决喽。"我说道。

"确实没有。"他有点沾沾自喜地说道，他把比赛的可能性直接铲除了，"所以，香奈儿会留在房子里照顾他。我想他们应该会和我们在船屋一起用午餐吧。"

我当然希望如此，因为这也是我们昨晚安排好的。然后，我开始了我们计划中的演讲。"和你说实话，我觉得，香奈儿已经无法承受更多的狩猎运动了，"我引出话题，"她被前两天发生的事吓得不轻。我指的是那些猎狗。她变了。"

"她怎么变了？"亨利似乎很感兴趣，他的样子很真实。

"不知道为什么，她有点……泄气了，"我说道，"我觉得，她以后都不会再到处招摇她的钱了吧。"我斜瞥了一眼亨利，"或许，他们遭遇的意外误打误撞地让他们走到了一起。这可能也是一件好事。"

"为什么这么说？"

"嗯，"我假装在斟酌，"或许沙芬再也不会假扮自己是印度王子了。或许他也不会再和你顶嘴。或许你已经让他们俩，怎么说呢，乖乖听你话了吧。"

我清清楚楚地看到，他的脸上掠过一丝满意的神情。很好，我想。成功了。我们得给沙芬和奈儿不来钓鱼找一个好的理由，同时还要让亨利觉得自己镇压庶民的计划奏效了。我们想让他觉得，他已经打倒了那两个人。但如果他这么想的话，他就错了。

当我们走近码头时，我发现，其中一个穿着上蜡风衣的仆人是完美。他走到卵石滩上迎接我们，朝他的主人碰了碰帽子敬礼。我的衣服裹得很紧，但一看到他，我便浑身发冷。我想起昨晚图书馆里，他肩上扛着猎枪，转过身，在空气中嗅闻我们的味道。我强作镇定，和他对视，但从他的表情判断，他昨晚似乎并没有看到隐藏在黑暗中的我们。他暗淡的目光毫无兴致地从我身上掠过。

"啊，完美，"亨利说道，"一切都准备好了吗？"他转向我。"完美是我们今天的'侍渔仆'。"我完全不知道什么是"侍渔仆"，但我猜这意味着这位首席看守人要和我们一道出发，看起来也确实如此。"他负责掌舵，并在你慢慢掌握钓鱼诀窍的时候在旁边帮忙。"

我的心如石头般往下一沉。白天里的完美看起来远远没有夜里吓人，但他一路待在船上的话，很有可能会让我们谋划了一整晚的计划付诸东流。

我把亨利拉到一旁。"我其实挺希望，能跟你单独待一段时间？"

他笑了笑，轻轻上下抚摸我的手臂。我不得不承认我还挺喜欢这种感觉的。我猜人就是做不到将情感直接切断吧，即使你觉得你喜欢的男孩是一个杀人狂。"我也希望呢，"他说道，"但他今天早上要和我们待在一起。今天下午，我们去找一片无人的水域，咱俩单独待一阵。你觉得怎样？"

"很不错，"我说道，"正合我意。"

正当我们沿石滩而行时，亨利从我手中拿过背包，我感觉心脏在那一刻停了一下。我没有预料到他会突然展示骑士风范。我不放心地抓了一会儿，最后还是松了手——在这件事上小题大做可能会让我显得很可疑。"包里装的什么呀？"他问道，"救生衣？"

他几乎说对了。"不是啦，"我的笑声有点过头了，"一些额外的套衫而已。昨天我感觉挺冷的。其实前天也是。"

我们沿码头走到恭候我们到来的第一艘船边。那是一艘外表光滑，装有舷外发动机的小木船，看起来就像那种海滨风景明信片上的船。我知道现在是时候将计划的另外一部分付诸实施了。亨利先上了船，他的体重令船身猛烈摇晃。他向我伸出一只手，站在码头上的完美则抓住了我另一只手。在他们帮我上船时，我故意绊倒，滑了一跤，身体前倾时一把抓住了亨利。他稳住了我的身子，我重重地坐在船头，以此确保帆布背包在我身边。完美最后一个上船，他壮实的身材让船身倾斜。我故作紧张地抓住船舷。

"其实，有完美在这里还挺好的，"我说道，"如果我掉入水中，还能多一个人把我捞起来。"

"哦？"亨利说道。

"对啊。我不会游泳。挺笨的，是不是？"

这番话其实说得有点冒险，我在赌，赌没有中世纪骑士曾在牡鹿学园的游泳池里见过我。但我确实不觉得他们见过。我喜欢早起去游泳，因为以前参加过游泳比赛，所以我很不喜欢游到一半停下来给那些嬉闹玩水的人让道。我确实也从来没在池子里见过他们，所以我觉得他们也不会在池子里见过我。不管怎么说，亨利也没有继续纠缠这一点，他只是说了那个最富中世纪骑士风格的词："上帝啊。"

"是啊，"我懊恼地说道，"在曼彻斯特没什么机会学游泳。"

事实上，曼彻斯特有很多供我们这些"小人物"使用的公共游泳池，但我指望的是亨利天生的自我优越感会让他认为下等人都不会游泳。我猜中了。

"我想那是真的吧，"他说道，"啊，我也很乐意教你游泳。"

我傻傻地轻轻一笑，样子有些像埃丝米。"希望不会是今天吧！"

"老天，那可别，"他说道，也笑了起来，"太冷了，对不对？"

这听起来可能有些奇怪，但我还挺享受钓鱼的。我很确定——我们三个同谋者都很确定——今天早上什么事都不会发生。（但即便如此，奈儿和沙芬还是时时刻刻监视着我，你不用担心。）我们觉得我们已经猜透了中世纪骑士团的手段。狩猎运动的早晨分外快乐。每个人都对猎物很友好，一切都令人放松。看看我们对你多好。看看这景色多么优美。接下来是一顿美味的午餐，满桌佳肴，满屋仆人。还有美酒。然后，夜幕降临，黑暗的事情便随之而来。那便是我要保持警惕的时候。

我会保持警惕的。但眼下，我只需要装作一切如常，装作我正在享受美好时光，装作我爱上了亨利·德沃伦考特。我断定，为了防止自己落入恐慌，导致手心冒汗、反胃，唯一的方法就是假装我不知道自己知道的事情。这个方法奏效了。

问题是，这个方法奏效得有点过头。

亨利一整个早上都在向我展示如何钓鱼。他的样子实在是再善良、再正常不过了。他对我永远有十足的耐心。他总是从容不迫，确保我玩得开心。我看着完美把准备好的鱼竿递给我们。

"今天我们要钓的是褐鳟,"亨利说道,"所以我们要用轻质旋转鱼竿。"他把鱼竿把手上的卷线轮指给我看,"这种鱼竿最适合钓褐鳟。这种鱼视力非常好,所以我们要用最细的渔线——单丝线。"他把放在指尖的渔线给我看,但我几乎什么都没看见——那渔线看起来就像一根玻璃丝。

"然后下一步就是把虫子挂到食钩上吗?"我说道,突然想起了我的梦。

"其实,不对。褐鳟不喜欢食饵。我的意思是,它们会咬钩,但它们的牙齿很锋利,总会把渔线咬断。最好用假饵,像这种。"他把手伸进塑料容器内,我本以为他会拿出一些蛆虫来,结果他却拿出一样挺漂亮的东西。那是一条由锡箔和塑料制成的小小的闪亮小鱼,鱼身上饰有铜片、闪闪发亮的金色鳞片、镀金涂层和青铜块,一枚小小的三锚钩代替了鱼尾。鱼身的部件相互连接,亨利摆动这条小鱼时,它看起来似乎是在空气中游动。"高仿真鱼饵。"他说道。

我很乐意把它当作项链戴在脖子上。"很可爱。"我说道。

"这就是假饵,我们管它叫乐伯乐①。褐鳟无法抗拒这种鱼饵。"

"它们会吃别的鱼?"我不知道这算不算鱼类中的食人族。

"比这更糟。这种假饵是以它们幼崽的特点专门设计出来的。

---

① 发端于芬兰的世界著名渔具企业。

褐鳟会吃掉自己的孩子。"

我看着这个闪闪发光的可怜的小玩意。"老天。"

"是的,"他说道,"自然就是这么残酷。人类不是唯一的捕食者。"他在船上站了起来,"咱们在这儿试试运气,完美。葛丽尔,这一次先坐稳了,下一次你来试。"

我不打算撒谎。坐在船上,我总会听到引擎间歇性燃烧的突突声,然后是停船、等待,还有咱们在这里碰碰运气。但太阳出来后,我便能尽情欣赏周围绝美的湖景山色,一切都非常好。说实话,大部分时间里,我都在注视着亨利自信地把渔线甩入水中,仿佛他生来便会钓鱼,我想那的确有可能。我想到了《大河恋》①里的布拉德·皮特。看过那部电影吗?布拉德在里面演得很精彩,但还是比不过亨利。我确实有想起沙芬和奈儿,希望他们没有在担心我。我多希望我能告诉他们我很好。比好还好。

我本来非常放松,但突然之间,气氛激动起来,假饵在水下摆动,亨利抓着鱼竿,奋力将鱼竿向上拉。就在他看起来似乎要敌不过鱼时,他手法娴熟地将鱼竿向后一拉,又轻轻一挑,一条巨大的青铜色鱼弹出水面,落入船中。我把挡道的雨靴拿到一边,看着亨利将咬着假饵的褐鳟取下,然后把鱼头用力地拍到船舷上。突然,一切归于

---

① 美国电影,1992年上映,讲述了一对性格截然相反的兄弟诺曼和保罗数十年的人生经历,贯穿影片始终的是他们从小跟随父亲去河边钓鱼的时光。布拉德·皮特饰演影片中男主角保罗。

平静，褐鳟一动不动地在亨利的手中闪耀，鱼身上的鳞片在阳光下闪着微光，晶亮如珠子的眼睛大睁着，此刻还未死去。

"再会喽，褐鳟先生。"我有些伤感地说道。

亨利放声大笑。"咱们没必要替它太难过。它们可不是什么好鱼。"

我想起亨利和我说的，褐鳟会吃掉自己的孩子这件事。"好吧，但你不喜欢一样东西，不代表你就有理由夺走它的生命。"我突然想起那本狩猎之书，还有上面的人名，但此刻，那一切仿佛只是一场遥远的噩梦。

"那你觉得这个理由怎样？"亨利说道，一旁的完美把鱼放进了塑料容器，啪的一声盖上了盖子。"它们是食物，特别鲜美的食物。午餐的时候你就知道了。没有什么食物能比得上半个小时前还在水里畅游的褐鳟了。"他拿起另一支鱼竿，在手里掂量了一下，"你应该已经注意到了，我们这个周末的菜单全是我们的猎物。"

我眯眼看着太阳。

"这么说，你打猎不只是为了好玩？"

"当然不是了，"他说道，"'好玩'只是附带的。你得为一个理由而打猎。"

他的样子是那么令人信服。

"来吧，"他说道，"轮到你了。"

他扶我在船上站起来，一直牵着我的手。然后，他再一次化身《金钱本色》里的汤姆·克鲁斯，站在我身后，双手环绕着我，只不过这一次他手里拿的不是球杆（或者枪），而是一支鱼竿。他教我如何分开双脚保持平衡，如何轻弹手腕将渔线甩出去，如何摆动假饵，防止它陷入船身周围的滑流。我们等了很久，亨利强壮的手臂一直环抱着我，温暖的身体贴在我的后背上，在这样的情境下，要我等多久，我都乐意。

但突然间，我手里的鱼竿猛地往下一弯，看起来就如弓箭手的弓。

"用力，往上拉。"亨利立刻激动地大喊，用力拉我的手臂。这条鱼的力气大得不可思议，即便有亨利在一旁帮忙，我也不知道自己能不能斗得过它。我心脏狂跳，竭尽全力把鱼竿向后拉。"收线！"亨利在我耳边喊道。

我笨手笨脚、慌慌张张地旋转线轴收线，亨利猛拉鱼竿。接着他来收线，我来拉竿。然后我们一起收线，一起拉竿。我不知道最后是谁把那条鳟鱼拉上来的，但那条银鱼终于被拉出水面，疯狂甩尾，水晶般的水珠从鱼身上纷纷散落，在微弱的秋阳中如吊灯上的钻石般闪耀。

"很漂亮的鱼，"亨利欢呼道，"可千万别让它溜了。"

我转过身，将鱼悬荡在船上空。完美把鱼取下，扔到船底部，它仿佛失控般疯狂摆动着。它的力气如此之大，把木板撞得砰砰作响。"抓住你了。"

"你做到了！"亨利说道。我们抱在一起，一边喘着气，一边欢笑着，全身都被湖水浸湿了。那句很漂亮的鱼——可千万别让它溜了在我脑中回响。刚刚我欣喜若狂。在病态的胜利的喜悦中，我完全忘记了昨晚，忘记了所有与黑暗阴谋相关的想法。刚刚的我是他们中的一员。那一刻，我也成了中世纪骑士，那感觉棒极了。我爱上了钓鱼。我爱上了亨利。我甚至爱上了坏脾气的老完美。看到我第一次就钓到一条鱼，他话都多了起来，仿佛我刚刚加入了什么俱乐部似的。他忘乎所以，居然开口和我说话了："把它抓起来，小姐。可别被它的样子糊弄了。这东西狡猾得很。"

我弯下腰，准备拾起我的猎物。

"小心，葛丽尔，"亨利在一旁警告道，"褐鳟的牙很锋利。拿起来的时候一定要小心。"

我小心翼翼地把鱼拿起来。鱼出奇地沉，鳞片很滑。我把手放在鱼头后，手指尽量远离它张开的下颚，但我不知道接下来该做什么。

"让我来吧？"亨利说道，蓝眼睛直视着我。

"不用，"我突然非常肯定地说道，"我自己动手。"鱼仍在疯狂摆动，但我把它的头狠狠地撞到船身的木板上，然后，出乎我意料的是，它立刻停了下来，仿佛开关被关掉了一样。我有点恍惚地握着它，一分钟过去了，我还在紧紧握着它。完美不得不把我的手掰开，把鱼拿过去，放进塑料棺材里，让它和其他散发着鱼腥味的尸体躺在一起。

我坐在亨利旁边，突然处于某种震惊之中，亨利伸出一只手，环住了我的肩膀。"你刚刚很勇敢，葛丽尔。鳟鱼和鹿或者雉鸟不同，这种猎物很可能会反咬你一口。它们真的会让你受伤。"

我思索着这句话。完美掉转船头，在引擎的"突突"声中，我们朝岸边驶去。我本以为今天我会变成鱼，变成敢于反抗的猎物。现在我明白了，这一切实在太愚蠢。我们在深夜时分，在庄园房里商量出来的计划是多么荒谬可笑。这就是生存之道。我并不是因为害怕或者难过才说出这些话，这完全是我自发的想法。我曾为牡鹿哭泣，曾为可怜的羽毛丰盈的雏鸟哀悼，但我亲手杀了那条鱼，并且爱上了那种感觉。我还记得，在学校和埃丝米待在莱特富特里时，我以为自己不会在意一条鱼的死亡。但我当时不知道的是，我竟会如此陶醉其中。

亨利双目炯炯地看着我，立刻看穿了我的心思。"感觉很棒，对不对？"

我点了点头，半晌无言。

"你的眼里有一种光芒，"他说道，"一种狩猎者的光芒。你开始慢慢明白了。"

"明白什么？"

"当然是'打猎、射击、钓鱼'了，"他说道，"我们做这些事的理由。"

"我对另外两个不是很确定，"我承认道，"但我真的一点都不关心鱼。"

"鱼也拥有令人吃惊的力量，"他说道，"想想每年跋涉上千英里到马尾藻海产卵的鳗鱼。还有鲑鱼，繁殖的决心会让它们敢于沿着最陡的瀑布逆流而上。"

"我想那是因为它们有自己的理由吧。"我说道，突然意识到他的手依旧环抱着我的肩，"它们在完成自己的生物使命。它们想……繁衍后代。"

一阵气氛紧张的沉默。"没错，"他沉重地说道，"大自然为了生生不息，会竭尽全力，以确保适者生存。"

把船开回码头，准备上岸用午餐时，我几乎已经相信"打猎、射击、钓鱼"完全是我、奈儿和沙芬编造出来的。我那么努力地假装自己玩得很开心，结果最后我真的玩得很开心，我也真的喜欢上了亨利。午夜时分的匍匐前行，回想起来似乎只是一些愚蠢的哥特式幻想罢了。

至少，沙芬和奈儿会来吃午餐，到时候我要和他们好好聊聊。现在，我有了另一个计划，和我们花了一晚上密谋出来的那个计划不同。我想和亨利谈谈。或许狩猎之书里的记录不过是一些恶心的玩笑；或许这只是一种奇怪的传统；或许像沙芬说的那样，那上面记录的不过是意外；或许夹克口袋里的茴芹籽只是巧合；或许亨利把那些种子放在口袋里，只是为了让猎狗能紧紧跟在他身后——毕竟那是他的夹克，等他把夹克递给奈儿时，他却完全忘了这回事；或许猎狗的名字只是一个古典的玩笑，中世纪骑士团喜欢这种聪明的俏皮话。我知道我已经和他们约好，但我真的实施不了这个计划。

我无法相信，这个神采奕奕的金发男孩，这个富有魅力的年轻人，这个愿意花力气、花时间给我一个美好早晨的亨利，竟会是怪物。我牵着亨利的手，朝船屋走去，心里想着，或许，创造出怪物的，是黑暗的午夜时分，图书馆里的我们。

第二十七章

在朗克罗斯庄园，我曾在三个很酷的地方用过午餐，而船屋是这其中最酷的。

船屋建在湖岸上，是一个很长的木质建筑，与一个延伸到湖面上的吊脚厚木板露台相连。这一次，房间里没有生火（这很明显，毕竟周围都是木头），不过桌子周围有一圈密封的小火盆，让房间里又好看又温暖。船屋最酷的地方在于——它靠这个法宝打败了狩猎日的茅屋和射击日的苑亭——这里真的有几艘船停在我们旁边，在绿莹莹的水中晃动着，反射着烛光。

没错，烛光。因为除了有，嗯，几艘船陪在我们身边之外，屋中其余物品均按上等餐厅的规格配置。桌子上一如既往放着雪白的桌布、水晶高脚杯、一排排银色餐具和堆成金字塔状的水果。今天是青苹果，和船屋中水的颜色相仿。眼前的布景宛如魔法。

我深深为这座船屋着迷，并且，如果要我说实话，我已经彻底爱上了钓鱼（抱歉），以至于我几乎忘了，我马上要跟沙芬和奈儿再次见面，也几乎忘了，我们那个有待实施的计划。现在的我已经完完全全、彻彻底底地站到了德沃伦考特的阵营。我知道这么做会让我很难堪，尤其是当你听到接下来发生的事之后，但真的，你必须亲身在亨利身边待过，才能感受到他纯粹的魅力。

我坐在亨利和库克森中间——一块"亨利"三明治，跟奈儿和沙芬隔得远远的。他们俩并排坐在桌子的另一端。两人的衣着一尘不染，却满脸倦意。奈儿又恢复了自己往日的穿衣风格，颜色稍亮，尺寸稍紧。我很开心看到她这样的穿衣打扮。她已经豁出去了，和我昨晚穿着母亲的晚礼服参加晚宴一样，她打扮成这样来吃午餐，无异于对中世纪骑士团服饰说了一句"去你妈的"。沙芬穿着一件米色衬衫，上面有淡淡的绿色格子，外面套了一件苔绿色马甲。他的手上绑着绷带，缠绕方式看起来非常专业——我猜今天早上，那位老医生又去探望他了。他舀汤舀得很费劲，拿勺子的手还错了。长长的富有层次感的头发今天也稍显凌乱——我猜一只手梳头绝非易事吧。但他看上去很英俊、高贵，脸上还是那副我称之为"凯斯宾王子"的神情，然后，我突然没来由地想，原来你也是如此俊朗。

看到我的新朋友——那个时候他们的确是我的新朋友——我喜忧参半，迫切地想叫他们终止计划。你瞧，那时我觉得，如果我们实施了计划，我们便永远无法回到这个世界，甚至会被牡鹿学园开除。就像那扇通向朗克罗斯屋顶的暗门，没有亨利在旁边，我永远都找不到；又像通往纳尼亚的衣橱，一旦关上便再也不会打开。但如果我们能及时回头，不要再沿现在的路走下去，我们就能永远留在纳尼亚。大家都能回到牡鹿学园，惬意地享受我们全新的友谊，快快乐乐度过第六学级。我知道自己很难说服他们放弃。奈儿被那些猎狗吓了个半死。至于沙芬，我想他的动机更多是因为他父亲曾遭受了和他同样的羞辱，而不是单纯地因为自己被打伤。他是现实世界中的凯斯宾王子，发誓要彻底击败父亲的敌人。他在为家族复仇。

仆人们把汤盘收走，把鱼端上了桌。一条褐鳟躺在盘子里，一只无神的眼睛盯着我，鱼腹上有三道口子，上面整齐地放着三片柠檬。我看着鱼，鱼也看着我。"这就是……"

"没错，"亨利说道，"这是你钓上来的鱼。"

对我来说，这是一种新奇的体验。埃丝米曾很轻蔑地和我说过，猎物要挂起来，等肉质糜烂之后才能拿去烹制，所以这是我们头一次品尝自己的猎物。其实，我并不怎么喜欢吃鱼。和鱼有关的食物里，我只喜欢经典的伯兹艾船长①的冻鱼条或者金拱门②的麦香鱼汉堡。面对这样一条鳞片未去、尾也未斩的完整的鱼，我完全无从下手。我根本不知道该怎么把它切开。我学着亨利的动作，把鱼身的

---

① 英国冷冻食品品牌伯兹艾的广告吉祥物。

② 代指麦当劳。

脆皮切开，用叉子把里面的嫩肉给片下来。鱼肉的味道极其鲜美，但我无法放松下来好好享受自己的猎物。一来，我对下午和太阳下山后可能发生的事忧心忡忡，所以完全没有食欲。二来，我不能干坐着听别人讲话。如果我想给沙芬和奈儿传递信息，唯一的方法就是，我需要用声音压过其他中世纪骑士的声音，发起一个新的话题。我不知道自己该如何鼓起勇气发声，但之后，亨利做的一件事让我明白我必须这么做。

沙芬被面前的鱼弄得焦头烂额，而奈儿和我一样，显然也不知道鱼的正确食用方法。于是，亨利起身离席，沿着桌子走到沙芬的位子旁，在他身边弯下腰。像电视上的大厨般，亨利熟练地将鱼沿着脊椎切开，接着把骨头两边的鱼肉片下来，然后将这些薄鱼片整齐地放在盘子里，方便沙芬能单手用叉子叉起来。

这一连串动作是那么优雅，那么善良，毫不矫揉造作，令我再一次坚信亨利是他们中的好人。（我知道，我知道。）如果他的目标是杀死我们，他何必向我们展示骑士风范？刽子手才不会善待绞刑架上的死刑犯吧？

我必须得让他们知道，我们要终止计划。"朗米尔湖真的很美，"我对库克森说道，声音大到在座的所有人都能听到，"它让我想起了尼斯湖。我和我爸去过一次。"

我和老爸根本没去过尼斯湖，我的意思是，老爸可能去过，因为老爸为了拍片几乎跑遍了全世界，但我从来没去过苏格兰。我所知道的有关尼斯湖的一切均源于《福尔摩斯秘史》^①，这部电影不是以其写实主义风格而出名。

库克森咽下满嘴的食物。"是吗？"他用那种当处于上层阶级的人觉得你在说屁话，而又碍于礼貌不好直接表达出来时的语气说道，"你觉得朗米尔湖和尼斯湖很像？"

"呃，都是四面环山的湖嘛。"我绝望地即兴发挥道。

库克森的脸一下拉长了。"你的意思是，和不列颠群岛上百分之九十的湖一样？"

"不，我明白葛丽尔的意思，"亨利沿桌子走回来，帮我救场，"说起四面环山，光线合适的时候，朗崖看起来和 Meall Fuar-mhonaidh^② 就挺像的。"

我完全不知道他在说什么——对我来说那跟火星语差不多，但他无意中帮我把我想说的传达了出来。只要有一位中世纪骑士提到尼斯湖最著名的那样东西，我就成功了。他们那么聪明，肯定听说过那件事。

"我对尼斯湖完全不了解。"埃丝米说道，然后她激动地颤抖了起来，"除了水怪。"

---

① 英国悬疑剧情电影，1970年上映。福尔摩斯收到一个古怪的包裹，里面有张写着他地址的字条，是从一个落水被救的患有健忘症的女人手里找到的，福尔摩斯于是对其展开了调查。

② 尼斯湖西边的一座山，其名字为盖尔语，有"冷山牧场"之义。

就是这个。我暗暗感激中世纪的神明。

"哦，我也知道，"夏洛特兴奋地说道，"我奶奶的庄园就在那附近。我跟你说，水怪什么的全是胡说八道。"

"信与不信其实没有差别。"亨利说道。

"你的意思是？"夏洛特问道。

"嗯，"他说道，叉起一片自己盘子里的鱼，"你要不就相信它存在，要不就相信它不存在。不管怎样，你都无法证明自己是对的。"他转向我，以他独特的方式直视我的双眼。"你相信什么，葛丽尔？"

那一刻，我有某种怪异的感觉，他清楚地知道我们真正在谈论的是什么。我该相信他是一个罪犯、一个潜在的杀手吗？抑或相信他不是？

他看着我，沙芬和奈儿也看着我。在座的所有人看着我。"我相信，"我缓缓地说道，"这个世界上没有怪物。"

我直直地看向沙芬和奈儿。我为他们难过，因为我让他们失望了。但我不能实施那个计划。那会招致严重的指控。那也将意味着警方的介入、社会部门的调查，还有年轻生命的毁灭。

我不知道奈儿有没有听明白我想表达的意思，但沙芬完全明白了。"但是我们有证据。"他几乎喊了出来。这下，全部人都看向了他。"我指的是，怪物的证据，水怪的目击事件记录。这几十年间出现了很多，很多目击事件。人们亲眼见到了证据。"

"酒鬼吧，"讽刺的是，这句话出自皮尔斯之口，"苏格兰到处都是酒鬼。"他的声音里带着浓浓的酒意。

"滚蛋去吧，皮尔斯。"夏洛特一脸天真地说道，我还从没听过有人用这句话骂人。

沙芬毫不理会那些闲言碎语，他还没说完。"人们有照片。那张由著名的外科医生在二十世纪三十年代拍的照片该怎么解释？一头看起来像是雷龙的东西在游泳——巨大的身子，长长的脖子上连着一个小脑袋。那是一张照片，葛丽尔。白纸黑字的证据。"

白纸黑字。昨晚说起狩猎之书时，他也说过这四个字。白纸黑字的证据。

"在《福尔摩斯秘史》里，"我说道，"那头怪物其实是一艘潜水艇。"

"但那只是电影情节，"沙芬不肯放弃，"那张'外科医生照片'是一位妇科医生拍的。科学家通常不会异想天开。"

"那张照片也是假的，不是吗？"劳拉那百无聊赖的声音插了进来，"我记得他们已经证明那张照片是医生篡改的。"我觉得她本人没有意识到自己说了一句双关语①。"照片的底片上根本没有那只'怪物'的影子。的确，科学家很少会异想天开，但他们会伪造数据，这种事早就尽人皆知了。"

和中世纪骑士在一起永远不用担心冷场。我再一次因忘记他们

---

① "篡改"（doctored）一词的英文原文是"医生"（doctor）的变体形式。

的聪明过人而惭愧。我想，从某种程度上来说，他们都是受过严格训练的人——他们受过严苛的教育和严厉的指导。他们不会对着电脑或者手机屏幕好几个小时。从父母允许他们坐上晚餐桌开始，他们便要和大人一样遵循相同的规矩，得体地用餐。

"很对，"库克森接过话头，"只要有间接证据，你想证明什么都可以。"我再一次觉得，中世纪骑士团很清楚我们这些野蛮人在说什么。库克森的这番话很刻意，似乎怀疑我们在狩猎之书里发现了什么。

现在，在这种情况下，我本应向沙芬和奈儿解释，我也的确希望能和他们解释，我这么做不是因为我临阵怯场。我承认，这地方发生了一些不对劲的事，我也真的打算和亨利开诚布公地谈一谈。但我不相信，中世纪骑士们会是光天化日下的杀手。没错，他们或许爱开玩笑，甚至喜欢玩一些危险的游戏。这一切甚至还可能是一场入会仪式，就和美国常春藤盟校里的那些传言一样，在考验这些牡鹿学园的学生为了争得一个中世纪骑士的席位愿意付出多大代价。但蓄意——或者企图——谋杀？我真的无法相信。

沙芬直视着我，黑眼睛中流露出哀求的神情。"没人亲眼见过活着的怪物，但这并不代表它不存在。"

"你说得没错。"我用安慰的眼神看着他，希望能让他明白我还没有完全抛弃我们的计划。我只是想换一种方式。一个眼神很难表达清楚如此复杂的意思，我也很确定沙芬没有明白。但无论沙芬做何感想，我已下定决心要稍稍调整下计划的方向。当我和亨利独处时，我要用我们三个知道的事情和他对峙，至少给他一个解释的机会。我直截了当地对沙芬说道："我只是觉得，整件事需要进一步调查。"

"进一步调查并没有问题，"他说道，"但调查人员还是要做好自我防护。一汪暗湖，一只怪物。他们要在深不可测的深渊中探寻真相，不知道可能会找到什么。他们真的不知道自己在和什么打交道。"

毫无疑问，这是一句警告。我感觉到桌子底下有什么东西正轻碰着我的脚，那是我小心翼翼地打包好并且保护着的帆布背包。

我很确定背包里的东西已经派不上用场了，已变成无用的累赘，因为我相信，那个下午亨利绝不会伤害我。我们会再钓钓鱼，然后吃个晚餐。到明天下午，我们已经全部回到牡鹿学园了。但最后，为了逃避沙芬的怒视，我只好按照计划，找个借口去了洗手间。我拿着背包走进隔间，出来时，背包已经空了。

第二十八章

黄昏时分，夕阳的光洒在湖面上，很美。

亨利牵着我的手，沿石滩走向码头。我穿了好几层衣服，所以一点都不冷，只是行动稍稍受阻，但这并没有打乱我们散步的节奏。我感觉自己正置身于一部田园诗般的电影里——《恋恋笔记本》或者《触不到的恋人》？ [①]——而在我们前面阔步向前的完美把所有情调都毁了。亨利向我保证过，今天下午绝对不会让这团阴影笼罩在我们身边。我问亨利："他也要跟我们一起吗？"

"不会，"亨利向我保证，"他只是来帮忙准备一下船。我觉

---

① 分别是 2004 年和 2006 年上映的两部美国爱情电影，片中各出现了一座湖边的房子，并且都对剧情发展有重要的推动作用。

得我们已经用不上他了。你已经是行家了。而且，我觉得，我们也
要找时间独处一下，你觉得呢？"

"是啊。"我说道。但原因和他想的不一样。我们要谈的东西
太多了。

亨利轻轻跃上了船，我跟在他后面。完美把我扶了上去。我们
并排坐在船尾，亨利掌舵。完美解开拴船的绳子。亨利发动引擎，
挂着空挡，把船开向湖心。夕阳西下，天空变成了玫瑰金色。我想
到了老爸，他会爱死这幅景色。人们把他作品中的这些时刻称为"魔
幻时刻"。这是一天即将结束时最为宝贵的时刻，极为短暂，光线
最佳，非常适合拍摄。我看过老爸的很多作品——伫立在湖边的鹿，
很像被我杀死的那头牡鹿；还有成群结队的欧椋鸟，就像母亲礼服
上的黑玉珠子。我第一次意识到，"魔幻时刻"之所以美丽，是因
为它是一天中最后的时刻。它之所以珍贵，是因为这一天即将结束。

我看到，远远落在我们身后的中世纪骑士们跳上了其他的船，
但我们已经领先他们很远了。亨利和我正处在光线逐渐变暗的湖中
央。太阳缓缓下沉，湖水变成令人吃惊的深红色。

血，我忽然想到。

天气渐凉，四周的群山变成瘀伤般的黑色。鱼竿和假饵整齐地
摆在船头，但我们都没有去碰。这样的场景本应很浪漫，却弥漫着

某种怪异的紧张气氛。我们更像《教父2》①里的弗雷多和内里，而不像《霍华德庄园》②里的海伦和伦纳德。

我被这样的死寂吓坏了。"那么，"我说道，不知该从何开始，"咱们到啦。这里只有我们两个了。"

他转身面向我，牵起我的手，仿佛准备向我求婚。他的大拇指轻抚过我的手指，我的指节，我的手腕。

接着，就在他的拇指环绕着我的拇指之际，他碰到了潜水服的窄袖口。

我看着亨利，他也看着我。

然后我明白了。

这就像《一级恐惧》③里的那个镜头，爱德华·诺顿仅凭一个眼神便表现出了一个人物从善良的祭坛男童到杀人狂的转变。他没有说一句话，变的只是他的眼神。看过你就会明白。那一个眼神让爱德华·诺顿赢得了奥斯卡提名，在银幕上已经足够惊悚。而我在现实生活中，在亨利·德沃伦考特的眼睛里看到了那个眼神，我知道他已经动了杀心。他不用说任何话，我都非常确切地知道，这一切

---

① 美国著名黑帮电影，1974年上映。在剧中，杀手内里奉第二代教父迈克尔·柯里昂之命，在湖中小船上将弗雷多刺杀。

② 英国爱情电影，1992年上映。在剧中，海伦和伦纳德在一艘湖中小船上接吻。

③ 美国著名犯罪剧情电影，1996年上映。影片改编自威廉·迪尔所著同名小说，讲述了发生在芝加哥的一桩杀人案。辩护律师马丁·威尔在为嫌疑人艾伦·斯坦普勒辩护的过程中发现其人格分裂的真相。爱德华·诺顿在影片中饰演该嫌疑人。

都是真的。一切：打猎、射击、钓鱼。

而这一刻，我真的害怕极了。

万一沙芬明白了我午餐时传达的信息，放弃计划了该怎么办？我劝他终止计划，令他对我大失所望。万一他觉得我不值得他出手搭救该怎么办？万一他和奈儿回朗克罗斯打包行李，抛下了我该怎么办？

我看着亨利冷冰冰的蓝眼睛，直面着自己孤立无援的现状。

我只能为即将发生的事做好准备。

那一刻仿佛被拉长成了几十年。接着，亨利向我走来，伸出手臂。有那么一瞬间，我以为他改变了主意，准备来拥抱我。但他那只手越过我的身侧，迫使我转过身去，将我推下了船。

原来这世上还有这么冰冷的水。我确信，我本会直接死于寒冷带来的休克，而让我活下来的，就是亨利发现的那张秘密王牌。这真的是字面意思上的“在袖子里”①。救我一命的，正是那件潜水服。

那件我来朗克罗斯的第一晚在靴房看到的像一具废弃的皮囊般躺在鱼竿间的潜水服。

那件昨天我们把沙芬放到炉火旁时我下意识看到的，于今天清晨时分偷走的潜水服。

---

① 原文为“up my sleeve”，字面意思为“在袖子里”，可引申为“秘密”。此处代指葛丽尔尔穿在身上的潜水服。

那件今天午餐后我在洗手间换上并藏在衣服下的，祈祷亨利不会注意到的笨重的潜水服。

别误会了我的意思——即便穿着潜水服，我还是冷得要命，几乎喘不过气来。我在水里扑腾了一分钟，因惊恐大口喘着气，不停地告诉自己不要慌张。肌肉记忆开始恢复，我的手和脚做起了它们该做的动作，但我还面临着另一个问题。尽管上蜡风衣质地很轻，在水中容易漂浮，而且我从船上掉进水里时衣服里还兜进去了一些空气，但我的阿兰毛衣却开始吸水，过不了多久，它就会把我拖进水里。我踢掉靴子，脱下夹克（简单）和宽大的涉水长裤（这个有点难）。然后，我努力想把那件湿透的羊毛套衫从头上脱下来，这几乎是一个不可能完成的任务。要想把衣服脱下来，我就得同时用上两只手，这就意味着我无法游泳，会立刻沉下去。我不得不反复浮上水面，再次尝试。而奇就奇在这里，在这段时间里，亨利一直坐在船上，背对落日，只留下一个黑色的身影，看着我在水里挣扎，仿佛在等我做好逃跑的准备，再对我展开追捕。我觉得就是在那个时候，我意识到他是一个疯子：他还是那么富有骑士风范，会等我做好准备让他杀了我。就像某人帮你按开电梯门，好让你掉进门后空空的电梯井里。最后，我成功脱下毛衣，开始游泳，这时，亨利也发动引擎，从我身后追了上来。

在一片漆黑中，我担心穿着这身笨重的潜水服在水里会让亨利很难看到我。我要让他跟着我，这很重要。但还好，他有手电筒。

毫无疑问是办事利索的完美给亨利放在船尾的。我看到手电筒宽大的白色光束在水面上扫荡，于是打算帮他一把。"救命啊！"我结结巴巴地喊道，双手挥舞，同时控制身子不往下沉。手电筒的光照在我身上，同时也帮我照亮了前面的水路。我大口喘着气，但很冷静，转了个方向，使劲朝岸边游去。我知道我要朝东游，远离船屋，按照我们三个野蛮人商量好的计划，游到湖的对岸。

我向上帝祈祷，祈求这个计划能成功。我们在庄园房里想出来的第一个计划是，我把萨罗斯 7S 带上船，录下亨利做的所有事。但奈儿说，虽然萨罗斯 7S 拥有防水设计，即使不小心把它掉进浴缸或者厕所里也不会对它造成伤害，但它不能长时间浸泡在水中，所以我们不得不放弃这个计划。于是，我们拟定了一个备选计划：我要把亨利引到一个事先安排好的地方，沙芬和奈儿会在那里录下我接受审判的过程。并且——但愿吧——及时把我救下来。

我们相信亨利一定会对我紧追不舍。我们毫不怀疑，他为了维护自己的生活方式，会愿意付出一切代价。我们没猜错。引擎的突突声紧跟在我身后，船开得并不快，没有把我撞伤的打算。但他毫不怜悯——他一直跟在我身后。

其他中世纪骑士也来了。"她下水了！"我听到亨利向其他人喊道，他的声音在水中回荡。我看到了更多的手电筒，好几束白光扫着水面，照亮了攀着船舷，寻找着我的踪迹的中世纪骑士团女孩们那几乎垂到水面的头发。她们今天变成了货真价实的海妖，变成了带走水中人生命的邪恶女神。但是，我是不会让她们抓到我的。今天绝对不会。

我游得很快，刚好超过船头。就在我畅通无阻地朝面前的湖岸游过去时，我听到右边传来嗖的一声。他们不会是在用枪打我吧？并不是，中世纪骑士们依旧遵循着自己定下的规则。亨利在朝我掷鱼钩。他还在"钓鱼"。

我游得稍快了些，但下一刻，一枚邪恶的鱼钩钩住了我左肩的潜水服。我猛地向前发力，潜入水中游了好一阵，终于把鱼钩扯了下去。我暂时摆脱了鱼钩的束缚，但当我扭头扫了一眼左肩时，我看到我的潜水服上多了一道锯齿状的口子，肩上传来一阵被割伤般的刺痛。我知道，如果他们都打算用鱼钩抓我，我非受重伤不可。

我游得更快了。

那三艘船都朝我驶来，其中两艘划到了我的前方，皮尔斯和库克森在一边，女孩们在另一边。我内心一阵恐慌，突然惊觉，比起鱼钩，还有一件更可怕的事。如果他们决定把我包围起来，他们只需要等我淹死就好，不管我有没有潜水服，下场都一样。

他们把我困住了。三艘船围成一个闭合的三角形，我在中间踩着水，慌乱地向四周环顾，只看到一张又一张被手电筒的光照亮的狰狞残忍的脸庞。他们什么话都没有说。他们只是略带好奇地注视着我，冷静地旁观着，就好像我只是一只野生动物，是一条他们侥幸捕获的珍稀鱼。我不知道自己为什么要这么做，我举起一只湿漉漉的手，希望他们心中人性尚存，或许会把我拉上船。但无人理会我的举动。

我意识到，我们的计划愚蠢至极，我要死了。我的四肢冰冷无力，已经没力气再游了。

就在那时，就在那一刻的绝望之中，我看到远处湖岸上有一点亮光。那一点亮光亮得刺眼。惊慌失措中我想起了那颗在圣诞夜如魔法般降临的伯利恒之星①。然后，我知道那是什么了。

那是萨罗斯 7S 炽热的白光灯。

就像伯利恒之星，它也是来给我引路的。它在东方升起，那就是我要去的地方。我要做的，就是跟随它。

我忽然浑身充满力气，一个猛子扎进水里，从亨利的船底游过，在阴暗的冰水深处奋力游动。当我再次浮出水面时，我和那颗星之间只剩下清澈的湖水。我朝岸边游去，直至肌肉疼痛，肺部燃烧。我听到身后传来船的引擎声。我不敢转身，因为我认定他们肯定会追上来，用船撞我。我坚定不移地看向前方。只要我能游到岸边……只要我能游到岸边……最后，我感到有砾石在摩擦我的膝盖。我把自己从湖里拖出来，潜水服拉扯着我，我浑身滴水。我正站在一条冰冷的小溪旁，脚下覆满冰块。我跌跌撞撞地朝上游走去，全然不理会前面是什么地方，任由恐惧催促着我远离手电筒的光束、那些船，

---

① 《圣经·新约·马太福音》中记载，这颗星引导三位东方的智者来到耶路撒冷南部的城市伯利恒，他们向降生在马厩中的耶稣致敬并送他礼物。

还有那些声音。我不知道自己磕磕绊绊地走了多久，萨罗斯之星一直在我头顶，引领我的方向，直到我走到一片宽阔的水潭前。我听到水潭后传来水流奔腾怒吼的声音，于是我朝那声音走去。接着，我听到身后传来啪嗒啪嗒的脚步声，亨利从黑暗中冲了出来，手电筒的光束疯狂地晃动着。我转身飞奔，他那宽大的手电筒打出的光照亮了我面前的一道水雾弥漫的白墙。

那是一帘瀑布。

第二十九章

我知道，这就是康拉德之深渊，萨罗斯发出的光就在瀑布顶端。

现在我知道了，沙芬和奈儿最终没有抛弃我。他们就像两位忠实的朋友，在瀑布顶端等我，这是我们昨晚商议好的地点：康拉德之深渊顶端的驮马桥，那是我们开车能到达的离湖最近的地方。按计划，沙芬和奈儿会开一辆路虎去吃午餐，并把车停在那里，作为我的逃跑用车。后来我们才发现，奈儿真是一个充满惊喜的人，原来她早就拿到了驾照。（她在十七岁生日那天通过了考试，她爸爸送了她一辆崭新的迷你车，上面还系了一个大大的红色蝴蝶结。）在庄园房的地图上，那座桥看起来离湖岸非常近。但我们没有考虑到的是，地图上那几条弯弯曲曲的线代表的是高度。我本来以为，那会是公园里那种装饰性的瀑布。但那是真正的大瀑布，如大厦般高，如洪水般猛烈。对会飞的乌鸦来说，桥和湖的直线距离的确很近。但我不是乌鸦。我只能爬上去。

我尽可能地靠近瀑布，站到水帘的边缘处。我不可能顶着瀑布的冲击力向上爬而不掉下去，所以我只能在瀑布旁寻找可攀爬的岩石和立足点。我知道亨利肯定会跟上来。既然他已经知道我知道了什么，他就绝对不会放过我。但这也让我稍稍松了一口气，因为如果他想爬上来，就不能再朝我掷那恶毒的鱼钩了。他必须抛下鱼竿，用上双手。

爬上那座瀑布或许是我这辈子做过的最艰难的事。我的手和脚冷得像冰块。岩石和瀑布旁尖硬的荆豆总会划伤我的手和脚，而我居然毫无感觉。我的皮肤已经冷到既不会流血，也感受不到疼痛的地步了。潜水服限制了我手脚的活动，但同时也保护了我，不仅使我免受水流的冲击，还使我不至于被锋利的岩石割伤。亨利的动作比我慢。我身材比他小巧，体重也比他轻，身上也没有渔具。他浸满水的衣服肯定在将他往下拖，他的长筒皮靴在岩石上会打滑，而我赤裸的双脚则不会。从某种程度上来说，我已经占据了上风，这是一件好事——如果亨利在我和他们两个会合前抓到我，那我就完了。

在恐惧的驱使下，我不得不强迫自己小心翼翼地攀爬。如果爬得太快，手滑摔下去了，那我就会掉进亨利的掌心。等我爬到更高的地方时，我意识到，问题已经不仅仅是被亨利抓住这么简单了：

这座瀑布非常高，如果现在我不小心摔下去，那就是一个死字；从这个高度摔下去没人能活下来。此刻，我的脑海中突然蹦出了一句话——牡鹿学园的那句校训：Festina Lente。欲速则不达。我强迫自己在岩石上找到稳妥的立足点，手指用力地抠进冰冷的泥土中，要想做到这两点并不容易，因为冰冷至极的水流冲刷着我的脸庞。在我往上爬时，我想起了亨利跟我说过的鲑鱼，不屈不挠地沿着最陡峭的瀑布逆流而上，奋力游到上游繁殖地，将后代繁衍下去。为了生存，鱼会不惜一切代价。

我也将这样做。

最后，我终于站上了瀑布的顶端，看到了那座驮马桥，在这之前，我只在庄园房里见过它，那时，它只是地图上的一段指甲大小的黑色弧线，但现在，它是月光下的一座横跨河流的彩虹石桥。这座桥就是终点——伯利恒之星的光源。和计划的一样，我一攀上瀑布顶端，萨罗斯的光便灭了，四周只有月光照耀着。

亨利紧跟在我身后，也爬了上来，我转身面向他。身陷绝境的牡鹿，我心想，看着他站在齐膝深的、打着旋的河水里。亨利早早便关了手电筒，我的眼睛花了一分钟才适应了黑暗。他浑身都湿透了，大口喘着气，标志性的金发在月光下变成了苍白的银色，眼睛里闪烁着水银色的光。我想把他引开，远离瀑布的喧嚣，但他站在瀑布的边缘。我们只能隔空喊话，但那也一样行得通。

他先开口了。"我本来打算放过你的，葛丽尔，"他喊道，"你本来会成为唯一一个能完好离开的人。我甚至和其他人交代过。我本来以为你会理解。我本来以为你喜欢朗克罗斯。"

"我的确喜欢,"我说道,我要让他继续说下去,"我现在也喜欢。"

"然后昨晚,完美在图书馆看到了你,手里拿着狩猎之书——"

"所以说他确实看到我们了。"我没忍住惊呼道。

"当然了,"亨利说道,"他是猎场看守人。追踪猎物是他的本职工作。"

我没有理会这句话中的侮辱,他继续说了下去:"我知道你会加入他们那一边,那些不属于这里的人的那一边,那些想成为我们,却永远无法成为我们的人的那一边。野蛮人的那一边。"他耸了耸肩,"无所谓了。明天,狩猎之书就会消失。我们只要把那些书转移到别处就好。证据不能随处乱放,对不对?"

"为什么完美不直接对我们开枪?"我问道,"他本可以直接把我们三个都杀掉,问题就解决了。"我知道这个问题的答案,但我要让亨利亲口说出来。

"哦,葛丽尔,你还是不明白,对不对?即便是你,我聪明到拿奖学金的小公主都不明白吗?这一切必须看起来像一场意外,明白吗?不然你以为我们是怎么一直都能逃过牢狱之灾的?因为所有事情看起来都只是意外。即便是死亡。"

我的身体一直在颤抖,本以为已经冷到了极点,没想到还能更冷。他的话令我寒意更甚。"这么说,这里曾经死过人?"

"当然死过人，"听到我这么问，他似乎很惊讶，"这几年死过好几个了。统统被归为'可怕的意外'。那些人均来自无力和我们抗争的家族，微不足道的非洲王室的儿子。他们没胆子反抗英国的权势集团。之前，我们这儿也来过一个拿了奖学金的女孩，她也死了。她家穷得叮当响，连调查费都给不起。莫兰德医生帮忙填了死亡证明书，我的父亲提前跟警察局局长和验尸官打好了招呼。你知道的吧，那些人都来我们这里打猎。"

"这还用问吗？"我苦涩地说道。

"在以前，事情还不用那么麻烦。我的父亲、我的祖父和他的祖父的那个年代。"

我咽了口唾沫。钢琴上的银色相框里的金发男孩们，他们全都长成了杀人犯。"这一切已经有多久了？"

"开创者是康拉德·德沃伦考特，从他东征返乡后开始的。我猜可能是因为他很怀念屠杀野蛮人的感觉吧。于是，他找来了更多的野蛮人，供自己在家门口屠杀。然后，他找到了和自己志趣相投的人，便把这种传统传承了下去。传统是如此重要，对不对，葛丽尔？你要维护传承，维护秩序。我觉得，康拉德看到你在这里会很开心，在康拉德之深渊走向终结，在以他的名字命名的瀑布下。"

我的身体不由自主地颤抖起来。"那么，我现在就要死了？"

"嗯，没错，我想是的，"他回答道，仿佛我刚刚是在问待会儿会不会下雨，"我甚至考虑过放过你，在今早我看到你杀掉那条鱼的时候。我本以为，你最终会成为一名中世纪骑士。但后来，我看到了那件潜水服，然后我知道了原来你一直都在防着我。在你的层层衣服下，你终究只是一个野蛮人，一个彻头彻尾的野蛮人。"

"你会让我的死亡看起来也像一场意外吗？"我问道，牙齿因寒冷和恐惧而打战。

"当然会。不过，如今越来越难了。在封建社会的年代，根本没人敢挑战我们。现在就难多了。越来越多的机构会跑来询问我们越来越多的问题。DNA，验尸，都是你们这种人所钟爱的科技。但我们还是能让警方信服。在朗克罗斯，一位绅士的话终究还是算数的。可怕的坠落，溺水。结案。"

他向我走了一步，离瀑布的边缘远了一些。

多么夏洛克·福尔摩斯式的场景，我心想，思绪已完全被恐惧吞噬。《巴斯克维尔的猎犬》。尼斯湖水怪的电影。然后是这样的结局，两个不共戴天的仇敌，在瀑布上对峙。

"你看过《大侦探福尔摩斯：诡影游戏》①吗？"我问道，想再拖延一下时间。

"你在想什么？"他说道，那双猎食者的眼睛紧盯着我。

"这部电影算不上精彩，"我说道，"也不是特别忠于原著。但它有一段非常忠实地还原了小说。夏洛克和莫里亚蒂在瑞士，然

---

① 美国动作侦探题材电影，2011年上映。为调查奥地利皇储自杀案，福尔摩斯和他的死对头莫里亚蒂教授在整个欧洲展开了较量。

后小罗伯特·唐尼——他饰演的是夏洛克·福尔摩斯（请先听我说完，当初听到这个消息时我也是疑虑重重，但他其实演得挺不错的），他把莫里亚蒂引到了莱辛巴赫瀑布顶端。嗯，然后他们打了一架，最后两个人一起摔下了瀑布。"我一边喋喋不休，一边往后退，亨利则缓步紧逼，就像我们小学时玩的游戏，在别人看不见你的时候移动。"然后，裘德·洛饰演的华生（你也不会选他去演华生，但他演得其实也挺好的）悲伤地回到伦敦，他们还给福尔摩斯举行了葬礼，华生写完了福尔摩斯最后的冒险故事，然后在书的结尾打了一句'全书完'。这时，门铃响了，是邮递员，于是华生离开了房间，等回来时他发现，有人在那句话后面打了一个问号，变成了'全书完？'，然后华生笑了。因为那个小小的标点符号，那个问号告诉他，尽管坏人死了，但好人活了下来。而你，亨利，就是那个坏人。"

亨利只是摇了摇头，继续向我走来。"你刚刚向我展示了对着屏幕过日子的弊端，"他喊道，声音盖过了奔腾的流水，"现在的小孩每晚花四小时上网。他们活在耳机里，和现实世界断绝联系。不拍张照片就不能动餐具。不录像就不叫音乐会。不自拍就不叫见所谓的明星。你甚至连回忆的力气都省了，因为有脸书为你代劳。什么东西都要被记录下来。人们通过一张张卡牌大小的屏幕体验生活，而不是真真切切地活在其中。这一切是为了什么？不是所有事情都是电影，葛丽尔。"

"确实不是，"我同意道，"但现在是。"

我朝驮马桥上萨罗斯 7S 小小的红色指示灯的方向用更大的声音喊道："你们都录下来了吗？"

"当然，"奈儿在桥上喊道，"我们全录下来了。"

沙芬和奈儿在桥上站了起来，斜倚在栏杆上。奈儿手里拿着萨罗斯，把手电筒的光调到了最亮，照在亨利身上。在我们脚踝边打着旋的水流变成了奶白色。

她轻触一下屏幕，把手机高举。手机里传出亨利的声音："当然死过人。这几年死过好几个了。统统被归为'可怕的意外'。那些人均来自无力和我们抗争的家族。"

亨利把手举高，和我把手伸出湖面时一样。但他并不是在求助，他是在命令。"把那东西给我。"他声音低沉，恶狠狠地说道，就像一名怒火中烧的老师要没收失足少年手中的某些东西。他的声音中有着相当强势的力量，以至于我差点以为奈儿会把手机扔给他。

但她只是摇了摇头。"没用的，"她说道，"你可以把我的手机拿走，但视频已经上传到萨罗斯的云盘了。那是一个存储终端，牢不可破。"

"找对用武之地的科技不是很美妙吗？"沙芬喊道。

亨利本应已被打败。他本应泄气，本应跪下来，哭诉，求我们不要把真相公之于众。但他没有这么做。他把身子挺得笔直，比以往更有气概，眼中闪烁着令人毛骨悚然，几近宗教崇拜般虔诚的光芒。"你们赢不了，"他说道，"你们不能触犯信条。"

"哦，是吗？"奈儿说道。这女孩真的很霸气。"我只需要点一点屏幕，这个视频就会上传到 YouTube、Facebook、Snapchat、Twitter 和 Instagram 上。到了早上，你的供认状会红遍全网。你会在互联网上引起轰动。结束了，亨利。你的世界结束了。这里是我们的世界。"

亨利向瀑布边缘后退，仿佛想和这个可怕的世界拉开距离。但他仍旧摆出挑衅的态度。"即便没有我，信条也会传承下去。"他喊道。

"新的信条已经建立起来了。"沙芬说道。

我想我至死都不会忘记接下来的那几秒。人们常说，当生命走向终结时，一切都会变慢，仿佛进入了慢动作的世界，而我想告诉你，这是百分之百的真话。沙芬在桥上呼喊时，我转过头去看他，视线离开了亨利，那几秒钟足以让亨利退到瀑布的边缘。就在那时，我才明白亨利那句话的意思。

即便没有我。

我知道他要干什么了。

我猛地转身，湿漉漉的头发鞭子般抽打在脸上，蹚着水跟跄地朝他飞奔而去，流沙般的河水拖慢了我的脚步，我的声音在脑海中炸开，高声尖叫着："不！"

我以生命起誓，以永恒做证，我的指尖碰到了亨利，一触，一滑，我没能抓住他。我望着他，整整一秒、一小时、一辈子，他停滞在空中：如此坚强，如此强大。在那亿万分之一秒里，我们的双眼对视、锁定，他的眼神中是不屈，是永不言败。然后，他挥开双手，身子呈十字架状，向后倾斜，从瀑布边缘落下。

刹那间，我回到了波莱纳斯的四方院，正向那口中世纪古井里抛硬币。硬币下坠，堕入黑暗，我竖耳等待硬币落水的声音。亨利和硬币一同落下。在康拉德之深渊，时间同样被拉长至无限，瀑布的咆哮声响彻天际，我们甚至听不到亨利撞击崖底岩石的声音。

第三十章

说实话，对于后来发生的事，我已经没有多少印象了。

奈儿告诉我，我晕倒在水中，沙芬不顾一切地冲进了河里，在我快顺着水流滑下瀑布边缘的那一刻把我拉了回来。他把我抱回停在驮马桥上的路虎上。我依稀有躺在他怀里的印象，但那毫无浪漫可言。寒冷和震惊使我身体麻木，我真的以为自己就快要死了。

听沙芬说，奈儿在一片黑暗中开着路虎把我们载回了朗克罗斯。我并不记得这一段，也不记得沙芬和奈儿给我裹上了他们的衣服，以遮住我身上的潜水服，然后把哆哆嗦嗦发着抖的我带进房子里。我也不记得仆人们瞬时蜂拥而出将我围住，帮我拿来睡袍和毯子，帮我披上衣服，把我安顿在大礼堂熊熊燃烧的炉火前，也不记得那位家族老医生帮我检查了身体状况。

但我确实记得,过了很久之后,中世纪骑士们成群结队地回来了,看到我还活着,他们的眼中清清楚楚地闪过一道诧异的光。我还记得他们一个个顺口溜似的谎话:

"哦,我的上帝,我们一直都好担心你……"

"你不记得你落水了吗?大伙儿都努力想把你救上来……"

"然后你滑到亨利的船底下后就消失了……"

"我们还以为你溺水了……"

"我们一直在到处找你……"

我相信他们肯定在到处找我,但绝对不是为了救我。

然后,过了没多会儿,我记得,库克森是第一个发问的,亨利在哪儿?紧接着,沙芬看向我,轻轻摇了摇头。

他们中的几个出去寻找亨利,劳拉回来跟我们说,亨儿没有回来过。

然后,完美也出去找他了。

然后,警察来了。

接下来的好几个小时里,我待在大礼堂的炉火前,裹着白色毛巾浴衣,抿着热饮,用谎言回答询问,等待着拿手电筒四处搜寻的警察带来我们心知迟早会来但依旧一直恐惧的消息。最后,我终于能离开大礼堂上楼睡觉了。

拖着疲惫的身子走进劳瑟时,我没有开灯。窗外的车道上挤满了警车，怪异的蓝色灯光每隔几秒便会照亮房间一次。我坐在床上，筋疲力尽。杰弗里俯视着我，被蓝光照亮的脸上一反常态地带着同情。它的眼神似乎更柔和了，鼻头更圆了，鹿角更钝了。它看起来垂头丧气，一副败寇的模样。"没错，你明白的，"我消沉地对它说道，"艾丹的牡鹿之所以能逃过猎人的追捕，是因为它隐身了，但你一直没有掌握到诀窍，对不对？我也没有。一个学期下来，我只顾埋头学习，从没想过要做出头鸟。但我还是不够低调，没有变成透明人。我以为，我只要做自己就好了。但做自己就意味着与众不同，这就足以让亨利注意到我。最佳的做法应该是把自己变成一个低配版的中世纪骑士，做他们做的事，说他们说的话，否则，你就会被迫离群，成为猎捕对象。"但奈儿就是这样做的，可她还是失败了。她也没有掌握到诀窍。至于沙芬，他一直与众不同，因为他来自另一个种族。对他们来说，来自另一个种族，无异于来自另一个物种。

房间里只有我和杰弗里，我突然觉得自己待不下去了。我需要他们：我的朋友，我的新朋友。我离开劳瑟，沿走廊走到沙芬的房间——拉比。我轻轻敲了敲门，然后把门推开。奈儿已经在房间里了，和沙芬一同坐在窗边，显然，她和我有同样的感受。我们沉默无言。没什么好说的。我们什么都做不了，只能旁观、等待。我和他们坐在一起，一同看向楼下。

午夜时分，他们把亨利的尸体带回来了。我看到他们把担架从客货两用轿车里抬下来，然后抬进在一旁等候的救护车。但我知道，医生已经无力回天。在电影里，你会看到这样的场景，如果一个人还活着，不管那个人的身体处于什么状态，医生都会让病人的脸露出来——显然这样是为了方便病人呼吸。而亨利的身体从头到脚都被盖住了。我们一同看着担架滑上救护车，然后车门砰的一声关上，某个人在一块写字板上签了个字，救护车随即离开。我们目送救护车远去。一个年轻人死了，毋庸置疑，他是一个邪恶的人，他的死能阻止未来无数伤害甚至死亡的发生，但他毕竟是某人的儿子。

我先开的口："我们是杀人犯。"

"我们不是，"沙芬温和而坚定地说道，"那是自杀。"

"我们应该回去救他的，"我说道，"我们本应回去找他。如果那时他还活着呢？如果我们本可以把他救回来呢？"尽管在他跌落悬崖之后我一直昏迷不醒，但这没有让我的愧疚减退丝毫。

奈儿说："怎么可能？我们不可能从瀑布上爬下去。你知道的，爬上来就已经很艰难了。而且，从那个高度掉下去，没人能活下来。"

我知道这是真的，在我爬上去的时候我就知道，从那个高度掉下去，我必死无疑。

"况且，"沙芬说道，"我们要把你救回来。如果我没有把你拉住，你也会掉下瀑布。如果我们没有把你带回朗克罗斯，你就会因体温过低而死。"他肯定听过类似的发言，于是立刻改口道，"我不是要自称英雄。我只是在陈述事实。"

"而且，"奈儿说道，"亨利想自杀。他是自己跳下去的。"

"的确，但那是我们逼他跳的，"我坚持道，"我们是把绞刑圈套在他脖子上的人。我们威胁他要用科技把他钉死在众目睽睽的耻辱架上，而他最鄙视的就是这样的科技。社交媒体、警察、记者。他承受不了这一切。"我转向奈儿。"你不是真的打算把他的认罪视频传到网上的，对不对？"

"暂时不会。"奈儿说道。我知道她什么意思。现在他死了，所以暂时不会。

* * *

为了挡住外头的蓝色灯光，沙芬拉上厚重的窗帘，我们穿着睡衣，躺在他的床上。我并不觉得有什么奇怪的地方，我们几个似乎都变成了五岁小孩。奈儿拿出萨罗斯 7S，我们都看着这台躺在她掌心里的手机。它的银色机芯里所搭载的科技拯救了我。这台手机是我们计划的核心。这台神奇、强大而实用的小小设备把庄园房墙壁上那张平面的地形测绘图转换成了一张朗米尔湖及其周边地形的三维数字图像。它获取了我身体的热成像图，在我和亨利钓鱼的这一天中时刻追踪我的位置，这样我就不会落单，因为沙芬和奈儿一直知道我在哪里。它还有夜视功能，奈儿可以在不开闪光灯的情况下录下我和亨利站在瀑布顶端时的视频。它还能向卫星终端传输数据，把所有我们能够用来打倒亨利·德沃伦考特的证据——从狩猎之书的照片到那段认罪视频——全部上传到了萨罗斯的云盘里。此刻，我只想把大脑放空，而它也能帮我做到这一点。我很清楚我们现在真正需要的是什么。

我们三个围在手机前看 YouTube 看到清晨，最后直接在沙芬的房间里睡着了。我们把互联网上的搞笑视频全部看了一遍，从弹钢琴的猫到滑冰运动员玩 Bottle Flip[①] 失败。我们还看了"笑了就输了"挑战、假人挑战[②] 和二十四小时挑战[③]。我们在 Vine[④] 上看一堆人跳 Dab 舞[⑤]，看动物打喷嚏，还看了一堆表情包。嘈杂的音乐和愚蠢的电音在粉红色的墙纸间回荡，华丽的灯光和斑斓的色彩映照在床边厚厚的丝绸帷帘上——伊丽莎白一世曾在这张床上就寝。虽然这看起来可能很奇怪，我们往亨利古老的中世纪房子里扔满了野蛮人的垃圾，但这是我们献给他的一曲挽歌。

我们把世界带了进来。

---

① 一款手机游戏。

② 此游戏需要多人参与，每个人摆好不同的造型后保持不动，由摄影师拍下全过程，此游戏由美国佛罗里达州的一位高中生原创。

③ 全称为"24 小时堡垒挑战"，挑战者会抵达一个特定的地点，如办公大楼，在其关闭之后藏身其中，直到第二天重新开放时才能离开。

④ 一款短视频分享软件。

⑤ 起源于美国亚特兰大的一种嘻哈舞蹈。

早上，在各自回房之前，我们还有一个决定要做。

"我们该怎么办？"我并不需要解释。我的意思是，我们应该把视频提供给警方吗？

"我们保持沉默，"沙芬说道，"'打猎、射击、钓鱼'已经结束了。朗克罗斯没了亨利，这一切都已经无法再进行下去。没必要仅仅为了给自己出口气而去羞辱他的家族。他的父亲显然是个混蛋，但他的母亲或许是个好人。她失去了她的儿子，我们应该给她保有尊严的权利。除非有人试图把亨利的死和我们联系起来，否则不要把视频这件事声张出去。眼下，他们甚至不知道他死的时候和我们在一起。如果他们发现了，我们就出示这个证据，证明他是自杀的。"

但他们一直没有发现。询问我的警察是一位探长，口音几乎和亨利一样精致。他对我非常礼貌，几乎就像是在为我不得不接受询问一事而深感抱歉。我说我从亨利的船上掉进了河里，游上岸之后就再也没见过他了。

"我觉得他可能去找我了，那时天色很暗，然后……"

突然，我的眼泪毫无征兆地流了下来。我根本不用费力假装。我猜应该是震惊过后，我才彻底明白发生了什么。

那位探长清了清喉咙，是上流阶层的人在交谈时为了缓解尴尬而采用的方式。他笨拙地拍了拍我的手。"你一定不要觉得这是自己的错。"他摆出一副直率而沉稳的样子说道。

但那就是我做的。

就是我的错。

一早上的问话结束后，警察准许我们回校。中世纪骑士们留在朗克罗斯，等待正从伦敦驾车赶来的德沃伦考特勋爵与夫人，一位警官用警车把沙芬、奈儿和我送回了牡鹿学园。我很庆幸开车的不是完美。如果他知道我们对他亲爱的主人做了什么，他会把车开下悬崖。

从朗克罗斯回牡鹿学园的这一路和来时一样寂静、沉闷，但这一次，我的内心对此只有欣慰。

/ Part 5 /

再回 STAGS

第三十一章

警方认定，亨利·德沃伦考特，朗克罗斯第十七世伯爵，罗洛·德沃伦考特之子，在夜间钓鱼时从康拉德之深渊顶端摔落，溺水身亡。

我们并没有收到官方通告，但我们在媒体上读到了这则新闻。我们已经开始在学校里使用手机了，既然我们把萨罗斯 7S 从潘多拉魔盒里拿了出来，就似乎再也放不回去了。或许亨利真的言中了这一点。

回牡鹿学园后的第一次午餐时，我们聚在比德图书馆的练习室里，把各大新闻网站对这件事的报道都读了一遍。他们拿到了一张很帅气的亨利的照片，照片里，亨利打着白色领结，穿着一身白色燕尾服，神似盖茨比。这张照片让他们赚大发了。就连学校也没能幸免——狗仔队围在大铁门外，把长镜头伸进学校里一气猛拍。我们读到了诸如此类的标题："贵族学校牡鹿学园悼念模范学生……悲剧公子哥就读高校，学费一年五万英镑。"脸书上多了一个亨利的页面，而开设这个页面的人甚至根本不认识亨利，只是看中了他的外表。亨利的相貌、特权生活和蹊跷的死法激发了公众的想象力。一些来自波兰的疯女孩威胁要随他跳下瀑布。牛津的学生举办了亨利·德沃伦考特主题派对：他们在湖边打着黑领带用晚餐，还象征性地在晚上钓了钓鱼。第六学级的几个学生铤而走险，私闯朗克罗斯庄园，跑到康拉德之深渊那里自拍。一个来自俄勒冈州波特兰的女孩在网上发布了一个视频，视频里的她紧紧攥着亨利的照片，在R.E.M①那首《夜泳》的音乐声中哭了整整四分二十三秒。我们在奈儿房间里一起用萨罗斯看了这个视频，看完后目瞪口呆。"真是悲惨，"我说道，"想想亨利会感到多么耻辱。"

"我们根本不用动手指头，"奈儿说道，"他就已经成网络红人了。"

"归根结底，他还是国王西西弗斯，"沙芬说道，"只不过，他终究没能把巨石推上山顶。最后，巨石滑下，将他碾碎。"我明白他的意思。世界的发展势不可当，亨利却固执地想逆流而上。

---

① 快转眼球乐队（Rapid Eye Movement），美国著名摇滚乐队。

　　但想阻挡这股发展潮流的并不只有亨利一人。院长——这一整件事似乎都没怎么让他烦心——就亨利死亡一事给我们的父母写了信。他没有打电话，没有发电子邮件。他给我们每个人的家里都写了一封信。我老爸还在南美，所以我知道那封信直到圣诞节前都会静静地躺在地处阿克莱特联排屋区中的我们那栋小房子空荡荡的走廊里。对此我很庆幸，因为我根本不知道该如何开口向老爸解释发生了什么。我总会跟他讲实话，这是我们之间的约定，但这次，我觉得我无法把这个故事告诉他。这将是我对他隐瞒的第一个秘密。而且，如果老爸真的知道发生了什么——我指"打猎、射击、钓鱼"这档子事——他肯定会赶最早的一班飞机飞回来，而我不想让他为此丢掉工作。出于不同的原因，沙芬和奈儿也没有把血淋淋的真相告诉他们的父母。我觉得，沙芬可能是不希望让自己的父亲重温多年前经历过的一切。香奈儿的动机则更复杂。我觉得，她想留在学校，而如果她把这件事告诉她的父母，他们就会把她从学校带走——她会被立刻带离这个特权世界，但她或许会觉得自己不知何故失败了，辜负了父母的期望。平心而论，我非常确定，如果我们的父母知道了整件事，我们肯定都会被带走，而我们不希望这样的事情发生。我们才刚刚成为朋友。我们出于各自的考量，都三缄其口。这个秘密将我们紧密地联系在了一起。

　　事实证明，那封邮寄速度如蜗牛般缓慢的信函很好地解决了我们的问题。在这段时间里，我们从渴望父母的安慰逐渐变成了学会独立承受——亨利死的那一晚，我真的很希望老爸能给我一个大大的拥抱。当其他两人和父母取得联系时，他们已度过了震惊期，只希望能和自己的同谋者待在一起。在不到六个星期之后，漫长的圣诞假期便会开始，我们都将见到自己的父母。老爸会从智利回来，奈儿回柴郡，沙芬回拉贾斯坦邦。而在那之前，我们需要对方。因为，没人能体会我们所经历的所有情绪：不是杀人犯，却又胜似杀人犯；虽无辜清白，却又觉得自己罪大恶极；为亨利的死感到难过，却又庆幸他已经离开这个世界。

　　但学校认为我们必须接受心理咨询——这应该是他们做过的最激进的事了。他们委派了一位心理医生给我们。她是学校里唯一一位——除院长外——不需要被称作"修士"的成年人。她叫沃勒夫人，但她坚持要我们叫她希拉①。即便对我来说，这个名字都有些过于现代。"希拉"是一位好心肠的嬉皮士，喜欢围围巾，身上戴很多珠子。我们的会面地点是一间我从没见过的小办公室，里面只有两把椅子，一张矮桌子，桌子上显眼地摆着一盒纸巾。我几乎觉得，如果我不当场哭出来，她会失望的。"希拉"爱问我各种戳心的问题——"你感觉如何？"但这个问题的答案连我自己都不甚清楚。我不能告诉她我曾喜欢过亨利，后来又不喜欢他，但其实还是有点喜欢他，最后却把他杀了。我不能告诉她亨利吻过我，曾对我说我

---

① 这个名字在英语中有"小妞／少女"的含义。

很美，后来我以为他只是在撒谎，可沙芬也对我说我很美，我又觉得他说的是真心话。我不能告诉她，沙芬回避了好几年"打猎、射击、钓鱼"，而今年为了保护我，他却甘愿随我同行。我不能向她坦白，回来后，沙芬再也没有向我提过"你很漂亮"这句话，也再没提过他去朗克罗斯的原因，因为，你也知道，鉴于我们谋杀了一位同龄人，我们有更重要的事情要讨论，比如我们会不会真的要去坐牢。我也不能告诉她，我内心仍有很小一部分自我想直接走到他面前，对他说：嘿，你知道我们是怎么用逼一个人跳瀑布自尽的方式把他杀了的吧？那么，我们能不能先暂时把这件事放到一边，让我来问问你，在我们犯下史上最令人发指的罪行的前一晚，你对我说我很美，对我说你来朗克罗斯是为了保护我，那个时候你真正想表达的是什么呢？我越来越害怕心理治疗，越来越害怕善解人意的"希拉"。我被迫撒了一个又一个谎，努力记住自己又扯了哪个小谎，到最后，心理治疗那段时间甚至要比心理治疗本身更令我压力重重。沙芬和奈儿也有相同的感受。我们并不需要"希拉"。我们只需要彼此。

院长似乎理解我们的感受。他把我们三个杀人犯和剩下五个（冷静得出奇的）中世纪骑士带到他镶有护墙板的书房里，请我们喝雪利酒——这是上层阶级喝茶的说法，仁慈地向我们传教布道。

"教书多年，"他说道，长袍披在肩上，眼镜拉到遮住眼睛一半的位置，像一个和蔼可亲的舅舅似的看着我们，"我发现，对处在这种境况的年轻人来说，最好的办法就是，将情绪常态化，将生活连续化，恢复原有的秩序。"我跟沙芬和奈儿交换了一下眼神。在他任职牡鹿学园校长期间，他曾面对过多少次这样的境况？如果我们告诉他，在他三十年的任职期内，他处理的每一起"可怕的意外"都很可能和"打猎、射击、钓鱼"有牵扯，他——这个圣诞老人般亲切的人——会做何感想？亨利的受害者。他的祖辈的受害者。然后轮到亨利成为受害者。"我们大可以给你们发一张短期离校许可，让你们回家休养，但在和警方以及沃勒夫人（希拉）磋商后，我认为，把你们和同龄人隔开不会有任何好处。"

我当然没有把自己和同龄人隔开。再也不会了。现在，我们三个杀人犯总会聚在一起，愧疚感让我们紧密相连。我们做什么事都在一起，说话时都紧紧围成一个小圈。我努力地想专注于学校的功课，但这实在太难了。在余下的米迦勒学期里，我时不时会想，他们会不会取消我的奖学金，因为我的功课实在太糟糕了。现在回想起来，我觉得他们肯定因为亨利自杀这整件事放宽了对我的要求，不然我早就被打发坐最早的火车回家了。我的论文毫无逻辑，努力的成果只是一文不值的垃圾，而更糟的是，我感觉自己被鬼魂缠身了。你知道《灵异第六感》①吧，里面有个蠢蠢的小孩能看到死人的那部电

---

① 美国惊悚电影，1999 年上映，讲述了心理医生马尔科姆给一个能见到鬼魂的小男孩柯尔进行心理治疗的故事。影片结尾极富戏剧性。

影？嗯，我变成了那个孩子。我总觉得自己看到了亨利一闪而过的影子。亨利在比德之作绿油油的草地上并列争球①，教堂里亨利的金发，在转角处转瞬消失的亨利的都铎式大衣下摆。我好奇他有没有参加自己的葬礼，像汤姆·索亚②那样。

我们并没有收到亨利葬礼的邀请。我们算不上他的密友——我们和他的家里人素未谋面，对他们来说，我们只是去那里暂住了一个周末的过客。我很庆幸。我觉得自己撑不到葬礼结束。谋杀逝者性命之人没资格出现在逝者的葬礼上。我们知道，葬礼会在朗克罗斯那座我曾在亨利屋顶远远看到的教堂里举行，所有显要人物都会出席。院长去了，其他中世纪骑士也去了。我们看着他们在一个星期五的早上坐上轿车，随着一列长长的黑色车队离开学校。那一整天，我都在想象葬礼上的场景。我把它想象成《教父》里的那一幕。人们身着黑色蕾丝礼服，声泪俱下，把一抔抔泥土和一束束玫瑰放到棺材上。一个侧脸和亨利一模一样的男人凝望着自己儿子的棺材，脸上写满痛苦。一位衣着考究的夫人坐在他身旁，有涵养地强忍着泪水。是罗洛·德沃伦考特和他的妻子。我从未见过亨利的父母。

但亨利的鬼魂不肯放过我。最糟的是，我总会想起那天，我们站在康拉德之深渊顶端时，他掉下去前的最后一场对话里，我和他

---

① 橄榄球运动中的术语。

② 美国著名作家马克·吐温代表作《汤姆·索亚历险记》中的主人公。

说起的那部电影，想忘都忘不掉。如今回想起来，既然那是我们最后的对话，意义如此重大，我真希望当时我们谈到的是一些诸如《公民凯恩》之类的影史佳作。但我猜所有"最后的对话"都不会那样展开吧。你猜不到自己哪天会去上帝那儿报到，所以，人死前说起的最后一样东西很可能是购物清单或者洗衣服之类的琐事。但在那最后一次的对话里，我们能说的事情那么多，我却偏偏提起了那部愚蠢的夏洛克·福尔摩斯电影，而现在，我完全摆脱不了那部电影的纠缠。我不停地想起其中的某段剧情：夏洛克掉下了莱辛巴赫瀑布，但他其实没有死，他回来了，藏在华生的房间里，在华生写完福尔摩斯最后的探险故事并打上"全书完"这三个字后，福尔摩斯趁华生出去应门的工夫在"完"字后面打了一个问号。当我完成我的手写论文（记得吗，没有科技），把它放在莱特富特的书桌上时，我总会暗暗期待，回来时，在最后一张纸上会多一个亨利留下来的潦草问号。毕竟，我们都没有真正地看到过他的尸体。我们只看到了一个密封的袋子。或许他没有死。在很偶然的情况下，当"耶稣"去打室内网球，我一个人独守房间的时候，我会走到窗户前，唰的一下拉开垂至地板的窗帘，看看亨利有没有藏在后面。老实说，我正慢慢变成一个精神失常的疯子。这么跟你说吧，我就差去找"希拉"，让她帮我看看脑子了。

第三十二章

我本以为，当那个灾难般的周末结束，我们回到牡鹿学园之后，中世纪骑士团就再也不会和我们说话了。我想错了。

我不是说他们对我们的态度变好了，但他们确实没敢再欺负我们。我们三个周围仿佛多了一层奇怪的力场。他们可能害怕了。他们知道我是被推下船的，我也看到他们拒绝伸手救我，但我想，他们不可能知道我们三个和亨利之间发生了什么事。他们只知道，我活了下来，而亨利死了。我好奇，他们有没有担心过我到底知道了多少事情。更可能的是，他们并不知道亨利把我推下朗米尔湖之前和我说了多少真相，但如果他们看过任何一部电影，就应该明白，电影里头的大反派总会觉得自己的猎物必死无疑，于是肆意妄为，把真相滔滔不绝地说出。就像《公主新娘》①里的六指人，在开启疼痛机器前把整台机器向维斯特雷描述了一遍那样。就中世纪骑士所知，亨利很可能也做了类似的事情。对他们来说，我已经知道了所有尸体的埋葬地点。所以，他们都谨慎地对我们彬彬有礼起来。女孩们对我和奈儿越来越好，男孩们也对沙芬越来越有礼貌。"旁遮普的花花公子"和"卡冯·香奈儿"这两个外号无人再提。学校生活如往常般继续。

事实上，是有些太过正常了。

简单来说，尽管网络上的陌生人纷纷为亨利的死流下悲痛的泪水，可本应最为悲痛的牡鹿学园的学生中却似乎没有一个人哀悼他。即便是本应痛哭流涕的劳拉都没有一点伤心欲绝的样子。她失去了她的"亨儿"，那个她可能喜欢过，甚至爱过的男孩，随他一同逝去的还有可能是她更为喜爱的心头好：朗克罗斯的一切——所有那些土地，那些漂亮的房子，还有钞票。

我猜，她一定把所有情绪都强压在心底吧。"可怜的劳拉。"有一天，我跟沙芬和奈儿坐在比德之作看着她打卡曲棍球时说道。我不得不说，她看起来心情愉悦。

奈儿惊讶地向我转过身来。"你是在同情她吗，不会吧？"

---

① 美国著名冒险电影，1987年上映，讲述了勇敢的海盗维斯特雷在同伴的帮助下解救自己的儿时玩伴少女布卡特的故事。

"不，"我答道，"我不同情她。"

"那你是在同情'他'了？"

她指的是亨利。当我们用额外强调的语气说"Him"或"He"来暗示这两个词首字母是大写时，我们指的便是亨利。我们提起那个恶魔亨利，仿佛在称呼上帝。

"你不会同情他的，对不对？"奈儿再次追问。

我暗自思索，我其实有点遗憾那个善良的、会在屋顶上吻我，教我钓鱼的亨利没能活下来。但我一点都不为那个邪恶的、真正的亨利难过。"不。你呢？"

"我也不同情。他死了我很开心。这么一来，其他孩子便能安然无恙。我更替那个非洲来的孩子，还有那个拿了奖学金的女孩难过。他们被谋杀了。我知道杀人的人不是他。但我还是挺希望他能被绳之以法。"

"或许还是别那样希望的好，"沙芬说道，"如果他们开始打探亨利的事情，就很可能会打探到我们头上。也许我们应该感到幸运，那些警察的办事效率看起来和他们展现出来的样子一样低下。"

沙芬这番话说出了某种一直困扰着我的感觉。"你也这么觉得吗？"

"我觉得什么？"他问道。

"就是，你觉不觉得这一切都有些，怎么说，太草率了？他们确实都找我们问话了，但你不觉得他们放我们走得太简单了点吗？"

"你的意思是？"奈儿问道。

"好吧，我看过很多电影。很多。但凡有一宗原因不明的死亡事件出现，当局肯定会派人调查出大量细节——警察、验尸官、皇家检察官，凡是你想得到的都有。他们绝对应该再在我身上下些功夫，毕竟我是最后一个看到他还活着的人。他们应该找我问更多的问题：为什么我穿着一件潜水服？为什么在我'失足'跌进朗米尔湖之前亨利和我一条鱼都没有钓到？为什么我们在底下的湖钓鱼时亨利会出现在瀑布顶端？警察应该对这些问题感兴趣，中世纪骑士应该对这些问题感兴趣，德沃伦考特家族肯定会对这些问题感兴趣。"

"你想说的是？"

"我想说的是，这件事被掩盖了。中世纪骑士当然不希望'打猎、射击、钓鱼'被曝光于天下，但现在看来，似乎没人想让这件事曝光。亨利是怎么说的？'英国的权势集团'？"我看到劳拉进了一个球，然后跟埃丝米和夏洛特小小地庆祝了一番，她们拥抱、跳动，金发马尾辫在空中飞扬。这是一幅，唔，不正常的场景。"我的意思是，我真的很高兴没人再来刺探我们，就这么让我们脱身——"说出口的瞬间我才反应过来这是一句钓鱼的双关语①，"只不过，这总归有些古怪。"

长曲棍球比赛结束，我们缓步走向教学楼，黑色的都铎式大衣拍打、缠绕着我们的双腿。沙芬面容严肃地说："嗯，我们不能就

---

① 原文为"as it lets us off the hook"，其字面意思为"把我们从鱼钩上取下"。

此放松警惕。我估计下一步就是审讯了。我们只能希望，审讯会上不会出现棘手的事。"

我都忘了还有审讯会。当然，看过这么多电影，我本应该知道的。可疑的死亡事件总会开庭审理。我捂着肚子。更多的等待，更多的未知。我不知道自己还能撑多久。

沙芬、奈儿和我不能出席审讯会，因为我们都未满十八岁。所有六二级满十八岁的中世纪骑士都去了。我们看着他们随院长坐进学校校车离开学校。这幅场景看起来很诡异——仿佛他们正踏上一场黑暗的学校旅行。

几小时过去了，他们都还没回来。我们三个努力假装今天不过是又一个平常的上学日。午餐时间刚结束后，校车开回了车道，我们又立刻停止假装今天还有别的事情可谈。"我要去问一问，"我坚决地说道，"跟我一起吗？"

沙芬和奈儿交换了一下眼神。"当然。"

我们知道哪里能找到中世纪骑士。他们会和往常一样在波莱纳斯四方院那口古井旁歇息。他们果然在那里，就像一群冬阳下的乌鸦。

在我们朝他们走过去时，有那么一瞬间，我发誓，我看到了亨利，正站在自己的小团体的中间。我的心跳开始加快。一直笼罩着我的鬼魂终于要现身了。但当我们走近后，我只看到了五个头，中间那位原来是库克森。他斜倚在古井边，一如曾经的亨利，身处中世纪骑士们公认的领袖之位。他甚至外貌都变得很像亨利。他头发的金色变深了（他去染头发了吗？），身材变瘦了（他去健身了吗？）。他剪了和亨利一样的发型，甚至在黑色的都铎式大衣下穿起了棋盘格图案的长裤，一如曾经的亨利。

"我去吧。"我说道，奈儿和沙芬退到四方院的边缘。自我们从朗克罗斯回来之后，我便一直觉得自己身上多了某种力量，仿佛披了一件《诸神之战》①里坚不可摧的斗篷。我手里有他们的把柄——他们没有把我从湖里救出来，他们对我怀有戒心，更主要的原因是，他们不知道我掌握了多少真相。但当我穿过草坪向他们走去，感受到他们的目光警觉地盯在我身上时，我还是紧张无比，仿佛今天是我第一天来学校报到。他们一同看向我，神情与往常无异：悠然惬意，大权在握，不容侵犯。我必须挑他们其中一个出来单聊。老爸常言，擒贼先擒王。"库克森，"我语气愉悦地喊道，"我能和你说几句话吗？"

他用后背撑了下古井，站直了身体，手依旧插在衣兜里，这让我猛地回想起了朗克罗斯里的一幕，亨利也曾用后背撑了下护墙板，和库克森丝毫不差。我顿时有些惶恐不安。库克森优哉游哉地向我缓步走来，站在草坪中间，仿佛我们即将展开决斗，各自的副手则站在身后的不远处。

他停了下来，以决斗者的姿态看着我。我忽地感到，曾经的敌

---

① 美国奇幻冒险电影，2010年上映，讲述了众神之首宙斯的私生子珀修斯受到神的点拨杀死即将为祸人间的怪兽，挫败冥王哈迪斯阴谋的故事。

意又回来了，而我那坚不可摧、刀枪不入的斗篷正被慢慢剥去。审讯会上发生了什么？提到我们了吗？

"嘿，库克森。"我说道，不知道该怎么开口。

"我叫亨利。"

我微微吃了一惊。我几乎都忘了，他的名字也是亨利。我们一直叫他"库克森"，是因为中世纪骑士团里只能有一个"亨利"。现在，他变成了一个 BTEC[①] 版本的亨利。"亨利，"我开口道，这个称呼听起来很古怪，"我……我们想问一问审讯会上的事情。"

他低头凝视着我，那双眼睛看起来比往常更蓝，似乎突然变成了老亨利的眼睛。有那么一会儿，我以为他会拒绝作答。然后，他不情不愿地说道："验尸官裁定，这是一场意外事故造成的死亡。"

我需要更加确定的回答。"意外事故是指？"

"当事人的自发行为导致的危险事故，"他用高雅的嗓音说道，"验尸官认定，亨利自发爬上了康拉德之深渊，而他的滑落应归咎于他自己的失误。意外事故。"

意外事故。用这个词来形容朗克罗斯的这个周末再适合不过了。一场出了事故的意外。"验尸官说了别的什么吗？"

"他还能说什么？这是一场可怕的意外，"他斩钉截铁地说道，"就这么简单。"

---

① 英国"商业与技术教育委员会（Business and Technology Education Council）"的缩写，是英国最大的考试认证机构。

这么说，一切就这样结束了。我静静地呆立在原地，心中思索着他说的话。突然吹起的微风轻拂着我们的都铎式大衣，白嘴鸦在树间啼鸣。我花了整整一分钟才明白这究竟意味着什么。

案件调查已经结束，我们脱身了。

问题是，他们也脱身了。

我如释重负，但随之而来的还有强烈的失望。我虽然并没有期待有人会在审讯会上把"打猎、射击、钓鱼"背后震撼世界的真相大白于天下，但同时，我还是感到一种奇怪的失望，失望于没有人这么做。一切都没有改变。

就在这时，教堂那边传来钟声，下午的课程要开始了。劳拉一如既往地像海妖般用她那诱人的声音朝库克森喊道："亨儿。"她说道，"走吧。咱们的希腊语课要迟到了。"我如堕冰窖。亨儿是她给亨利起的昵称。身为他的女朋友，她有独一无二的权利，能缩短他的名字。现在，她把这个外号，连同她的爱意，一并给了第二位亨利。这位亨利转过身，慢悠悠地追上了她，步调十分自信。他俯下身——他看起来似乎变高了——亲吻了下她的双唇。然后，他们手牵着手，朝洪诺留的教学楼走去，留我一人目瞪口呆地站在四方院中间。沙芬和奈儿走上前来，我们一同望着他们的背影。

沙芬吹了一声长而低的口哨。"国君虽亡，"他带着某种敬畏说道，"王位永存。"

奈儿叹了口气。"这又是另一个国王西西弗斯的故事吗？"

"不是，"他说道，"好吧，也差不多算是。'国君虽亡，王位永存'是中世纪英格兰时期国王驾崩时的传统宣言。这句话的意思是，人民永远不会失去国王。它能稳定人心，不让觊觎王位的伪君子有机可乘。这句话代表着传统，代表着传承，这些都是中世纪骑士推崇的东西。"

"你想说什么？"奈儿说道。

"你没看到刚刚发生的事吗？新的亨利顺利继位了。甚至连皇后，也就是劳拉，都已经勾搭上了新国王。这就像《哈姆雷特》。"

他是对的。我没看过这部戏剧，但在肯尼斯·布拉纳①的版本里，哈姆雷特的老爸尸骨未寒，他的妈妈（朱莉·克里斯蒂）便跟他的叔父克劳狄斯（德里克·雅各比）卿卿我我起来，哈姆雷特连"生存还是毁灭"都没来得及说。我点了点头。"就是这样，"我说道，"秩序恢复如初。"

那一刻，一缕微弱的冬日阳光穿过四方院，如启明之光，让我愚笨的脑袋豁然开朗。"秩序，"我说道，"我懂了。"我抓住两位朋友的黑色衣袖。

"我们要去哪儿？"沙芬问道。

"奈儿的房间。现在。"

---

① Kenneth Charles Branagh，英国演员、导演、制片人，曾于1996年编导并主演了剧情片《哈姆雷特》，凭借该片获得了第69届奥斯卡金像奖最佳改编剧本提名。

第三十三章

幸运的是，奈儿的室友不在房间里。

我把他们推进房间，锁上身后的门。我甚至把窗帘都拉了起来。我让他们两个坐在奈儿的床上。

"怎么了？"奈儿问道。沙芬也同时开口道："我说，这到底是怎么回事？"

"奈儿，"我喘着粗气说道，"你的手机在哪里？"

奈儿打开上锁的抽屉，拿出萨罗斯 7S。她轻触屏幕，伴随着一声友好而充满未来色彩的音乐声，屏幕亮了起来。

"播那个视频，"我催促道，"播亨利的认罪视频。我想确认一样东西。"

这是我第一次看这个视频，看的时候内心无比煎熬，仿佛在重温一部你已经知道结局的悲剧电影。这感觉和我看第二遍《星运里的错》^①时一样，尽管已经看过一遍，知道他们肯定会让那个叫格斯的孩子死于癌症，但重看的时候我依旧难以相信。看着这个视频，我心中隐隐希望其实我把这一切都记错了。

我看着视频中的自己，浑身湿透，不停地打战，站在康拉德之深渊顶端齐膝深的湍急的河流中，和亨利对话。我听到自己盖过流水声的喊叫："你们都录下来了吗？"手机旁的奈儿大声应答，亨利顺着声音转过身来，我看到了他在俯拍镜头中的脸。"当然。我们全录下来了。"萨罗斯 7S 强劲的手电筒光照在他身上，他身下的河水变作乳白色，我看到了他表情的变化，他意识到自己说的话已经被录了下来。他直视着镜头，我打了个哆嗦，似乎他正直视着我。我突然很确定，即便是现在，他也能看得到我。我不安地在床上动了动身子，看着他朝镜头伸出湿漉漉的手。

"把那东西给我。"他声音低沉，凶恶地说道。

奈儿洪亮而挑衅的声音响起："没用的。你可以把我的手机拿走，但视频已经上传到萨罗斯的云盘了。那是一个存储终端，牢不可破。"

沙芬的声音响起："找对用武之地的科技不是很美妙吗？"

接下来就是那个我永生难忘的时刻，那令我不寒而栗的时刻，亨利把身子挺得笔直，气宇轩昂，眼里闪烁着一种令人毛骨悚然，

---

① 美国电影，2014 年上映，讲述了两个患有癌症的青少年之间的悲剧爱情故事。

近乎宗教崇拜般虔诚的光芒。"你们赢不了，"他说道，"你们不能触犯信条。"

"就是这里！"我说道，"快回放。"

奈儿用指甲修剪得十分整齐的食指回拨了一下进度条。亨利在水中的动作倒放了几秒，然后又开始说话。"你们赢不了，"他说道，"你们不能触犯信条。"

这一回，奈儿拖动滑块，跳过了自己那段有关社交媒体影响力的精彩演讲。然后，亨利的声音响起："即便没有我，信条也会传承下去。"

然后是沙芬的声音："新的信条已经建立起来了。"奈儿停下视频，她和沙芬一同看向我。

"所以呢？"沙芬说道，"我们都知道亨利对这些信条、秩序什么的很是痴迷。你不记得了吗，狩猎日的午餐上，他还说要铲除自然界中的劣等物种。我们就是劣等物种，而我们把他打败了，他接受不了这个事实。他太执着于自然秩序这个概念，连自己的生活都受其掌控。"

我摇了摇头。"再听一遍。"我从奈儿手里拿过萨罗斯，自己把滑块拖了回去。"即便没有我，"亨利说道，"信条也会传承下去。"我看了他们俩一眼。"这次你们听出来了吗？他说的是'信条'，不是秩序。是信条。"

"我不懂。"奈儿坦承道。

但沙芬转向我，眼睛睁大。"他说的是宗教信条。这他妈的是个邪教。"

"就算这是真的，那它又是什么的信条？"奈儿问。

"我们周围都是什么？"我说道，"圣艾丹的牡鹿。我们的学校叫牡鹿学园。还有随处可见的鹿角。"我把两手放在头上，五指张开，拇指按着太阳穴，"牡鹿信条。"

"而他们每一个人都是信条的一部分，"沙芬说道，"所有中世纪骑士。"

"不仅仅是中世纪骑士，"奈儿缓缓说道，"修士也是。"

"修士？"我说道。

"没错，"她说，"我可能没有你们俩聪明——"她豪爽地挥了挥手，拒绝接受我们礼貌的自谦，"但我关心时尚潮流，所以我会关注人们身上的饰品。还记得亨利手指上的戒指吗，那枚刻着鹿角的金色印章戒指？修士们都戴着那枚印章戒指，不论男女。"

轮到沙芬发话了。"跟我来。"沙芬威严地说道。他完全进入了"凯斯宾王子模式"，我们立刻起身，跟在他身后。

我们离开莱特富特，夕阳西下，我们穿过教堂的回廊、波莱纳斯四方院——此时中世纪骑士并不在这里——和比德之作，朝洪诺留走去。朦胧阴森的STAGS将我们拥抱在黑暗之中。亮堂堂的窗户犹如一双双眼睛，凝望着我们。我们蹑手蹑脚地走进洪诺留，走上楼梯，来到沙芬的房间。因为男女宿舍数量的比例为四比一，所以男生可以一人住一间房，不需要担心室友的问题。厚重的橡木门后是一间空空的房间，我从未见过的房间。房间非常漂亮，墙上镶嵌着橡木护墙板，挂着翡翠绿窗帘。沙芬把窗帘拉上了。

他打开书桌下上锁的抽屉，拿出某样看起来又重又黑的东西，然后我们一同坐在床上。刚刚奈儿房间里的场景仿佛重放了一遍，只是这次，我们没有围着一台手机，而是围着一本书。

那是一本用摩洛哥皮革包裹着的，没有日期，只有名字的巨大的书。

这是二十世纪六十年代朗克罗斯的狩猎之书。

"你把它带回来了？"我惊呼道。

"我说过我会拿走的。"他"咔嗒"一声打开床头灯，有那么一会儿，我们都看向他手里那本沐浴在一圈金色光亮中的书，仿佛那里面记录着神圣的经文。

一九六〇——一九六九

整整十年的"打猎、射击、钓鱼"。而这整整十年间，外面的世界发生了翻天覆地的改变。摇摆伦敦①、披头士，英格兰勇夺世界杯，维达·沙宣发型，还有人类登月。但朗克罗斯的一切仿佛化作

---

① 一个较为笼统、模糊的概念，泛指 20 世纪 60 年代英国伦敦流行的青年文化现象，除了服饰时尚外，也涉及音乐、电影、电视等领域。

了化石，死去的生命被用墨水写进书中。沙芬修长的手指轻轻地滑过书脊，指尖抚摸着烫金的日期，好似在犹豫，害怕会在书中发现什么。然后，他又恢复了干净利落的务实模样。"来吧，"他说道，"咱们来看看这个信条有多久的历史。"

他把书放在大腿上，翻开。我们围在他的旁边。

他翻动着泛黄的纸张，我们扫视着一页又一页手写的墨水字迹。我吹了一声长而低的口哨。这本书里有好几百条记录，每条记录都代表着在那天死去的一只鸟、一条鱼或一头鹿。这真的是一本记录死亡的书。然后，在这些猎物中间，我们看到了名字，人的名字，孩子的名字。他们曾像我们一样，被人戏弄、猎捕。然后，在每一页的最上面，是更多象征着等级制度顶端的名字——猎捕他们的猎人，将他们打击、摧残，甚至杀害。

沙芬往前翻了几页，翻到他想找的那一年。"一九六九年，"他低语道，"米迦勒学期的停审期。"

他的手指沿书页下滑，我的视线越过他的肩头，看到了那晚我们潜入图书馆时看到的记录，当时我们差点就被完美抓住了。一个印度男孩的名字，和他所遭受的一段厄运。他的故事于我而言甚至比奈儿和沙芬所遭遇的事情还有冲击力，促使我哪怕冒着生命危险，也要将亨利击败。

"阿达什·伽德加，"我指着那个名字说道，"在这儿。"

沙芬轻轻摇了摇头，眼睛并没有看过去。"我不是在找我爸爸。"

他说道。他的手指沿书页上滑，直至顶端。"天哪。"他倒抽了一口气。

我从他的肩膀后看过去，看到书上写着这行字："牡鹿信条之狩猎簿，一九六九年，米迦勒学期停审期，朗克罗斯府。"

"所以，这是真的。"奈儿说道。

"不是这个，"沙芬焦急地说道，"看名字。"

"大宗师，罗洛·德沃伦考特。"这是亨利的父亲。他的名字出现在这里，我并不惊讶。但接下来，我读到了这些名字："查尔斯·斯凯尔顿，米兰达·皮特里，塞雷娜·斯泰尔斯，弗朗西丝卡·莫布雷。"

修士的名字。所有修士的名字。

斯凯尔顿修士，历史老师，给我们讲述了哈丁之战，因为对标点符号的使用极为挑剔而被我们唤作"标点标兵"。莫布雷修士，教授古典文学的女老师，给我们讲了阿克特翁被五十只猎狗撕成碎片的故事。斯泰尔斯修士，现代历史（在牡鹿学园，现代历史包括中世纪后的所有历史）老师，给我们讲了吉安·玛丽亚·维斯孔蒂把人当作猎物追捕的故事。

而在所有人之上的，是大宗师罗洛·德沃伦考特。

"他们五个人，"我说道，"都是同样的年龄，都是以前的学生。他们都在这上面。他们都参与过'打猎、射击、钓鱼'。他们在学校那段日子里都曾是中世纪骑士，等他们长大之后，除了亨利的父亲，他们都当上了修士。这样的循环不断往复，信条得以自我维系，亨利的昔日时光永不断绝。"

沙芬看向我。"你还记得，狩猎之书的历史有多久吗？"

我想了想。"从中世纪开始，我记得很清楚。"

"老天，"他说道，"这一切开始时，中世纪骑士真的是中世纪骑士。"

他还在翻书。"看，"他随机翻了几页，"牡鹿信条之狩猎簿，巴德斯利庄园，一九六二年，米迦勒学期停审期。波尔斯登十字宫，一九六七年，希拉里学期停审期。德比郡宅邸，一九六五年，圣三一学期停审期。"他抬起头，"远远不只是朗克罗斯。"

"当然不只是朗克罗斯，不是吗？"我说道，"这数千年间，贵族学校里不可能一直都有一位德沃伦考特。中间肯定会有间隔。中世纪骑士团会有其他领袖，也会有其他举行狩猎活动的豪华古宅。"

"但它们都和一个地方有联系。"沙芬说道。

"牡鹿学园。"奈儿把话接上。

"邪教操纵着学校，"我说道，"而学校亦操纵着邪教。"

"而现在，"沙芬说道，"新的领袖诞生了——库克森。这是亨利自己说的'即便没有我，信条也会传承下去'。"

"不，它不会再传承下去。"我站了起来，"沙芬，带上狩猎之书。奈儿，带上手机。"

"我们去哪儿？"

我已走到门口。"是时候让院长知晓真相了。"但紧接着，我的手在门把上停住了，"不，等等，万一他也是其中一员呢？"

"他的名字不在书里。"沙芬说道。

"他也没有戴印章戒指。"奈儿说道。

"行，"我说道，"那咱们走吧。"

第三十四章

院长一言不发地把亨利的认罪视频看完了。

看到画面时，他惊讶地用左手捂住了嘴，一脸震惊。奈儿是对的，他的左手上并没有佩戴印章戒指，只有一枚纯金的婚戒。看到时，我还挺惊讶的。我从未见过院长夫人。或许她已经死了。毕竟，院长已经年逾古稀。看完这个视频，他似乎变得更老了。

视频结束后是一阵长久的沉默，只能听到壁炉上钟摆低沉的嘀嗒声。

我们三个坐在巨大的皮革椅上，和他隔着一张桃花心木桌。他穿着长袍，我们穿着都铎式大衣。墙上镶嵌着橡木护墙板，书架上摆着好几排书，他的身后挂着几张镶框证书。我们看起来就像学校简章宣传页照片。这里本应进行的是世界上最知书达礼的会面，而院长看到的东西却野蛮凶残到了极致。

他沉默了许久。之后，他摘下遮住一半眼睛的眼镜，揉了揉鼻梁。他的样子看起来很奇怪——当一个一直戴眼镜的人把眼镜摘下来时，人们会觉得那个人变样了。他看起来又震惊又难过。

"可怜的亨利，"他悲伤地说道，"原来，到了最后，他已经神经错乱了。原谅我，我不知道他是自杀的。"

他重新戴上眼镜，猫头鹰似的眨了眨眼，直勾勾地看着我们。

"这是真的吗？这种可怕的……消遣？这很不可思议。"

"哦，这是真的，"我说道，"就在这个停审期周末，我们在朗克罗斯府把这些都经历了一遍。"

"我被猎狗追捕。"奈儿说道。

"我被射伤了。"沙芬补充道。

"我被推下朗米尔湖当鱼钓。"我最后说道。

院长的双手在面前紧握，十指相扣。"为什么你们不把事情经过告诉我？"

于是，我们把整件事都说了出来。先是奈儿，然后是沙芬，最后是我。我们讲了很久，等我们终于讲完时，外面天色已暗。我们一边讲，院长一边在桌上一张厚厚的奶油色的纸上记笔记。

"这个亨利最后提到的'信条'，"他用钢笔指了指手机，"指的是什么？"

这句话没有逃过院长的耳朵。他立刻听出来亨利指的是某个邪教，不像我们，误打误撞才弄明白。那时我意识到，他是一个很聪明的人，他能当上这么一所名校的校长，终究是有自己的本事的。

"他指的是牡鹿信条，一个有好几个世纪历史的死亡邪教，专门猎捕学校里的学生，"我说道，"十字军战士，包括康拉德·德沃伦考特，在东征结束返乡之后，把自己的孩子送去修士的学校上学，这便是邪教的起源。亨利自己也说过，康拉德在战场上和异教徒打仗，回到家乡后，他还想杀更多的野蛮人。一切就从那时开始了。"

"而且，"沙芬说道，"在二十世纪六十年代的时候，我的父亲也去了朗克罗斯。他的名字是阿达什·伽德加，是学校里唯——个棕色皮肤的学生。他在一九六九年米迦勒学期停审期受邀参加'打猎、射击、钓鱼'，然后被射伤了。这件事令他十分惊恐，让他受到了很大打击。"沙芬的声音在颤动，有那么一刻，我以为他要哭了。

院长带着友善的眼神看向沙芬。"这件事是你父亲告诉你的吗？"

"不，"沙芬说道，声音几近哀伤，"这么多年来，我的父亲一个字都没和我提过。他的荣誉感放错了地方——他是一个即便遭受水刑都不会松口的人。他什么都没和我说。但这本书把一切都告诉我了。"

沙芬把那本黑色的狩猎之书放到桌上。然后，似乎是再也无法忍受触碰这本书，他用一根手指转动着书，直至烫金日期面向院长的方向。他把书翻到了那一页——一九六九年。

院长看完那页的内容后，脸色惨白。他靠在椅背上，长叹了一口气。

那部手机和它拥有的崭新科技似乎并没有完全说服他，但那本狩猎之书将他打败了，因为它属于他的世界。书是他的氪石①。现在他才完全清楚自己的学校，在自己的眼皮子底下，到底腐败到了什么程度。

"警方见过这些证据吗？"他问道，"这本书，还有……这段视频？"

我们看向彼此。"没有。"我说。

"你们想把证据交给警方吗？"

奇怪的是，我们从来没有想过这个问题。我们只想着避开警方对于亨利死因的严密审查，却从没想过用法律给中世纪骑士定罪。

"让我们暂且把修士们的历史行为放到一边，"他说道，"把目光转到你们的同龄人身上。"他拿起那张他用来潦草记录的纸，读出了上面的内容："亨利·库克森、皮尔斯·霍兰、夏洛特·拉克伦－杨、劳拉·彼得洛娃、埃丝米·道森。"这听起来像是某种变态记录簿——一张罪犯点名表。院长摇了摇手中的那份名单。"这五个人的行为无疑是残忍的，但他们是蓄意谋杀吗？"他看向奈儿，"咱们从你说起吧，阿什福德小姐。"

"嗯，"奈儿开口道，"在第一天狩猎日的时候，把夹克衫给

---

① DC漫画及电影《超人》系列中的一种假想矿物，它是超人的终极弱点，能使他变得虚弱并失去超能力。

我并且放出猎狗的人是亨利。其他人……呃，他们确实没有做什么，直到他们帮忙来找我。"

"他们帮忙来找你？"

奈儿扭了扭身子。"是的，但他们很享受那个过程，如果您懂我的意思。那是狩猎的一部分。"

"那你呢，伽德加先生？"

沙芬也不自在地动了动。"嗯，在射击日那天，其他人并没有对我开枪。把我打伤的是亨利。"

"在你受伤之后，他们有没有尝试救助你？"

"有，"沙芬低声说道，"他们自愿帮忙把我抬回了房子。"

"我明白了，"院长温和地说道，"那你呢，麦克唐纳小姐？"

我回想了一下："他们的确没有对我做任何事情，可这就是问题所在——他们根本不愿意把我从湖里救出来。但他们确实没有把我推下水，把我推下水的是亨利。"我慢慢明白了，这将是以我一人的说辞来对抗他们的众口。

院长摇了摇头。"从你们说的来看，你们似乎很难针对他们提出有说服力的指控。最好的结果是他们被判作谋杀未遂的从犯，但想证明这样的指控并非易事，而且，如果他们提供一致的口供，就更是难上加难。尽管如此，我依旧建议你们将此事上报警方，并向你们保证，如果你们这么做，一定会得到校方的全力支持，否则便是我的职务疏忽。"

我想到了随之而来的麻烦——质询、争论、父母知晓、媒体报道。狗仔队已经聚在了校门外，学校将受到舆论的攻击。我们互相看着对方。我确认了下他们的表情，然后代表我们三个人的意见说话了："不。我们不会上报警方。"

"很好，"院长说道，"我想表达一下我的看法，当然，这些观点是否有价值，决定权在你们，我悉听尊便。亨利无疑是有罪的，但亨利已经死了，死在了自己手里。修士们似乎也有罪，但我的法律知识有限，无法确切告诉你们能不能凭借将近五十年前发生的罪行起诉他们，尤其是在你们不愿意将这段视频上交警方的情况下。但无论如何，我可以，并且也会将他们解雇——这是一件我不需要诉诸法律便能立刻做到的事情。"他拍了拍狩猎之书黑色的摩洛哥皮革封面，他的婚戒和封面相碰，发出沉闷的碰撞声。"若你们允许，为了让修士们知道我掌握着对他们不利的证据，以确保他们安静地离开，我将保管这本狩猎之书。我会从公共部门选用一批最正直、最优秀的教师替代他们。不会再有前牡鹿学园的学生担任教师职位。"

"至于这些年轻人——"他又看了一眼桌上的名单，"我当然会和他们聊一聊，并剥夺他们级长的地位。我会告知他们，我们掌握着针对亨利的不利证据，并向他们保证，倘若他们再犯下此类罪行，我们将把证据移交警方。但我建议，与其毁掉五个年轻人的生活——在他们脱离了主谋的恶性影响，有机会改过自新的时候，将他们全盘否认，定为邪恶——我们不如先让他们度过这个学年，参加考试。

考虑到他们的权势背景，我担心若将他们开除，只会给他们残忍的天性火上浇油，但若给予他们警告，以及一次洗心革面的机会，或许会颇有成效。"

这番话不无道理。没了亨利带头，中世纪骑士说不定真能蜕变成还算过得去的好人。

"对于亨利话中提及的所谓的谋杀，我无法做进一步评价。我只能说，在这两起已知的——一九六九年和今年——应受谴责的事件中，带头者是德沃伦考特。而这种所谓的运动——如果可以这么称呼的话——始作俑者是东征归来的康拉德·德沃伦考特。亨利·德沃伦考特已经死了，而一个群龙无首的团体通常会散乱、溃败。修士和这几个级长——按照你们的说法，中世纪骑士——是仅有的追随者。上梁不正下梁歪，只要能遏制上层的恶性影响，邪恶就绝不可能得逞。"我想到了亨利·库克森，他已化身为新的亨利，但我并没有对院长的话表示反对。这份巨大的责任终于有人——行了，行了，有个大人——帮我们承担，我感到轻松了许多，任院长继续说了下去。

"所以，为了让世界秩序——请原谅我使用这个短语——朝更好的方向发展，我特此委任你们三位成为圣艾丹学校的新级长。祝贺你们。"

他越过桌子俯过身来，和我们轮流握手。

一切和库克森有关的想法都被我抛到了脑后。我几乎难以置信。我，来自阿克莱特路的葛丽尔·麦克唐纳，成了一名中世纪骑士！

我扫了一眼其他两位，他们脸上荡漾着同我一样的激动之情，脸色红润且愉悦。

然后，沙芬恭敬地说道："能允许我说一些话吗？"

院长大度地把手一摊。"当然可以，伽德加先生。维护这所学校现已成为我们共同的责任。"

"既然如此，"沙芬迟疑地说道，"我认为您……我们应该推出新的招生政策。我认为，我们应该招收更多其他肤色的学生——"

"还有更多非贵族背景的学生，"奈儿插了进来，"不论家里的钱是继承的还是后赚的——"

"哪怕是没有钱的孩子，都应该有机会来上学，"我补充道，"我们应该给公立学校的孩子发放更多奖学金。一年一个实在太少了。"我突然有了灵感。"我们可以把这个奖学金命名为'德沃伦考特奖学金'，以此纪念亨利·德沃伦考特。"如果公立学校里的聪明学生托亨利的福有机会入读牡鹿学园，享受它优越的教学设施，我会十分高兴。"他肯定不喜欢。"

自会面开始，院长的眼睛里第一次流露出了圣诞老人般轻快的光芒。"他当然不会喜欢。但在我看来，这也不失为因祸得福。"他站了起来，把胸前的衣服抚平，"如果你们相信我，我们可以把牡鹿学园变成最优秀的学校。这需要时间，但诚如我们校训所言，欲速则不达。你们愿意帮我吗？"

我们再次对视，微笑浮现在我们脸上。

奈儿回到房间后把萨罗斯 7S 又锁了起来，我陪沙芬走回洪诺留。月亮正升至波莱纳斯四方院上方，我在井边停下，想看看能不能在井里看到月亮的倒影。我还是看不见水面。"这口井有多深？"我问道。

沙芬也向井中俯视，我们的头靠在了一起，一同看向井底。我曾向这口井的深处扔下一枚硬币，但没有听到它撞击水面的声音，正如亨利从瀑布顶端摔落，而我们却没有听到他的落地声。然后，我抬起头，望向清朗夜空中的月亮和星星。现在，我觉得终于能说出这几个星期以来我一直想和沙芬说的话了。

"我很抱歉。"

"为什么抱歉？"

"事情本来不用发展到这一步的。如果我能早点看穿事情真相。如果我没让亨利愚弄我。第一晚他们集体嘲笑奈儿的时候，我看得出，他其实很享受那个过程。不对，其实还要回到更久之前。那节历史课上他们挑衅你的时候。但我只是固执地不想看清事实。后来，在奈儿被猎狗追捕后的那晚，他把我带到了屋顶。我们是通过一扇门从长画廊上到屋顶的，接着，他向我展示了他的世界。"

"葛丽尔，"他温柔地说道，"你不需要——"

"我想和你解释一些事情，"我急切地说道，"第二天，我找不到那扇门了。那时候，我没法把这件事告诉你，但我现在明白了。我觉得，内心深处，我是一直相信奈儿的。但我害怕如果我告诉她我相信她，对她嘘寒问暖的话，我就永远无法回到纳尼亚。"

沙芬默然无言地看着我。

我稍稍耸了耸肩。"听起来很蠢吧。"

"不会。"他轻声说道。

"我被他们的世界迷住了。"

他靠在古井边上。"既然你愿意坦诚相见，那我也必须承认，我也有错的地方。我本以为亨利是想阻止一个步步逼近的世界。但我想错了。他是想复辟一个早已逝去的世界。"

我把手放在冰冷的石头上。"其实，平心而论，他们的世界的确也有好的地方。"

"当然了，"他说道，"那是他们巨大的优势。你可不是唯一一个受其吸引的人。"

我怀疑地看着他。

"我的爸爸……还有我……"

"你吗？"我很惊讶。

"嗯，当然。"

我思量片刻。"我想，在真实的世界里，人们会保留旧事物的精华，接受新事物的精髓。但这真的能做到吗？"

"咱们且行且看吧，"他转过身来，面向我，"这个学期结束以后，我们在牡鹿学园还有一年的时间呢。Festina Lente。"他露出一抹罕见的微笑，"欲速则不达。"

他将手覆在我的头发上，吻了我。

Epilogue
一年后

在米迦勒期中假开始前的最后一天，沙芬、奈儿和我约好了见面地点，一起去参加停审期弥撒。

波莱纳斯四方院沐浴在十月的阳光中，院内有长长的条状阴影。我是第一个到的，于是，我把去年中世纪骑士的亡灵推到一边，靠在古井边，那是我和沙芬第一次接吻的地方。

牡鹿学园这一年格外不同寻常，我们看着修士们一个接一个退休，中世纪骑士团的势力逐渐消散。院长遵守了诺言。新老师们都非常聪明、尽职，一心一意专注在他们教授的学科和学生上，根本不理会那些仗着自己手握大权而妄自尊大的学生。我不知道院长和他们说了什么，但库克森、皮尔斯、夏洛特、埃丝米和劳拉全变乖了，只顾埋头学习，准备考试。他们的 A–Level 考试都拿了 A，但关于他们最亲爱的朋友死亡的具体细节，他们一直不知情。我想象着他们现在的生活。他们在牛津、剑桥、达勒姆和桑德赫斯特开始了新学期，这些古老的名校和他们父辈的房子比起来并没有差多少。

圣诞节来临时，修士们已经全部离开。学校为了做做样子，在礼堂举办了一场盛大的告别仪式，给每位修士赠送了一座刻着"欲速则不达"的金钟。学生们还给他们献上了那首称赞他们是"快乐的好小伙"的奇怪的歌曲①。唯有沙芬、奈儿和我没有开口唱歌。

圣诞节那天，奈儿那位身着时髦西装、穿金戴银的老爸开着一辆金色的劳斯莱斯来接她回家。奈儿的老爸是一个乐呵呵的北方人，知道我和沙芬是他女儿的好朋友后，送给我们一人一台全新的萨罗斯 8。这是一台超级棒的手机：玫瑰金色，薄如纸片。但我还是把手机放回了包装盒里。作为中世纪骑士，我们早已打破不能用手机、不准看屏幕这些不成文的规定，但我并没有忘记亨利，以及他对现代世界的鄙夷，他甚至不惜以死来逃避。我决定，有些时候，我还是把手机放在抽屉里好了：现实生活中永远有更多乐趣。

而这里所谓的乐趣，当然是指沙芬。

各位读者，我已经开始和他约会啦。

① 指英文歌曲 *For He's a Jolly Good Fellow*，歌名直译为"他是个快乐的好小伙"。在国外，这首歌常在盛大的节日或仪式上被集体演唱。

我在拉贾斯坦邦度过了夏天，见了他的父亲。他们家坐落在拉贾斯坦邦的阿拉瓦利山岭间，位于古鲁希卡尔峰的山中避暑之地。起初，我没法把面前的这位白头发印度绅士，阿达什·巴哈迈尔·喀什瓦哈·伽德加王子，和我在朗克罗斯图书馆里看到的那个我为之深感难过的，与周围人格格不入的恐慌少年对上号。但我还是尽力把自己最好的一面展现给了他。我真的希望阿达什能喜欢我——不仅因为我曾为年少的他冒生命的危险，也因为我和沙芬之间发生过的事。

我们相处得还是挺好的。阿达什真的挺喜欢我的。他的脸上总是挂着微笑，为人谦和友善。在他宫殿度过的那个假期真的是棒极了。

我和沙芬一整个夏天都待在一起，他穿着白衬衫，我穿着飘逸的连衣裙，漫步在有白孔雀、喷泉和老虎的宫殿花园间，犹如《阿拉丁》里的茉莉公主和，呃，阿拉丁。[1]

如今，我们是学校里的顶尖学生，而现在这所学校也和我刚入校时完全不同了。

院长把好的东西保留了下来，譬如圣艾丹流传下来的基石传统，同时把坏的东西舍弃了，譬如那个嗜血成性、以屠杀孩子为乐的邪教。

---

[1] 在电影《阿拉丁》里，茉莉公主是苏丹王的女儿，她深深喜欢上了街头流浪汉阿拉丁，而阿拉丁为了追求茉莉公主假扮成一个王子。

我在波莱纳斯的井旁没等多久，便看到沙芬和奈儿从不同的方向穿过四方院向我走来。你从一英里开外就能看到他们的长裤——我们已经成为中世纪骑士，不需要和普通学生一样穿红色的袜子了。我选了一双银色长裤，上面的黑白电影的场记板图案错落有致。奈儿大胆地选了一双颜色鲜艳的香奈儿粉色长裤，小小的金色双 C 商标十分醒目。沙芬选了虎纹长裤，每每见到他，我都会想起他是老虎的儿子，继而会心一笑。

我们仨站在四方院中间，呼吸着秋日的气息，假期就在眼前。停审期从那天晚上开始，而我们知道，这是数百年来第一次，没有人会去朗克罗斯或者其他豪华宅邸供他人猎杀、射击或垂钓的假期。所有学生都会按部就班地回家和父母团聚。我要回家见老爸了，而这一次，我要回的是可以俯瞰 BBC 工作室的索尔福德码头①。它坐落在由现代的钢筋和玻璃建造而成的景观的正中心。目光所及之处没有一块山坡、一棵树或一面湖。

钟声响起，停审期弥撒开始，学生们三五成群，穿过四方院，朝教堂走去。一个人影向我挥了挥手，她是今年新入学的一个女孩，名叫泰莎。我和她有些交情，因为她是第一批通过"德沃伦考特奖学金"项目（由院长启动）入读牡鹿学园的学生之一。我机械地朝她挥了挥手，泰莎向我的方向走来。我不由得叹了口气。此刻，我

---

① 曼彻斯特运河的主要码头，位于英国曼彻斯特市。

们三个人都不希望有外人打搅。现在的一切都那么完美。但我提醒自己，不能直接叫她走开。她是莱特富特里的唯一一个黑人女孩，学期伊始，她过得并不顺利。我可以说像是老大罩着小弟般一路罩着她。如果故意对她视而不见，那我就和那些中世纪骑士团的坏女孩没什么两样了。于是我转向她，露出最甜的微笑。"嘿，泰莎，"我说道，"最近怎么样？"

"很棒呢！"她说道。她热情的回应把我小小地吓了一跳。

"真的很棒。"她把话重复了一遍。

"哦，真的吗？"我说道。

"对呀，"她说话带着浓重的伦敦口音，"我感觉自己终于拨云见日了。那两个之前总来烦我的小孩——他们是双胞胎——嗯，我觉得他们现在喜欢上我了。"她整个人精神得仿佛由内而外散发着光芒。

"不错嘛，"我说道，"很高兴听到这个消息。"我想，靠奖学金入读的新生总归要过一段时间才能适应学校，但你必须相信院长的努力，他已经开了个好头。"停审期要去什么好地方玩吗？"

"嗯，当然了。"但说完这句话后，她便没有再说别的什么了。

"在 Instagram 上晒些照片啊。"我提议道。

她皱了皱眉。"不行，"她说道，"不行。我觉得我没法发照片。我应该会给你寄明信片吧。"

"超酷，"我说道，"玩得开心。"

她粲然一笑。"谢谢。我觉得我会玩得很开心的。"

就在那时，教堂的钟声再一次响起，一如既往地快了一倍，意味着弥撒将在五分钟后开始。我想起了去年的停审期弥撒，想起了去朗克罗斯的那个早上。去年今日，我们三个孤零零地分散在教堂的各个角落。如今，我们已不再孤单，纵使把我们聚在一起的是某些最黑暗的缘由。命运使然，我们再次坐在那块圣艾丹和牡鹿的彩色玻璃正下方。自始至终，那头白色的牡鹿一直俯视着我，一如曾经的杰弗里。

正如一年前一样，我们身着黑色的都铎式大衣，一排排就座。新的修士们身披棕色长袍，坐在长椅上。正如一年前一样，院长穿着黑色长袍走上台。我们第一百次聆听了学校创始人艾丹和他的牡鹿的故事。这就像《土拨鼠之日》①。我一时思绪万千。我转头看向彩色玻璃上的圣人，但不知为何，我的目光一直无法触及他。和一年前一样，我发现自己正凝视着一个长满金发的完美的后脑勺。微卷的耳郭，修剪得很短的金发在脖颈处闪闪发光，发尾隐入都铎式大衣的黑色衣领里。我的心脏瞬间漏跳了一拍。

那是亨利·德沃伦考特。

不，绝对不可能是他。我厉声对自己说：别胡思乱想了，葛丽尔。这个孩子不可能是亨利——没错，从背后看，他和亨利很像，但他

---

① 美国爱情电影，1993 年上映。气象播报员菲尔执行任务偶遇暴风雪后始终停留在前一天，无法踏入下一天，于是便用不停重复的一天来追求自己的心上人。

身材更小，而且和六一级的学生坐在一起，那是泰莎的年级，比我低一级。我的目光移向坐在他旁边的女孩，我的心脏又开始跳动起来。你完全可以说，她从背后看就像夏洛特。你又看到幽灵了，我对自己说。我轻轻摇了摇头，但移不开目光。这两个金发学生仿佛感受到了我的凝视，转过头来，那一瞬间我的血液都凝固了。

他们和亨利有着相同的面孔。

不仅男孩是，女孩也是。

他们看了我一会儿，那似曾相识的凝视令人发毛。他们向我露出一模一样的嘲弄般的微笑，正如一年前的亨利。

我的心跳再次加快。我把目光移开，但教堂、我的朋友们、修士们，所有人都消失了。我又回到了遥远的朗克罗斯，正值深夜。青玉色的月光下，我和亨利穿着袜子，在长画廊中滑来滑去，傲慢的德沃伦考特族人在墙上的肖像画里凝视着我们。我已经听不到院长诵读经文的声音，只能听到亨利在画廊中的喊叫声：我小时候经常和我的表亲们这样玩。他们是双胞胎，一个男孩，一个女孩，比我小一点。他们喜欢在这里滑来滑去。可好玩了。

双胞胎。

和亨利有着相同的面孔。

这对双胞胎可能是德沃伦考特的族人吗？

我在长椅上移了移身子，一股不安的感觉堵在喉间。我觉得自己要吐了。我再一次强迫自己镇定下来。他们绝不可能是德沃伦考特家族的人，那样太巧了。而且，就算他们是德沃伦考特家族的人，也不代表他们就是亨利那般的恶魔子嗣，纵然他们看起来确实有些像《闪灵》里的人物。

不，我对自己说。牡鹿学园已不再是当初那个邪恶肆虐的学校了。现在，我们才是中世纪骑士，所有修士都很优秀，我必须相信院长。我抬起头，看向他诵读经文的讲台。他做了所有他承诺过的改变，尽管他诵读的经文仍和从前一样。我看着他推了推鼻梁上的眼镜，开始读放在鹰形诵经台上的《圣艾丹的一生》。我的目光坚决地避开了那对神似亨利的吓人的双胞胎。我全神贯注地看着院长，听他诵读隐藏在猎人眼前的圣艾丹的牡鹿的故事。他的声音真实而清晰地响起，全无老态。"在猎狗紧逼之时，神圣的圣人朝牡鹿抬起手，将其隐身。如此，猎狗便从它身旁经过，它们的利齿未能伤及它。而后，艾丹将牡鹿恢复原貌，它的皮毛和鹿角再现于世间，牡鹿平静地离去。"

听他读完后，我怦怦直跳的心已经慢了下来，熟悉的经文令我放松。院长伸出手，合上经书，把手放在书的皮革封面上停了一会儿。就在那一刻，不甚明亮的冬阳穿过教堂里唯一一块无色的透明玻璃——那块组成隐身牡鹿的玻璃——打在院长的身侧，照亮了他婚戒上镶嵌的一枚宝石，宝石如火焰般闪耀。这就像《夺宝奇兵》里，一束阳光让印第安纳发现了灵魂之井。那是一块红宝石，动脉血般的鲜红色，牡鹿学园校服长袜的鲜红色。红宝石反射着那道异样的光，如一把光剑般闪耀。那枚戒指终归不是一枚普通的婚戒。它在院长的手指上转了个圈。那是一枚教皇或国王会佩戴的戒指。那是一枚供溜须拍马者亲吻的戒指。那是一枚象征着你是某个组织的领袖的戒指。某个宗教。某个王国。

某个邪教。

管风琴奏响，众人肃立，吟唱最后一首赞美诗。孩子们刺耳的歌声在我耳中回荡，几段记忆随歌声钻进我的脑中。

圣艾丹的牡鹿藏在猎人眼前。

院长没有佩戴印章戒指，但他的无名指上确实戴着一枚戒指。

可我们从未见过院长夫人。

狩猎之书上写的是："大宗师，罗洛·德沃伦考特。"

斯凯尔顿修士曾说过，汉尼拔并没有和大象开战。

汉尼拔和大象，开战了。

斯凯尔顿修士曾说过，标点符号的位置至关重要。同一个句子可能有两个意思。

大宗师和罗洛·德沃伦考特是两个人，而非同一个人。

我盯着院长，眼中泛起泪水，无法相信自己疯狂的想法。泪眼模糊中，我看向六一级学生的长椅。启示倾泻而下。

六一级里有一对金发双胞胎。

他们是亨利·德沃伦考特的盗版拷贝。

泰莎说双胞胎之前一直在烦她，但现在不会了。

泰莎要去一个好地方度过停审期。

亨利的遗言是："即便没有我，信条也会传承下去。"

这些看似无意义的话语在我脑海中聚集，犹如彩色的碎片，一片又一片，拼成了一幅清晰的图景，就像我头顶上方的艾丹和牡鹿的彩色玻璃。我等不及最后一首赞美诗结束，一把抓住沙芬和奈儿的手，心脏狂跳，把他们拉到四方院。直到我们抵达波莱纳斯古井旁的那四块将我们和学校的所有人都分隔开的绿色草坪之后，我才开始和他们说话。我告诉他们，亨利·德沃伦考特的最后遗言绝对、完全、百分之百是真话。

故事完结？

致谢

我的父母教导我，道谢是一种礼貌的行为，那我就先来道谢吧。

感谢我的儿子康拉德为我翻译了青少年们的"行话"。

感谢我的女儿鲁比提供的神奇的动物趣识。

感谢我的伴侣萨查百科全书般的电影知识。

感谢康拉德的朋友葛丽尔和沙芬把名字借给我。

感谢电影摄影师兼多才多艺的大好人尼克·劳森。

感谢特蕾莎·克里斯，一位超级经纪人，我真正的朋友。

感谢邦尼集团的艾玛·马修森和塔莉亚·贝克，他们拥有如鹰眼般敏锐的编辑功力。

感谢杰弗里，它原本是我们圣诞树上的鹿头饰品，如今则成了墙壁上的一颗会说话的牡鹿头。

如果我已经开始感谢圣诞节饰品了，那就真的该停下来了。

我在各种关于打猎、射击、钓鱼的网站上搜罗了许多有关体育生活的信息。本书中的所有错误均为本人所犯，非网站之过。

我在这本小说里提及了许多电影，其中对我影响最大的是根据伊莎贝尔·科尔盖特所著小说改编，由艾伦·布里吉斯执导的《狩猎会》（1985）。如果你是一个野蛮人，那就去看电影吧。如果你是一位中世纪骑士，那为什么不读读原著呢？

S.T.A.G.S. by M. A. Bennett
Copyright© Marina Fiorato 2017
Originally published in the English language as S.T.A.G.S. by Hot Key Books, an
imprint of Bonnier Zaffre, London
The moral rights of the author have been asserted.

著作权合同登记号：图字 18-2018-351

图书在版编目（CIP）数据

　　狩猎游戏 /（英）M.A. 本内特（M. A. Bennett）著；
叶家晋译 . -- 长沙：湖南文艺出版社，2020.2
　　书名原文：S.T.A.G.S.
　　ISBN 978-7-5404-9486-5

　　Ⅰ. ①狩… Ⅱ. ①M… ②叶… Ⅲ. ①长篇小说 – 英国
– 现代 Ⅳ. ①I561.45

　　中国版本图书馆 CIP 数据核字（2019）第 273406 号

上架建议：畅销·外国文学

SHOULIE YOUXI
狩猎游戏

作　　者：［英］M. A. 本内特
译　　者：叶家晋
出 版 人：曾赛丰
责任编辑：薛　健　刘诗哲
监　　制：吴文娟
策划编辑：许韩茹
特约编辑：包　玥
版权支持：辛　艳
营销支持：徐　燧
封面设计：一亩幻想
版式设计：梁秋晨
出　　版：湖南文艺出版社
　　　　　（长沙市雨花区东二环一段 508 号　邮编：410014）
网　　址：www.hnwy.net
印　　刷：北京天宇万达印刷有限公司
经　　销：新华书店
开　　本：875mm × 1270mm　1/32
字　　数：205 千字
印　　张：10.5
版　　次：2020 年 2 月第 1 版
印　　次：2020 年 2 月第 1 次印刷
书　　号：ISBN 978-7-5404-9486-5
定　　价：49.80 元

若有质量问题，请致电质量监督电话：010-59096394
团购电话：010-59320018